「你要殺的人是誰？」我問。
「就是在你眼前的這個人——我！」米切爾回答。

世界文學
經典名作

職業殺手

HIT MAN
ALFRED HITCHCOCK

希區考克 著

序言

對於很多人來說，「希區考克」絕不僅僅是一個人的名字，而是懸疑、驚悚和恐怖的代名詞。這位舉世公認的懸念推理小說大師和電影大師，熟練地把懸疑、驚悚、理性和幽默融合在一起，講述了一個個扣人心弦的故事，讓人讀後欲罷不能！

阿爾弗萊德．希區考克（Alfred Hitchcock，1899—1980年），生於英國倫敦，成名是在美國好萊塢。他在生前就被公認為有史以來最偉大的電影導演，並於一九六八年獲特殊奧斯卡獎，同年獲美國導演協會格里菲斯獎，一九七九年獲美國電影研究院終身成就獎。

希區考克擅長拍懸疑電影，被稱為「懸疑大師」。除了《鳥》、《蝴蝶夢》、《北西北》等名作外，他還拍過兩百多部懸疑短劇，情節極其緊湊、風格獨特，這些短劇被整理編輯成小說，成為「希區考克故事集」的主體。事實上，在世界各地，現今流行的希區考克作品並不全都是希區考克本人的創作。當初，希區考克的女兒辦了一個半書籍半雜誌的讀物，叫做《希區考克喜歡讀的懸念故事》，搜羅了當時美國和歐洲最優秀的懸疑推理小說。另外，在希區考克名聲達到巔峰時，經常有人要求他推介一些小說，其中最合希區考克口味的小說封面上，還往往印著希區考克的名字。以上兩種情況，都大大豐富了《希區考克故事集》。這些小說都帶有明顯的希區考克的特色：懸疑、驚悚、理性和幽默。

希區考克貢獻給電影和小說的，絕不僅僅是單純的技巧。他是懸念大師，是推理大師，也是心理大師，其作品——無論是電影還是小說——都帶有很深的哲學思考。很少有人能像他那樣深刻地洞察到人生的荒謬和人性的脆弱。他講述的故事，充滿著矛盾和掙扎：生與死、罪與罰、理性與衝動、壓抑與抗爭、誘惑與抵制。通過他的故事，我們可以看到人性的最深處；而在最深處的角落裡，我們可以感受到希區考克那犀利的、略帶嘲諷又滿懷溫情的目光。希區考克不僅擅長構造懸念情節、渲染驚悚場景，也長於人物的心理剖析和案件的邏輯推理。他的作品有很強的推理性，而其結尾往往出人意料，給人以驚奇新穎的感覺。

作為大師級的人物，希區考克對人性的看法是相當冷靜的，甚至可以說是冷酷。他毫不留情、尖銳犀利地剖析社會，給人對社會以清新的認識。他直指人性的深處，揭開了西方現代社會人性的荒謬。他對殺人狂的一段評論，很典型地表明了他對這類人的態度：「人們常常認為，罪犯與普通人是大不相同的。但就我個人的經驗而言，罪犯通常都是相當平庸的人，而且非常乏味，他們比我們日常生活中遇到的那些遵紀守法的老百姓更無特色，更引不起人們的興趣。罪犯實際上是一些相當笨的人，他們的動機也常常很簡單、很俗氣。」希區考克認為人是非常脆弱的，他們經不起誘惑。他作品中的人物，有變態的、有溫馴的、有冷靜的、有偏執的，不管是哪一種，他的人物刻畫總是通過誇張的動作、語言、作為，塑造成功的人物形象。

閱讀希區考克的推理小說，就像在做一道高難的智力題，你永遠也不知道下一步出現的將是什麼！那些藕斷絲連的蛛絲馬跡，巧妙地穿插在人物的對話之中，在你還迷失其中之時，慢慢織就一張巨大的網，還原出事情的本來面目。

這本集子輯錄了最能夠代表希區考克推理風格的小說，這一個個小故事，似乎都是發生在人們身邊的事情，但是通過希區考克的演繹，它們變得意味深長，引人入勝。小說構思縝密，層層剝筍，環環相扣，首尾呼應，一步一步將小說的情節推向高潮。故事結尾曲折離奇，出人意料，但又在情理之中，耐人尋味，給人以思考。

這些推理小說的故事情節往往並不複雜，希區考克只是通過鏡頭緩緩道來，在不知不覺中你就落入了他用時間和空間布下的迷宮，那一個個慢鏡頭透射出一處處角落暗藏著的人性的陰暗。在閱讀希區考克的推理小說過程中，你能夠體會到他作品所表達出的複雜性及其蘊涵的多義性，從而在閱讀過程中獲得一種快樂和藝術享受。

CONTENTS・目錄

邂逅……13
職業殺手……32
搶匪……48
行刑人……59
圈套……68
一份人情……75
猩猩的悲劇……81
老夫少妻……97
汽車後座的手……104
偷樑換柱……120
百葉窗……126

謹慎的殺手……141
沉默的權利……155
死亡預言……172
死神……184
美麗的妻子……196
以牙還牙……206
謀殺的邏輯……214
看不見的線索……232
馬戲團的謀殺案件……240
椰子糖……255
移花接木……266
藍寶石戒子……272
最佳舞伴……290

邂逅

我們的第一次碰面，是在哈利頓公園的手球場。

那是一個週六的上午，時至初夏，天晴得很好，萬里無雲，和煦的陽光灑在大地上，暖暖的，讓人感覺很舒服。

當我到達公園的時候，手球場裡只有他一個人。他正在做運動之前的熱身——用力地擊球，將球打在擋球網上。

他只顧擊球，並沒有過多地關注我，但我可以肯定，他知道我是他的觀眾。

看到他停了下來，我說：「我們比賽一下？」

他朝我這邊看看，說：「當然可以，為什麼不呢？」

在球場上，我們大概持續了兩個小時，也可能是兩小時多，已經記不清進行了多少場球了，場場都是他贏。我比他年輕，身材也比他高大，可這些一點也不妨礙他贏球。

我們開始休息的時候，太陽已經升得很高了。天氣一下子變得很炎熱。我們兩個人站在一起，汗流浹背，不斷地用毛巾擦拭臉上和胸口上流下的汗滴。

「這一次打得真過癮，好久沒有這麼痛快地打過球了。」他說。

「你全當做是一次練習吧，我打球的水平不高，說是比賽有點不配。」我抱歉地說。

「幹嗎去計較這些呢，那只是一場運動而已。不過，說實話，我喜歡贏球。在球場裡，來來回回地跑，確實給了我一次很好的練習機會。」他說話的時候，臉上顯露出一抹虛偽的笑意。

我大笑起來：「我就覺得打完球後有些口渴。走吧，喝兩杯啤酒去。我請你，只當是繳納練球的學費了。」

他咧嘴笑道：「我想不出有什麼拒絕的理由。」

到達餐廳之前，我們沒有過多交談，甚至可以說是一路沈默。

我們找了一張有堅實橡木桌面的餐桌，坐了下來，桌面上刻著各種希臘文字，是歷屆大學生留下的。

接著，我開始向他道歉，為自己拙劣的球技感到慚愧。他將杯子放在桌上，抖抖煙盒抽出一支煙說：「我說，夥計，何必去計較這些！我看你八成是球場失意，情場得意吧！」

我大笑起來，那笑聲聽起來讓人難受。「如果我這種情場稱得上是得意的話，那麼其餘的事情，應該都算是災禍。」

「你遇到了難題？」

「你這麼說也沒錯。」

「哦，這是你的私事，也許你並不想談。」

我搖搖頭說：「我倒不介意這個，也許說出來對我有好處。就怕你聽了會覺得心煩。其實——也不算是什麼難題，在這個社會裡，碰到同樣困境的男人，實在是太多了。」

我接著說：「我有個女朋友，我們彼此很相愛，可我特別害怕，總覺得有一天她就會離開我。」

他眉頭一擰，猜測說：「你有妻子？」

「沒有。」

「那她有丈夫？」

「我們倆都是單身，她很想結婚。」

「可你沒想過結婚？」

「不，我非常願意和她結婚，想和她一起白頭偕老。」

他眉頭深鎖說：「等一下，容我想想。兩個人都是單身，也想結婚，但是中間還存在障礙，不能結婚，那難不成她是你的姐妹？不對，你說這是個普遍現象，我的頭大概已經被太陽曬昏了。想不出來了，說吧，到底是因為什麼？」

「我離過婚。」

「這可不是什麼問題。離過婚的人多了。我就是再婚的，這不是障礙。難道是宗教問題，這次我沒猜錯了吧？」

「也不是。」

「我說朋友，別讓我在這裡瞎費勁了。趕緊說吧，別考驗我的耐性。」

「問題就出在離婚上。離婚的時候，法官把所有的財產全判給了我妻子，走出法庭的時候，我擁有的只是出庭時那身衣服。而且，每個月我還得付給她贍養費，付完那個剩下的錢，只夠我去租一個附帶有家具的小房間。做飯也只能用一隻小鍋子。女朋友想結婚，可我根本支付不起。更沒有能力帶她進入各種高檔場所，早晚有一天她會受不了這種窮日子的。」我聳聳肩說，「現在你明白了？」

「明白。」

「這是一個很老套的問題。」

「這種事情，之前我確實不太了解。」他向侍者又要了兩杯啤酒。

他又點燃一根煙，吞了一口新來的啤酒說：「這件事情確實不是小事，我跟你提過我也有前妻。」

「現在，很多人都有前妻。」

「這確實是事實。我離婚的時候，請到的律師大概比你的律師會辯論一些，不過，即使這樣，我依然損失很慘重。財產分割的時候，她拿到了房子、凱迪拉克車子，以及很多她想要的東西。現在，她也沒有孩子，不用承擔責任，但每個月還要拿走我一半的薪水，另外，政府還會扣我百分之四十的稅。你可以算算，到最後我自己還能剩下多少？」

「一定不會多了。」

「是的，但是，你應該看到一點，儘管我受到她和政府的盤剝，但我的日子仍然過得下去。不過，月月都付給她一大筆錢，我心裡真的很難受。我討厭那個女人的貪婪，她拿著我的贍養費，日子過得像女王一樣優裕。」

我喝一口啤酒說：「我們身上有著同樣的問題。」

「成千上萬的男人都是這樣。朋友，說句掏心窩子的話，你還是想想，該怎麼處理跟你女朋友結婚的事情吧。」

「我根本結不了婚。」

「其實，你不該猶豫不決。你完全可以像我第一次結婚時一樣，在婚前簽訂一個協議書。當然，這麼做是有些不近人情，因為和你結婚的是一位跟你深深相愛的女人。不過，有這麼一份協議書，萬一將來兩人感情不和，又鬧離婚，你就再不會損失這麼慘重了。你應該明白我的意思。你去聘請一位高尚、信譽好的律師，請他給你立一個法律上站得住腳的草約。然後拿著草約找你女朋友簽字，她極有可能會同意簽字，因為她現在正迫不及待地想嫁給你。這樣的話，你就免去了後顧之憂。如果婚姻從此幸福、甜蜜，那當然最好不過，你也就損失了一兩百元律師費用而已。不過，萬一婚姻再出現什麼差池，你也不用擔心，更不用為那高額的贍養費發愁。」

我感到有些匪夷所思，但不得不承認他的建議確實不錯。我的目光在他身上停留了一段時間，末了，感慨道：「有道理！」

「我就是這麼做的。現在，我的婚姻生活還不錯，我和現在的妻子相處得很好。她是個年輕、漂亮的女人，是一個理想的伴侶。當然，我們之間也發生過不愉快，可那都是小問題，無傷大雅。最重要的是，她根本無意跟我離婚。因為她很清楚，要是離婚的話，她也得不到任何好處。」

「如果我能結婚的話，一定會聽從你的建議。」我說。

「我也希望是這樣。」

「但是，現在的問題是，我沒有結婚的機會了。前妻無止境地搜刮我，我感覺自己快活不下去了。其實有些話，我實在難以啟齒，但是，我們兩個人誰也不認識誰，我索性跟你說了。說句心裡話，我不止一次地想過去謀殺她，用刀刺死她，甚至也想過把她綁在鐵軌上，讓火車替我解決煩惱。」

「朋友，你可不是孤零零的一個人。在這個世界上，有許多人和你的想法一樣。」

「可是，我也只能想想，根本沒法下手。如果那個女人有個什麼閃失，警察第一個懷疑的人，肯定是我。」

「我也一樣。如果我的前妻死了，估計警察前腳發現屍體，後腳就會找到我家。事實上，她就算活著，也像是一具屍體，天生冷血，渾身冷冰冰的，你明白我在說什麼吧？」

「是的，明白。」我說。

接著，我要求侍者再加兩杯啤酒。我們陷入了沈默，這陣沈默一直持續到啤酒送上桌。

「我跟你說，我真想動手。如果不會被抓的話，我現在就想動手。」我用一種自白的語調，連起了前面的話題。

「我也會殺死我那一個。」

「我跟你說的是實話。除了徹底擺脫她，我想不出更好的辦法。我陷入了愛情，可是又不能讓我結婚。我已經無法忍受了，真想鋌而走險。」

「我也想。」他毫不猶豫地回答。

「你說得是真的？」

「絲毫不假。你可以理解成是為了錢，當然，大部分原因是因為錢，但是，這可不光是錢的問題。事實上，我恨透了那個女人，我無法容忍她的欺詐，她把我當成一個傻瓜在隨意戲耍。如果我要是能擺脫罪名的話，她現在很可能已經被送入墓地了。」說到這裡，他搖搖頭，一副痛心疾首的樣子，「屬於她的墓地，起初是屬於我們兩個人的，可是，把整塊土地都判給了她。雖然，我煩透了死後埋在她旁邊，但是，原則問題我不想退讓。」

「如果我可以逃脫的話——」話說到這裡，我頓了一下，伸手拿起啤酒。

我看得出，坐在我對面的這個人已經想出什麼主意。他那副神情，讓我彷彿看見了像燈泡一般耀眼的亮光從他的頭頂迅速掠過。當然，根本沒有什麼亮光，那只是漫畫裡出現的情節。但是，他那張圓胖多肉的臉，生動極了，我固執地認為，那不是幻覺。

他沒打算立即說出口，而是陷入了沈思。我也不著急，在旁邊不緊不慢地一邊品著啤酒，一邊等待。

他挪動了一下身子，我知道他準備開口了。於是，我放下手中的酒杯。

「我們是陌生人。」他說。

我點點頭，贊同他說：「是的，兩個陌生人，連對方的名字也不知道。」

「我的名字是——」我剛準備把名字說出口，就被他阻止了。

「別告訴我名字，我也不需要知道。記住，我們是兩個不相干的陌生人。」

「你說的沒錯。」

「雖然，我們一塊打了兩個小時的球，可是這點沒人知道。當然，我們也一同喝過酒，只有侍者知道，可他肯定記不住這些，也沒有人會去向他詢問。現在，請你看一看我們的境遇，朋友。我們兩個人有一個相同的目的——除去自己的前妻，你明白我的意思嗎？」

「我有點拿不準。」

「有一部電影，名叫《火車上的陌生人》，你看過沒有？電影講的是兩個陌生人搭上了同一趟火車，他們相互傾訴苦惱，最後，他們決定互相調換自己的角色。這回你懂了嗎？」

「我想是的。」

「很好。想想看，朋友。你有一個前妻，如果可以逃避刑事處罰的話，你願意出手謀殺。而我也一樣，如果可以逃掉懲罰，我會毫不猶豫地把她殺死。現在，只有一種方法可以讓我們逃脫，那就是互換受害者。」他俯下身子，用低低的聲音說。

這時候，附近並沒有人，有的只是我們的耳語。「朋友，沒有比這樣更容易的事了。你解決我前妻，我了斷你前妻。之後，我們成了兩個自由人。」

我瞪大眼睛，聲音很低地說：「太棒了！妙極了！」

「這個主意肯定你也想過，要不然，我們的話題也不會引到那裡。」他謙虛地說。

「你太謙虛了！確實很棒！」

接著，我們兩人靜靜地坐在那裡，雙手都擱在桌面上，腦袋挨得很近，沈浸在那個絕妙的主意之中。

然後他開口了：「我們兩個中間，得有一個人先一步執行這個計畫。」
我提議道：「我先來。主意是你拿的，由我先來實施，會公平一些。」
「如果是你先做，你難道不怕事成以後，我退縮了？」
「我相信你不會這樣。」
「你說得沒錯，朋友，我不會那麼做的。但是，你不該輕信別人，不能主動要求先去冒險。」說完，他把手插進口袋，摸出一枚亮晶晶的硬幣，把硬幣擲向空中說了一句：「猜猜正、反面。」
「我猜是正面。」我每次都猜正面，跟大多數人一樣。
硬幣落在桌面上，不停地旋轉，停下來的時候卻是反面朝上。
那個下午，我費了一些周章跑去看望瑪麗。跟她一陣熱烈的擁吻後，我說：「我們有希望了。你明白嗎，我說，我們的未來有希望了。」
「真的？我太高興了！真難以置信！」
「是真的！事情會成功的，我有預感。」
「哦，親愛的！我希望這一天來臨！」她說。
又一個星期六。早晨，天氣晴朗，萬里無雲。我們約定好了還在手球場見面。這一回，我們只玩了六場就草草結束了。我們擦乾汗水，穿上襯衫，就去了另一家酒吧，每人喝了一杯啤酒。

「就定在星期三或星期四晚上吧。我通常會在星期三玩撲克牌，那是我一貫的娛樂消遣，牌局會持續很長時間，大概總是到次日凌晨三點。這次不例外。」他說。

「星期四我得跟前妻一起吃飯，飯後可能會玩一會兒橋牌，但是，不會玩過午夜，還是週三比較好，這個時間對我也有利。」我說。

他抿了抿嘴唇說：「她一個人住，晚上十點鐘肯定在家，不會離開的。也不能怪她，那幢房子確實很漂亮。但是，現在房子美不美不重要，重要的是，你需要儘早下手，事情發生的越早，對我越有好處。那樣的話，醫生判斷的死亡時間和我扯不上關係。」

「然後，我會打電話報警。」我說。

「你想幹嗎？」他有些緊張。

「別緊張。在她死後，我會打一個匿名電話給警局，告訴他們她的死訊。那樣一來，在警察發現屍首的時候，你正在玩撲克牌，你就有了充分的不在場證據。」我說。

他點點頭，讚許道：「那當然是最好不過了。你知道嗎？自從我們兩人偶然邂逅，我就一直很興奮。雖然我們之間連名字都不知道。但是，我很欣賞你的為人。確定是在週三晚上了嗎？」

「是的，週三晚上。週四一早，你就會聽到好消息。到時候，你的煩惱就沒有了。」

「太好了。哦，還有一件事，」他臉上掛著狡黠的笑容說，「如果她將承受什麼痛苦的話，我保證不會太難受。」

週三晚上。

她沒有遭受多少痛苦。當時，我用的是刀。我闖進屋裡告訴她我要行竊，並跟她保證只要她配合，我就不會傷害她。當然，我肯定是在撒謊。不過，這也不是第一次撒謊。她相當配合。我還是動手了，那時，她注意力正集中在別處。她帶著滿臉的迷惘，斷了氣。可她確實沒有遭受太多的痛苦，這一點我想特別強調一下。

等她死亡以後，我完成剩下的那部分工作——偷竊。我把整個屋子搜索了一遍，從書架上扯下所有的書籍。然後開始翻箱倒櫃，把屋裡弄得一片狼藉。我還找到了許多首飾，但我把它們全丟到水溝裡去了。另外，我翻出了幾百元現金，隨手放進了口袋。

我挑選了另外一條水溝，扔下了那把做案的刀。接著，又把一雙白色的手套丟進第三條水溝裡。一切安排妥當後，我隨即撥打了報警電話。

我告訴警方，我在一棟房子外頭聽到了掙扎的聲音，並給他們提供了具體的地址。而且，我還很生動地給他們描述了罪犯逃脫的情形，跟他們說是兩個男人，一前一後地匆忙離開，他們離開的時候，開了一輛黑色的汽車。當然，我不能再做進一步的指認了。我跟他們說，沒有看清汽車牌照。並推脫不喜歡留下姓名。
第二天，我跟瑪麗通了電話，我告訴她事情很順利，讓她不必擔心。
「聽著，瑪麗，我們的事情馬上就會有結果的。」我說。
「親愛的！你太棒了！真是太好了！」瑪麗歡呼。

又是星期六，我們僅僅玩了三場手球。
第一場和平常一樣，他贏了。可是，接下來奇怪的事情發生了。第二場球我居然打敗了他，這是他第一次在我這裡輸球。第三場，我又贏了。
一臉輸了兩場後，他提議休息。或許，他覺得現在的情形根本不適合玩球，或許，他是想儘量不被人發現我們在一起打球。我記得第一次碰面的時候，他說過他喜歡贏球，那就是說他很討厭輸球。
我們喝的還是啤酒，每人一杯。
「你執行完任務，我就已經知道了。可我總是不太相信，那不是你做的。你懂我在說什麼，對吧？」他說。
「是的，我明白。」
「事情發生後，警方確實沒有為難我。因為我有不在場的證據。可警察並不是草包。他們沒有進一步去調查，好像已經相信了這件事是盜賊所為。這真是一次非常逼真的假偷竊，就像是真的一樣。這種真切，讓我禁不住懷疑，這只是一個巧合。我總覺得是你臨陣退卻了，而恰巧在這時進來了一個竊賊。」

「事情的真相也許就如同你所想的。」我笑著說。

他看了看我，露出了狡黠的笑容。接著，他說：「你看起來冷靜，像黃瓜一樣涼。跟我說說殺她時的情形。」

「過不了多久，你會親自體會。」我說。

「我說冷靜的朋友，你應該明白一個問題。你已經佔了我的便宜。我的名字你應該已經從報紙上看到了。可是，我仍然不知道你的。」

「不用擔心，很快你也會在報紙上看到我的名字。」我笑著回答他。

「這樣夠公平。」

我把一張字條遞給他，上面用鉛筆寫著地址，就像他給我的時候一樣。

「如果你不介意取消打牌聚會的話，我們可以定在週三，那是個不錯的時間。」

「我想我用不著取消，最多會遲到一會兒。打牌給了我離開的家的理由。就算我遲到一個小時，我太太也看不出有什麼分別。即便她發現我說了謊，沒有去打牌，也不能把我怎麼樣的。她拿我沒輒。她不會去離婚的，她拿不到一毛錢。」

「那天我安排跟一位顧客吃飯。吃完飯，我和顧客一起直奔一個業務會議。接著我會在單位忙到很晚，可能是十一點，也可能會到午夜。」我說。

「那我就在八點左右下手。因為我一般都是這個時間出去打牌。等到九點鐘，我就可以完成任務，並把一切收拾停當。你覺得怎麼樣？我認為這個想法不錯。」

他接著說下去：「我準備再製造一起假盜竊，還是用刀，然後開始搜查整個屋子，給他們一種假象，讓他們以為是同一個竊賊所為。你說呢？」

「我感覺不太妥當。那樣的話，警察很容易把我們聯想到一起去。或許，你可以考慮把案情設計為強暴，強暴未遂，然後殺人滅口。那樣的話，警方就不會把兩樁人命案牽連在一起。」我說。

「這招太高了！」他的語氣裡充滿了欽佩。也許，在此刻他確實很佩服我。因為我不僅會殺人，而且還贏了他兩場球。

「當然，你不用動真格的，真的去強暴她。只要扯掉她的衣服，再製造一些掙扎之後的凌亂就可以了。」

「她漂亮嗎？」

我承認道：「應該是吧！」

「其實，我曾經在腦子裡幻想過強暴。」他目光閃爍，很小心地避開我的眼睛說，「那八點鐘的時候，她會在家？」

「她肯定在家。」

「她一個人？」

「是的，一個人。」

他折好紙條，隨手裝進皮夾子，然後從中抽出幾張鈔票，放在桌上。接著，他端起杯裡剩餘的啤酒，一飲而盡。「整件事情簡單極了，放心吧，你的難題即將解決。」他起身離開時，拍拍我的肩膀說道。

「我們的難題就要解決了。」我告訴瑪麗。

「是嗎？親愛的，我有點不相信自己的耳朵，你太了不起了。」她說。

「這回的功臣是一個可愛的手球夥伴。」我說。

現在是週三晚上七點半。

我驅車離開住所，繞行數條街道後停了下來。我走進一家雜貨店，挑選了兩本雜誌後，又進入了隔壁的一家男人服裝店。在店裡滯留了一會兒，順便看了看運動衫。我看中了兩件，但沒有尺碼。店員很熱情地提出可以為我訂貨。我考慮了一下，還是拒絕了。我跟店員說：「衣服雖然我非常喜歡，可是還沒到必須馬上買的程度。」

等我返回住處時，我看見了手球夥伴的車。車子停在我住所的斜對面。於是，我將車停在車道上，拿著鑰匙打開前門，準備進屋。走到門邊時，我故意清了清嗓子，他迅速轉過身子，正面朝向我，兩個眼珠幾乎快要瞪出來。

我拿手指了指沙發上躺著的前妻，問道：「她已經死了嗎？」

「是的，她死了。只是她掙扎得太厲害了，我下手有些重了。」他的臉一紅，眼睛眨巴了幾下，問道，「可我不明白，你怎麼在這裡？我們的計畫裡好像沒有安排這一項。」

「其實，答案很簡單。因為這裡也是我的住所。關於這一點，我應該早些跟你說明的，可是一直沒有時間，實在很抱歉！喬治——我的朋友！」說完，我迅速地掏出口袋裡的槍，一槍打中他的頭部。

很快事情平息了。

「喬治的行為，警方表示諒解。他們解釋說，因為前妻的死亡致使喬治受到驚嚇，心理嚴重失衡。他們還對他的行為做出了推測，他們認為可能是喬治經過我家時，正好留意到我要出門，或者他正好看見跟我說再見的曼拉。於是，他停下車走了下來，或許一開始並沒有產生什麼歹意，只是在曼拉開門時，他突然有了性衝動。而等我返回家裡拿槍制止他的時候，已經太晚了，一切都來不及了。」我用緩緩的語氣跟瑪麗闡述著。

「喬治真可憐。」她說。

「曼拉也一樣。」我說。

她把手放進我的掌心，慢慢地說道：「這一切都只能怪他們咎由自取。要是當時，喬治不那麼絕情，硬逼我在離婚協議書上簽字的話，我們完全可以像別的夫妻一樣，好好商量離婚的！」

「是啊，要是曼拉不那麼貪婪，給我留一條出路的話，她現在應該還能逍遙自在呢。」

「這些事情，我們不得不去做。至於他的前妻，我想說聲抱歉。確實我們也沒法避免。」瑪麗說。

「想開點，還好有一點值得欣慰，她臨死的時候，沒有遭受太多的痛苦。」

「沒錯，這一點很重要。你應該記得這一句俗語吧，說的是沒有耕耘，就沒有收獲？」她如釋重負地說。

「是的。」我表示贊同。

接著，我們來了一個長長的擁抱。很久很久，才捨得分開。

「這一兩個月時間，我們需要避避風頭。畢竟我殺了你的丈夫，喬治殺了我的太太。現在，如果我們一起在公共場所露面的話，肯定會招致許多麻煩，引起別人的懷疑。我們先忍耐一段時間，小心行事。大概一個月之後，你把房子賣掉，然後離開這裡。你走後，再等幾個星期，我也賣掉房子去找你。到那時候我們就結婚，然後快快樂樂地過一輩子。」

「好吧，親愛的。我們這情形，有點像一部電影裡的情節。只是電影裡沒有謀殺。電影裡講的是小鎮上的一對不正常的戀人，在公共場所裡，他們必須假裝不認識對方，當對方是陌生人。這片子我一時想不起名字了。」

「那個電影叫《邂逅》，原名叫《我們相遇時是陌生人》。」我深情地看著她說。

職業殺手

「你要殺的人是誰？」我問。

「就是你眼前的這個人——我。」米切爾說。

又是一個想要尋死的人。

我說：「如果你不介意的話，可以跟我講講你選擇死亡的原因，我很想知道這個。」

「我在外面欠了一大堆債務，找不到償還辦法。我死後，可以得到一筆可觀的保險費，那樣的話，不僅可以還清負債，還能使我的妻子和孩子，從此衣食無憂。」

「你確定這是你唯一的出路？」

米切爾點了點頭，表示默認。他看起來不過三十歲出頭的樣子。

「你的射擊技術，應該不錯吧？」他問。

「絕對一流。」

「那你一定要一槍就打在我的心臟。」

「你的選擇很明智。這樣的話，可以少一些痛苦，而且也不容易遭到懷疑。在舉行大部分葬禮時，放置遺體的棺木總會被打開，供人瞻仰遺容，當棺木蓋上的時候，最容易引起一些懷疑和幻想。你定一下時間，看看什麼時候最合適？」我說。

「最妥當的時間是中午十二點到一點。」接著，他又作了解釋，「我在海灣合作社做會計工作。我們的午餐時間是十二點。但是星期五除外，那天是我負責櫃台。用餐的時候，營業廳裡只有我和一位小姐。」

「你想讓那個小姐作見證？」

「是的，如果我被槍殺的時候，沒有他人在場的話，我的死亡就可能會引發許多爭議，到時候就會給保險公司的賠償，帶來不必要的麻煩。」

「也就是說，我需要在星期五，十二點三十分整，進入營業廳，開槍打死你？」

「是的，一槍穿過心臟，」他再次地強調，「我想，我們也可以把事情製造得像是在搶劫案件一樣。」

「那麼，我們談一下報酬問題。」

「好的，這個當然，你要多少錢？」

「一萬元。」我試著開了個價。

他眉毛一皺，思考了一下，說：「先預付五千元，剩餘的——」他停了下來。

「這種事，顯然是沒有事後的。」我微笑著說。

他看起來像是準備讓步，但是，我知道，他不是那種會先付全額款項的人。

經過一番考慮，他說：「這樣吧，我現在先付五千元給你，剩餘的五千，我放進一個信封裡。到時候，我會把信封放在營業廳的櫃台上，你殺了我之後，就把信封拿走。」

「我不確定信封裡到底裝些什麼，也許會是報紙或其他東西呢？」

「你可以先檢查信封，然後再動手。」

這提議，倒是很合情合理。

「依照你所說的情況，現在你差不多算是破產了，你怎麼能拿出來一萬元呢？」我不解地問他。

「前兩個月，我從公司裡挪出來了一些錢，你經常會碰到像我這樣的顧客嗎？」他說著，用眼睛打量著我。

「也有，不過不經常遇到。」

事實上，在以往的職業生涯裡，我確實遇到過像米切爾這樣的顧客。

其中，有三例，我感覺特別滿意。

不過，皮羅是個例外。

皮羅是本市一名中學教師，教數學的。他對一位家庭經濟史的女老師產生了深深的愛慕，遺憾的是，這個女老師卻對他不來電，她已經跟一個校董事會的成員結婚了。

皮羅滿心悲傷，參加了他們的婚禮。婚禮過後，他來到了一家海濱酒吧。在那裡，他結識了我的一位代理人——弗倫。一連喝了四杯威士忌後，皮羅開始跟弗倫大吐苦水，他告訴弗倫，自己實在是不想活了，只可惜沒有勇氣自殺。

於是，弗倫帶著他來找我。

「如果我沒猜錯的話，他雇用了你之後，是不是又改變了主意，不想尋死了，對吧？」米切爾問。

「你說的沒錯。」

「可是，你們這一行，一旦拿到了別人的錢，就會把事情做得很徹底，就算委託人改變主意也不行，是嗎？」

我微微一笑，算是回應他。

「這一點，請你放心！我是不會求你饒命的！」米切爾的語氣聽起來很堅決。

「那你會逃跑嗎？」

「我當然不會逃跑。」

可是，皮羅逃跑了，一想到這個，我就感到遺憾，因為我沒有把這項工作完全做完。

「到時候，你開車去營業廳，然後向我開槍，事成以後馬上開車離開。很快的，要不了十分鐘。開槍的時候，一定要穿透心臟！」說完，米切爾從口袋裡掏出一個鼓鼓囊囊的信封，點好五千元遞給我。

我目送他出門後，給房門上了鎖，隨即來到了隔壁一間套房。

這是我的一個習慣：在跟顧客見面時，我總是會同時租下兩間相連的房間或套房，以防有人跟蹤我。

進入套房後，我摘掉假鬍子，取下墨鏡，並把淡金色假髮從頭上拿下來。

我將這些行頭，連同襯衫、西裝外套一起塞進我的高爾夫球袋。接著，我換上一件運動衫，頭上扣一頂棒球帽，把高爾夫球袋往後一背就離開了。當我離開的時候，我的樣子看起來，像是準備出門打高爾夫球。

來到旅館停車場，我看見了米切爾。他開著一輛淡藍色的轎車，正準備離開。我注視著他的汽車尾部，在心裡默記那個車牌號。

接著，我驅車前往凱西街的羅盤酒吧，弗倫和我會在這裡碰面，之前已經約好的。

除了弗倫，我還有許多代理人。當然，我習慣把他們稱做「協會會員」。

全國各地都有我們的協會會員。每當他們聯繫到一名顧客，就會在當地的報紙上以刊登遺失廣告的形式通知我。廣告的內容都是一樣的：遺失棕白色牧羊犬，名叫紫羅蘭，送還者定重謝！然後在廣告後面附上電話號碼。

我和會員們合作有些年頭了，一直都很愉快。不過，也有一些小麻煩——我們得給那十三隻名叫紫羅蘭的牧羊犬，尋找人家。

從表面上看，我的生活跟周圍的鄰居都一樣，唯一跟他們不同的就是，我訂有十六份美國報紙和兩份加拿大報紙。

弗倫是一個大鬍子，有著一雙平靜的眼睛，經常穿一件淡綠色夾克，頭上戴著船型的長舌帽。他的這副造型常常會誤導一些人，他們總以為弗倫的大半輩子是在海上度過的。其實不然，他退休以前曾是社會安全局的會計。

他的家在郊外。不過，每次午飯過後，他就會穿上他的制服驅車進城，或者是到海邊去。他的大部分時間是在海邊和酒吧度過的。他在那裡聽別人閒聊關於大海的故事，有時，也會請人撮上一頓。對於海上生活他充滿了嚮往，當初要不是因為早婚和五個孩子的拖累，他肯定做了一名水手。他不會在那裡逗留到很晚的，因為天黑以前他得趕回女婿家。

我發現了他。他坐在一張劃痕累累的桌子旁喝著啤酒。

「你拿到了多少？帶來了？」他問。

「他預付五千元。」我說著，開始在桌子下面打開信封點出兩千。

我付給代理人的傭金是四成。看到這個，有些人會覺得有些高了。可是在我看來，會員所做的事情也不比我少。他們也和我一樣，有些很高的期望值。

弗倫是個新的協商會員，截止目前，他給我介紹過兩個人，一個是那位中學教師皮羅，一個是現在的米切爾。

他將鈔票一折，放進淡綠色夾克的口袋。

「你是怎麼找到米切爾的？」我問。

「是他先找上我的。那天，也是在這裡，我正在看午報，他走進了酒吧。他跟侍者要了杯啤酒，隨即坐到了我的身旁。啤酒喝完後，他看了看我，隨口問我想喝什麼，我也點了啤酒。於是，他給我們每人要了一杯啤酒。接著我們的談話就開始了，隨後我就明白了他的煩惱和想法。」

「那他知道你的名字嗎？」

「我從來不對別人透露名字。」

「可是，事情有些蹊蹺，在酒吧內你們是陌生人，可他一見你，幾乎就立刻跟你提起了他的煩惱。」

弗倫好像明白了我的意思，緩緩地點了頭說：「想想也是，一切都是他先提起的。」

我們沈默著，開始陷入長久的思考。末了，我說：「你確定，你沒有跟其他任何人提過我們的關係？」

「我向你發誓，以一個船長的名義向你發誓，絕對不會有人知道！當然，除了皮羅。」

弗倫篤定地說。

皮羅？也許問題就出在皮羅身上。米切爾就是從他那裡得到的消息。絕不給顧客提供真實姓名或住址，是我給會員們定下的一條宗旨。不過，即便是這樣，米切爾還是能通過皮羅的幫助順利找到了弗倫。

弗倫穿著一成不變的制服，還長著典型的大鬍子，另外，他還經常在海邊出現。現在，我又發現了一個要命的問題——弗倫右邊的眉毛上，有一個星形的傷疤。

有這麼多的特點，想要找到弗倫，可不需要費什麼工夫。

我又轉念一想，即便我的設想不假，又能如何呢？

於是，我很認真地對弗倫說：「那些錢你現在最好不要動，先等我的消息。」

他大概聽出了我話裡的意思，說：「你懷疑這些錢，事先已經做過標記了，已經被警方盯上了？我可不願意，眼睜睜地看著它們浪費掉。」說完，他看了看我，淡淡地一笑。

當然，沒人願意那樣。

次日，我驅車前往米切爾居住的地方。那是一個小鎮，距離我所在的城市兩百英里。抵達那裡時，已經兩點多了。

那個小鎮不太發達，就像個農村，只有一條主要的商業街。在小鎮的邊界上，我看到了一個牌子，上面寫著：入口2314。停好車，我隨即進入一家藥店，來到裡面的公用電話亭，拿起一個電話簿看起來。電話簿上，顯示了二十二家商店、三位醫生、一位按摩師、兩位牙醫、六家餐廳、四座教堂、一家合作社和一個國家律師事務所的聯繫方式。

其中的四位律師裡，有一位的名字正是米切爾。我的腦子裡，立即出現了一個大大的問號。之前米切爾給我提供的身分是合作社的會計，難道他是律師兼會計？

接著，我開始查看住宅部分。在這一欄裡，沒有出現皮羅這個名字。

離開藥房，我漫步來到那條主要的商業街。一家理髮店吸引了我的目光，我隨即走了進去，仔細研究散落在桌上的選舉海報。

米切爾的名字，又出現了。從那張海報裡，我得知他是當地法院的一名檢察官。

看到這個，我禁不住嘆了口氣。於是，我決定先找到海灣合作社看個究竟。

這家合作社的大廳裡，人不太多。只有四位職員和七位顧客。可是沒看見米切爾。也許，他的辦公室在裡面？

我裝作一副很隨意的樣子，挑選一家最近的酒吧，拐了進去。酒吧裡很安靜。在吧台的一頭坐著兩個人。他們穿著工作裝，一邊喝酒，一邊聊天。

酒喝完後，他們離開了。

一個侍者朝吧台走來，收拾好吧台，開始跟我攀談起來。

「看樣子，你來這兒時間不長？」

我有些詫異。因為這個小鎮上，一共有兩千三百一十四人，他不可能個個認識。大概是我的樣子太搶眼了，才被他認出是個外來者。

於是，我準備從他這裡探聽一點消息。三杯啤酒的工夫，我了解到米切爾的大致情況。他沒有結婚，至今單身一人。這段時間，他正準備競選當地法院的檢察官。可這次競選，他的勝算不大。因為當地選民習慣於把票投給自己的同鄉，而他是個外地人。

同時，我也聽說了一些他親屬的事情：他的姐姐，是一位警長的太太，那個警長名字叫馬丁。他的妹妹，剛剛結婚，新郎是一位中學數學老師。

「你知道，那個新郎的名字嗎？」我問。

「他叫莫洛。」侍者回答。

兩點四十五分，我起身走出酒吧，徒步返回停車的地方。

我的下個目的地是海灣中學。很快，我驅車到達了學校門外。校門口正停放著一排準備接送學生放學的校車。

三點十分，學校放學了。半分鐘以後學生們紛紛湧出校門，主要的人潮都流向了校車。

接著，老師們開始離校。在第一位老師跨出校門時，學生們已經坐滿了大部分的校車，車子正準備行駛。

我就在那裡一直等著。終於我看到了皮羅。當然，他現在是莫洛。他個子很高，背有些駝了，年紀大概是三十來歲。

我目送著他，直到他走到他的汽車跟前。也許他已經注意到我了。不過，這也沒什麼關係。我們僅僅見過一面，見面的時候，我還刻意喬裝打扮過：我戴著假鬍子、墨鏡和假髮。那一次，皮羅給了我三千元預付款。這筆錢對於一個教師而言，可不是一個小數目。他告訴我，只要在一個星期之內，結果他的生命就好。具體日期由我來決定，他不願意知道。

我選擇三天以後再去找他。可是，我沒有見到他，他消失了。

後來，我聽說跟我見過面後，皮羅就後悔了。甚至在二十四小時內，他徹底改變了主意。他一下子體會到了生命的可貴，覺得自己不應該就這樣結束自己的生命。

所以，他連忙返回我們見面的那個旅館，不過毫無疑問，我很早就離開了。

他只好去找弗倫。來到第一次見面的酒吧，弗倫也不在。他去外地看他的孫子了。這回皮羅沒了主意，他嚇壞了。於是，他打包行李倉皇出逃了。

現在，皮羅——也就是莫洛，打開車門，鑽進汽車，把車開走了。

我緊緊跟著。

他的車子行駛過六條街後，在一棟高大的維多利亞式住宅前，停了下來。他走下車，進入了大廈。

我隨即也停下了車。就在這時，我看到了米切爾的車。他的那輛淡藍色轎車，在皮羅汽車的前面停著。

不由得，我開始琢磨米切爾。

之前，他跟我說自己已婚，還有了兩個孩子。他這麼說，用意何在？為了不讓我懷疑，他自殺的動機？

可是，他葫蘆裡到底賣的是什麼藥？

帶著滿腦子的疑問，我回到了那條主街。驅車找到鎮上唯一的一家旅館後，我停好車，隨即來到前台辦理入住手續。一切就緒，我攜著衣箱和高爾夫球袋，進入自己的房間。

第二天，也就是星期五，我早飯吃得很遲。飯後，我漫步走回主街。

路上，我碰到了一個警察。他那肥壯的身材，以及他的年齡和舉止，都與之前，我聽說的馬丁警長，十分相符。

看樣子，我得小心行事。我踏上台階，走進鎮圖書館。在書架上抽了一本書，我倚窗而坐。那扇窗戶正好朝著主要街道，透過窗戶，海灣合作社裡的一舉一動盡收我的眼底。

上午十一點十分，馬丁警長出現了，他走進了合作社。

我靜靜地等著。

他一直待在裡面，沒有離開。

時間一分一秒地過去。十一點半、十二點、十二點半，仍然沒看到他的影子。一點鐘的時候，我看見了米切爾，他走出合作社大門，不住地拿眼睛朝街道兩端打量，還不時地低頭看看手錶，過了一會兒，他又走進了合作社。

我依然坐在圖書館觀望。對於馬丁警長，我滿心好奇。我很想知道，什麼時候他會走出來。等到兩點差一刻，我失去了耐心。我不能在這裡逗留太久。於是，我把書放回書架，返回旅館。

打開房門，我看到了馬丁警長。他正舉著槍在房間裡等我。

「看來，你已經不打算去合作社了？」他微微一笑說。

「合作社？我去那兒幹嗎？」我故作無辜地說。

他沒有理我，徑直地走到我跟前，開始搜身。但是，在我身上他沒有發現武器。

接著，他又檢查了我的衣箱和高爾夫球袋。我的假鬍子、墨鏡和假髮，被放在床上。

「你沒有準時出現，這真叫我失望。有五千元在那兒等著你，你為什麼沒有來呢？」他邊說著，邊把手槍放了回去。

我一言不發。

「你是不是覺察到什麼了？米切爾一直在大廳等你，他穿著防彈背心。我們原計畫等你開槍後，他佯裝死掉。接著，我趁你不備跳出來，抓你個現行犯。如果你不配合，我一槍斃了你。」他咧開嘴笑著說，語氣裡帶著幾分得意。

原來，這的確是個圈套！

馬丁警長繼續說道：「其實，這件事是由莫洛引起的，他也叫皮羅。大概是一個月前吧，有一個晚上，皮羅、米切爾和我，我們三個人在一起喝酒。結果，皮羅喝多了，他向我們透露了你們之間的事。他說他之前雇你謀殺他。他害怕你現在仍然在追殺他。」

「聽到這個，米切爾心裡立刻有了主意。他正在競選地方檢察官，這時候，他很需要贏得更多的支持。他覺得乘機破獲一個黑社會組織，是個不錯的主意。那樣的話，他可以在選民心中樹立很好的形象。所以我們就行動了。」馬丁警長說著，臉上又掠過一絲微笑。

說完，他停頓了一下，從制服裡面的口袋取出一根雪茄，開始問道：「我想過，可能是你覺察到了什麼，產生了懷疑，於是你決定放棄。可是什麼招致了你的懷疑呢？難道你之前探聽到了什麼消息？可你依然想留下來，看個究竟？」

馬丁警長將雪茄點燃接著往下說：「遲遲不見你的蹤影，我就撥打了旅館的電話。帳房希爾提到了你，他告訴我你還沒有結帳。一聽說這個，我馬上從後門離開合作社趕到旅館。」他說著，用手指了一下床上散落東西，「如果我猜想的不錯，你和米切爾見面的時候，應該是戴著那些東西的。」

聽完這一席話，我嘆了一口氣。心想，難道我將會以殺人兇手的罪行被捕入獄嗎？可是，就算入獄也不應該以殺人罪論處。因為我的協會和我都是虛張聲勢，殺人的事情我們從來沒有做過。

是的，我們確實拿了別人的錢。可是，我們總會在沒有成事時就消失了。當然，我們也不會忘記給受害者寄去一封匿名信，在信中告訴他是誰想置他於死地。這樣做，目的是讓受害者有所警惕及早防範。

至於警方，我們也會寄去信件，將同樣的信息告知他們。由於缺少有力的證據，我們的顧客不一定會被警方逮捕，但是，有了警察的介入，他們進一步的殺人計畫至少會被阻止。

總而言之，我們是在救人，於此同時，也謀取一些錢財。直到現在我們沒有聽到過顧客的埋怨。就算我們不履行合約，那些雇人殺人的顧客，也不會因為這個去報警。處理皮羅這種自殺的情況，我們通常會給他們幾天時間去考慮，然後再去找他們。但幾天之後，他們總會後悔自己的選擇。當然，我會尊重他們的決定，「允許」他們活下去。對於這一點，他們已經感激不盡，不會再提拿回預付款的事情。

即便是我來到這個小鎮，我的目的並不是要來殺死米切爾，我只是想取那五千元。來到這裡，我也想找到皮羅，我想告訴他他已經安全了，我決定不再追殺他。

「其實，我在等你的時候，已經仔細考慮了一些事情。」馬丁警長緩緩地吐著煙說道。他打量了我足足半分鐘，又說：「我來這裡並沒人知道，包括米切爾，他也不知道。」

我擰起眉頭，開始思量他的用意。

又是一個沈默的三十秒。

他終於又開口了，像是下定決心，說道：「其實是這樣的，麻煩都在我那個煩人的妻子身上，我已經無法忍受她了。但是，她不同意離婚。」接著，他探過身對我耳語，「我的銀行帳戶裡有四千元，誰能幫我解決難題，我願意把這些全給他。」

我的眼睛一直盯著他看，確定他不是在說謊之後，我終於長長地鬆了一口氣。

哎！我又多了一位顧客。

搶匪

門旁邊站著赫伯，他的一隻瘦小的手裡拿著圓頂高帽和一把折傘；另一隻手，拉著門把手，門半開半掩著。

「我走了，媽媽。」清晨的寧靜裡傳出了一個聲音。

「好的，祝福你有個美好的一天。」另一個聲音從後面的臥室裡傳出來，聽起來很甜，但是有些無精打采。「對了，今晚你不會遲到吧？我的孩子。」那聲音問道。

「放心吧，媽媽。我不會遲到。」

「是七點鐘吧？」

「七點鐘。」他回答，看起來有些心不在焉。他拿眼睛打量了一下起居室，心被觸動了。我會懷念這裡的一切的。他心想。

他的目光在屋子的擺設上逐一停留一會兒。他看看優雅的家具，又看看紅木櫥子，櫥子裡裝著瓷器，是他母親辛勤蒐集來的。現在，他的視線轉向了角落，那兒有個小小的飾物架，許多類型的小玩意兒在上面擺放著。

這個房間曾經一度是主人的驕傲。在晨光下，屋子裡的每一樣東西都能發出耀眼的光芒。隨著時間的流逝，這些東西現在都褪色了、變舊了，甚至顯得疲憊不堪。他的母親似乎也一樣，隨著這些東西的老去也漸漸失去了活力。

一九二九年，是變故最大的一年。那年生意遭受了巨創，他的母親也失去了丈夫。之後她開始了辛苦的工作。由於赫伯的薪水不高，她一直從事著那份工作。

他的母親起身了，身披一件法蘭絨袍子進入廚房。他跟母親道別，聽到那一聲熟悉的「再見」之後，他隨手帶上門。

進入電梯，赫伯按了一下「1」字按鈕。這部老爺電梯開始呻吟著工作了。電梯的牆壁上滿目瘡痍，上面寫的全是年輕人的名字。可是，在這裡面偏偏沒有他的名字，一想到這個他就不由得傷感起來。他今年已經四十歲了，其中有三十年他都居住在這棟公寓裡。這麼多年了，他的名字縮寫一直沒有出現在鏽跡斑斑的電梯裡。因為他沒有勇氣把它刻上去。現在，他的內心升騰起了一個渴望。於是，他伸手去摸掛在胸前的那隻懷錶，錶的末端有一個金刀子。但是，天生的膽怯和遵守秩序的習慣還束縛著他。他挪出背心口袋裡的手。怕再沒有機會了吧？想到這裡，他嘆了一口氣。

赫伯是個刻板的人。他做事總是一絲不苟、拘泥於形式，生活規律也非常單一。這天對於他而言，是個特別的日子，因為他計畫在日落之前偷竊五十萬元。可是，他清晨出發的時候，也只是給自己了一個不為人知的微笑。

和平日一樣，這天上午，赫伯依然坐在第三車廂的後排上。他手裡拿著《紐約時報》，報紙被非常齊整地折成了四分之一大小。赫伯有些吃力地用一雙近視的眼睛閱讀著新聞。

到達華爾街站時，赫伯下了車，在這一站，有許多人下車。這些人都穿著黑色的西裝，頭上戴著圓頂禮帽，手裡拿著一把雨傘。走了不長的一段路，赫伯來到一座灰色的大廈。進門的時候他向保安點了點頭，然後就徑直乘坐電梯來到了十六樓。出了電梯，他佇立在一扇不透明的玻璃門前，停留了一會兒。

那扇門上刻有——泰波父子公司，創立於一八四八年，紐約證券交易公會會員的字樣。

沿著一條通道走過去，推開欄杆門，赫伯開始用粉筆在黑板上快速地做著記載。那些是前一天各公司的股票行情，他已經很熟悉了，連看都不用多看一眼。完成這項工作後，他進入一個小小的辦公室。裡面放置著六張辦公桌，還有一個鑲著玻璃的檔案櫃，四周的牆上各有一個不大的窗戶像籠子一樣。赫伯的辦公桌是單獨擺放的，因為他在公司已經有了二十三年的資歷。

上班時間快到時，剩餘的辦公桌前陸陸續續都坐上了人。個子高高的比利來了，他看起來有些憔悴，草草地跟赫伯點頭，打了個招呼，就溜到自己的座位上。他比赫伯晚來兩年，也是個老員工。另一位值得一提的同事是芬黛小姐。她是個很有才能的女人，年紀不大，只有三十歲。撲完粉，她就在一張桌子後面坐了下來。她的座位很特殊，靠著副經理辦公室的橡樹門邊。接著，來了兩位低層職員。最後進來的是勞倫斯，他是副經理的外甥。

勞倫斯進來不久，副經理就走出辦公室查看上班情況。看到大家的準時到達，他看起來心情不錯，然後他朝芬黛小姐點了點頭，示意讓她進去。

一個半小時後，芬黛小姐走出泰波副經理的辦公室。隨後，泰波副經理從裡面走出來，來到赫伯的桌邊。

「早安！赫伯。一切都好嗎？」他虛偽地招呼了一聲。

「是的，很好，泰波先生。」赫伯有禮貌地回答。

「今天星期五了，下午特種債券就會送到，到時候由你負責。這些債券都是可以流通的，我們最好存放在樓下倉庫的保險櫃裡。」

赫伯很認真地聽著，然後點了點頭。突然，勞倫斯走到副經理的身旁。

「舅舅，我也來幫忙吧。」勞倫斯說。

泰波副經理，看著問赫伯問道：「你需要有人幫忙嗎？」

「我一個人就足夠了。」這時候，赫伯可不想多一個人插進來節外生枝，他連忙說道。

「好吧，那就辛苦你了。」泰波副經理說。

勞倫斯怏怏不快地回到了自己的座位。

等到泰波走進自己的辦公室後，赫伯留意了一下整個辦公室。每個人都在忙著自己的事情。於是，他拿起電話一連打了三個電話。第一個電話，他打給了母親；第二個是敲定一個自助餐廳的訂位；第三個他打給了樓下的一個房地產公司。

打完電話，他拉開辦公桌中間的抽屜，從中取出一疊空白收據。這些收據是上個月他從一家運輸公司找來的。下午要送來債券的就是這家公司。

赫伯開始在空白收據上填寫。一直忙到中午，赫伯終於填完了那些假收據。他小心翼翼地將它們放回原來的位置，又將抽屜上了鎖。

接下來，他穿上外套，戴上帽子，走出了辦公室。下了電梯，他神色匆忙地穿過五條街，進入一家小自助餐館。挑選了幾種食物後，他端著盤子，走到了兩個男人的身旁。他們兩個反差很大，一個瘦小，一個魁梧。

他們是史東先生和布朗先生，屬於黑社會的外圍分子。為了找到他們，赫伯花了三個星期的時間，終於在紐約的酒吧裡跟他們碰面了。

三個人一邊吃午飯，赫伯一邊解釋約他們前來的原因。當赫伯提到金錢數目時，那兩個人，有些吃驚，相互對望了一下。

「兩位完全可以放心，這件事情不會有一丁點兒的危險，因為計畫很周密。」赫伯說道，接著他探過身，把自己的整個計畫跟他們說了一遍。

在赫伯的整個計畫裡，時間是最關鍵的因素。因為在星期五，同事們總會提前下班。所以赫伯要求史東和布朗，先去樓下房地產公司假裝談業務，然後再從防火樓梯離開。在下班前五分鐘，芬黛小姐通常會去洗手間化妝，趁著她不在的這個時間，赫伯計畫了一場搶劫。

他的計畫其實很簡單。當他帶著債券進入副經理辦公室時，他要求史東和布朗緊跟著衝進去，然後拔出手槍，搶過債券。之後，要他們打昏副經理。當然，為了掩人耳目他們也得對赫伯動手。不過，赫伯特別囑託了一句，要求他們千萬不能傷人。

「要是那個叫芬黛的女人，回來早了，正好碰上了我們，那就麻煩了。」史東說。

「是啊，那樣的話，他們就會封鎖全樓，對我們強行搜身。到時候，一找到債券，我們就全都完了。」布朗附和道。

「不會的。因為你們身上，根本就沒有債券。」赫伯像在宣布一個勝利似地說道。

兩個歹徒一臉疑惑。

他示意兩個人靠近些，然後低聲說道：「這是最後的一個細節，但是很重要，你得牢牢記著。等你們搶完東西，逃離的時候就把兩卷債券扔進廢紙簍裡。到時，我會在桌子上留一些廢紙，你們順手一掃用廢紙把債券蓋住。之後，你們就趕緊從防火樓梯出去，摘掉面罩，乘電梯下樓。」

「這麼說，就算是警察來了，也拿我們沒輒？」布朗說。
「是的，一點沒錯。」
「恐怕沒那麼簡單吧？債券怎麼送出大廈？」史東問道。
「這個就更簡單了。如果警察來詢問的話，他們自然不會懷疑到我。等他們一離開，我就趕緊把債券從廢紙簍裡撿出來，裝進手提箱，然後光明正大地拿著離開。」他驕傲地說。
「聽起來棒極了。我們搶走了五十萬。可他們連抓我們的把柄都找不到。」布朗有些興奮地說著。
「賣了那些債券，我們能拿到多少錢？你說很容易兌換的。」史東則是很冷靜，他問了一個實際的問題。
「賣個二十五萬，應該不成問題。現在，我們把具體的時間確定好。」赫伯說。
於是，他們三個頭對頭，湊在一塊耳語起來。重新闡述完每一個步驟，赫伯起身站立，戴上圓頂帽說：「那麼，再見了，我們四點五十八分準時見。」他的聲音聽起來很嚴肅。
下午三點半，特別債券送到公司。
現在是四點鐘，赫伯開始在心裡默默祈禱，但願他們已經到達樓下的房地產公司了。
四點十五分，他取出一張黃色的收據，開始趴在寫字桌上登記偽造項目。這時候，勞倫斯已經離開了，緊接著另外兩個年輕職員也走了，最後比利也離開了。

赫伯看了看時間，他吃了一驚，已經是四點五十五分！按照他們的計畫，史東和布朗應該離開樓下辦公室了。而芬黛，也會起身去化妝了。

只見那位祕書小姐，照例從抽屜取出一隻大手提袋，朝著洗手間的方向走去。她經過赫伯身邊時，還對著他微微地笑了一下。

他趕緊把紙簍挪動了一下，擱置在最有利的地方，然後很小心地將十幾張廢紙放在辦公桌邊，一部分紙張罩在紙簍上。動作做完後，他來回審視了一下，感覺不錯。接下來，他把紙張捲成捆，用力地壓緊，又用橡皮筋把它們纏了幾圈。現在正好是四點五十八分，那兩個人，應該出現了。

赫伯有些緊張，他緊閉雙眼，然後又慢慢地睜開。就在這時，他看見兩個戴面罩的人如約而至——整個搶劫的過程，跟他的計畫完全一致。

赫伯趴在地上，從他的這個角度正好看見了債券被丟進廢紙簍，廢紙滑落蓋住債券，然後，四條腿跑開的一系列經過。

很快，在他眼前又出現了兩條穿著絲襪的腿，緊接著他的耳朵裡傳來芬黛小姐的聲嘶力竭的尖叫……

案發一個小時後，警官向芬黛小姐和泰波副經理問話完畢，又轉身面向赫伯。

「赫伯先生，也就是說，你也沒有看清歹徒的長相？」警官坐在赫伯桌子的邊上，兩腳懸空著。

「是的。」

「這就是被搶債券的全部號碼？」警察手裡拿著一張號碼單問道。

「是的，警官。那兩個人，一個矮胖，一個瘦高，都戴著面罩。」赫伯回答。

「還有什麼要問我們的嗎？」泰波副經理問。

「不需要了，我再詢問赫伯先生幾個問題，就沒事了。」

「那我們先告辭。」泰波副經理和芬黛小姐離開了。

警官還坐在桌子上，他一邊問話，一邊來回晃動他的腳。一不小心，紙簍被他踢了一腳，險些翻倒。

赫伯嚇得快要不能呼吸了，因為有一捆債券從廢紙簍裡露出頭來！

突然，警官站起身，眼睛朝副經理辦公室的方向望去，一副沈思的樣子。赫伯趕緊用手肘將其餘的廢紙推進紙簍。

就在警官引領他一起走向副經理的辦公室時，他看見一個滿臉皺紋的老女人，她正推著手推車進入辦公室，車上放著一個粗麻袋。

「走吧，是清潔工。」警官看了那老女人一眼，就拉著赫伯走進了辦公室。

在赫伯給警官敘述案件的經過時，他豎起耳朵留心外面辦公室裡的動靜。他聽到了抹布擦拭桌面的聲音，接著，他聽到傾倒紙簍垃圾的聲音。

終於詢問完畢了，一出副經理辦公室，赫伯疾步走向自己的辦公桌，低頭查看紙簍。紙簍是空的！

清潔工收拾完東西，推著車走進走道時，他目送著她，直到她的背影消失。

半小時以後，警官的問詢才徹底結束。他和警官一起乘坐電梯下樓，接著，他們又一起走到了街上。

等警官剛把警車開走，赫伯馬上奔向拐角攔了一輛計程車。

計程車在機場前面停下了，赫伯跳下車向候機室衝去。他到達的時候，候機室裡的廣播正在響著——最後一次播報，飛往里約熱內盧的706航班的旅客請走4C門。

赫伯下意識地看了一眼，機場的時鐘，指針指在「7」上。從早晨起床到現在，剛好十二個小時。

他來到4C門前，向一位穿黑大衣、戴花帽子的人走去。那個人背朝進站口，身邊放著兩個行李箱。

「媽，還好我趕上了。」赫伯用手拍拍那人的肩膀，氣喘吁吁地說。

「你很棒，我的孩子，事情順利嗎？」那聲音聽起來還是很甜，不過很有活力。

「是的，媽媽，相當順利。」

赫伯拎起行李，走向了登機口。他滿臉是笑，因為從現在起他們有錢了，媽媽再也不用去泰波父子公司，當那個又苦又累的女清潔工了！

行刑人

外出旅行的時候，我通常會選擇自己開車。在旅途中，你差不多可以天天看到車禍。有時候，還會目睹沒有來得及清理的車禍現場。這些車毀人亡的凌亂現場，我見得太多了，有些麻木，為此我常常在心裡責備自己，覺得自己是一個冷酷無情的人。

可是，一天傍晚的經歷，改變了我對自己的看法。那晚，我開著車，在賓西法尼亞州的公路上緩緩行駛。突然，一輛停著的救護車和兩輛公路警察巡邏車闖進了我的視線。順著汽車的燈光看去，我看到了讓我終生難忘的一幕。

她是個小女孩，年齡不會超過十六、七歲。可她再也沒有機會長大了。她身穿一件T恤，腿上套著一條牛仔褲，腳上踩著高跟鞋，衣著不大協調。一頭金黃色的直髮披散著，口紅的顏色很重，一副藍色鏡片的遮陽鏡耷拉在一隻耳朵上。

這回，她小小的身軀不是平躺在地上，而是被懸掛在十英尺高空，歪歪斜斜地在半空中杵著。她的背部被電話線柱刺透了，柱子從她的胸膛直插進去。她的身軀被兩位醫護人員卸下來時，連警察們都不敢多看一眼。他們的目光，要麼停留在自己的鞋子上，要麼注視著路上的來往車輛。那景象實在是太慘了，讓人不忍心去看。

現場還沒有清理，很容易看明白是怎麼回事。路旁停著一輛被撞壞的小汽車，車子的一個輪胎爆了。車廂前排坐著一個男孩，他面無血色、滿臉淚痕。警察的探照燈沒帶來之前，這裡是一片漆黑。這個男孩和不幸遇難的女孩，正在路旁修理壞掉的輪胎。這時候，恰巧路過了一輛車，撞上了女孩。那輛車的速度太快了，把女孩撞飛到半空。肇事司機一見闖了禍，附近也沒有其他車，就駕車逃逸了。

距離現場兩百碼的地方，幾個過路人都將車停在路旁，開始彎腰嘔吐。這時，我的嘴裡也開始泛著酸味。於是，我打開車窗清了清嗓子，吐口唾沫，可是，這些都是徒勞。

在開車的時候，我一向謹慎，從來沒想過超速。現在，我更是小心翼翼，把車速減到每小時十八英里。由於肇事司機逃逸，警方一定集中了警力全力圍捕。在這個時候，我可不想去碰釘子被他們攔住。我心裡有一個祕密，我不能把時間浪費在與警方的糾纏上。如果警方不仔細盤查，我就能快速順利通過。驅車行駛了三、四十英里路的樣子，我在一個加油站停下了車。在那裡，我給車子加了點油，還吃了一些食物。那時候，是凌晨兩點鐘。此番前行，我的終點站是費城，現在距離目的地還很遠。等著加油員把油箱加滿，我在餐廳旁邊把車子停好，然後，下車鎖好車門。

徑直走向吧台，我點了一杯咖啡隨即坐了下來。喝著咖啡，我開始考慮到達費城以後的安排。突然我感覺有兩行目光停留在我身上。於是，我別過身子，發現那目光來自一位穿著講究、雙鬢泛白的人，他坐在我身後，座位旁邊是一個窗戶。透過玻璃窗我看見了我車子上的猶他州牌照。

看那個人的派頭，他應該不會對我感興趣。他不像個警察。僅看他的西裝、袖釦、手錶和鑽石，就知道他這身行頭不便宜，價值一定超過五千元。況且，我整過容他不可能認識我。想到這裡，我只管喝我的咖啡不再去理會他。

就在我準備離開時，我發現他立即尾隨。於是，我機警地向右轉彎，而他轉向了左邊。我停下腳步佯裝觀看禮品櫥窗，同時，用眼睛的餘光繼續留意他。這時，我瞥見了他停在後面的汽車，那輛紅顏色的跑車是外國進口的，看起來很昂貴。

之後，我重新驅車經過一條彎道，來到主幹道上。我開始通過後視鏡觀察他的蹤影，這一次他沒有跟來。

於是，我把車速保持在四十英里左右，優閒地向前行進。偶爾，我也會再留意一下後視鏡。因為我總擔心餐廳的那個傢伙不會這樣善罷甘休。

車子約莫行進了兩三英里後，一個黑影飛快地朝我撲來。那是一輛汽車，車速一定有八十英里，但車燈沒有開。看樣子，司機不打算超車，他直直地朝著我的車尾衝過來。眼看著就要追尾，我用力踩了一腳油門，身子緊貼在座椅上，儘量減少撞擊時的震動。

即使那樣，也是於事無補，不過總好過聽任脖子被扭斷。我的車子已經不再受我控制，被撞出了路面，駛向附近的一個排水溝。靠右輪子淹沒在水裡，靠左的輪子支在路面上。後面的那輛車繼續殘喘了兩百碼，沿途灑下水和油，還不住地往下掉著引擎碎片。

司機打開車門，緩緩地朝我走來。他手持電筒，走路的姿態像極了一個老嫗在散步。一定是那個穿著講究的傢伙！

鬆開安全帶，我下了車。這時候，我才發現汽車尾部已經被撞得不像樣子了，凹陷進去的地方，少說也有一英尺深，而且油箱也破了，汽油不住地往水溝裡滴落，在汽車的下面蔓延一大攤，散發著濃烈的味道。

「你不要緊吧？傷到哪裡了？」他問。

我一言不發，生氣極了。我在心裡暗暗地對自己說，要是我來不及拿完車裡的東西，汽油就開始燃燒的話，我一定會找一個生鏽的鐵條把他打死。

等警車趕到時，我的衣箱、樣品箱和布袋子已經全部從車裡面拿出來了。我正舒舒服服地坐在樣品箱上，沒有人看得出我剛才幾乎要殺人。

「警官先生，你們終於來了。趕緊逮捕那個人，他超車，故意把我的車子撞壞了。」警車剛停下，穿著講究的人就急匆匆地跑去，朝著警察大聲叫嚷。

我抬頭望望那邊，只見他的一根手指正指向我，眼睛裡盡是挑釁，好像故意要激怒我，好讓我上前駁斥他。

一位警察說：「你先冷靜一下，安倫先生，我們馬上就處理。」

看來警察認識他，那我還是識相一些好。我放棄了無謂的爭辯，因為依照現在的情況，他的話肯定會比我的話有分量得多。

「不要去聽信他的話，也許他喝多了，簡直就像個瘋子。」安倫先生又說。

我一直靜靜地坐在那裡，一動不動。等警察走近的時候，我起身站立，主動遞出了我的猶他州駕照和汽車登記證。看來，這些證件為我贏得一個不錯的印象。

說實話，真正的猶他州的駕照和汽車登記證是什麼樣子，我沒有見過。不過，我確信我的偽造品一定可以以假亂真。仿照可算不上什麼大不了的罪名。在東部，很多人都這樣，很少有人見過真正駕照的模樣。

駕照是一張金色的紙，印著藍字，上面顯示有我的拇指指紋印，還有我的照片。

登記證是藍色的，紙張稍薄，上面有一串號碼，跟汽車牌照號碼一致。我的汽車牌照只有被摘取下來，經過一番仔細的檢查才會看出破綻。這塊金屬牌，其實是幾年以前的一塊舊牌照，經過改造重新噴漆，就變成了現在的樣子。

警察看了看文件，塞進口袋裡說：「剛剛安倫先生的話，你也聽見了，現在你有權做出解釋。」

我聳了聳肩，攤開雙手，無助地說：「警官先生。我沒什麼好說的，就像安倫先生說的，我在經過的時候，擋住了他的去路。不過，這不是造成車禍的原因。問題的關鍵是我沒有考慮好情況，猛踩了一腳剎車，就造成了現在的狀況。」

安倫先生歪著腦袋，很是吃驚。藉著暗淡的車燈，我看到，他的一雙眼睛瞇成了線。

「安倫先生，他說得情況屬實嗎？」警察問道。

「哦——是的，沒錯。」安倫先生結巴地回答。

我不清楚，安倫先生到底在想些什麼。我只有一點希望，那就是期盼他們不要回頭，沒有留意到汽車滑出公路時留下的痕跡。

這時候，一輛道路救援車開了過來，一定是警方通知的。我要求他們幫忙把車子從水溝裡拖出來，但是，拒絕了他們要把車子拖走的建議。我告訴他們，我想保持現場以便保險公司前來查看。他們嚇唬我說，多跑幾趟費用會很昂貴，但是，我依然堅持自己的主意。因為我知道，假如我的汽車進入了他們的停車場，那一定是進得去出不來了。而安倫同意他們的做法，讓他的車被拖車拖走。這樣一來，那個拖車司機很是滿意，因為他的拖車一次也只能拖一輛車。

汽車被拖走後。我和安倫坐上了警車的後座。因為我們需要去警局，填寫車禍報告表。

我填寫表格時，我跟警察要回了我的證件。他想都沒想，就直接遞給了我。這說明，他相信了我的話。想到這個，我覺得輕鬆了不少。

我們兩個人並排站著，都俯身趴在一個長台子上填寫表格。那位名叫安倫的先生，一直在用疑惑的目光看我。我知道他很擔心，因為他不明白，我為什麼撒謊。當然，我不會告訴他答案。我只關心他表格的地址一欄。我不準備理他。因為以後還有時間，而且地點肯定也會比這裡好。

辦完手續，我來到距離最近的鎮上。我租了一輛汽車，驅車返回車禍現場。

我取下被撞壞的那輛車子的牌照，然後，從乘客座位旁邊的車門上卸下了的一塊鋼板。接著，我把手伸進門的夾縫，從中取出了一把半自動手槍、一隻消音器、一套應急的身分證明文件，還有一疊百元大鈔，這些錢足夠聘請很好的律師，順便買通貪財的法官了。

汽車開出一英里後，我把車熄了火。接著我下車埋掉了汽車牌照，還把駕照和汽車登記證碎片也一起埋掉。處於電腦時代，不借助於牌照和文件，想得到信息是不可能。

再來，我的目的地是安倫的家。

他居住在一個有大片草場的房舍，這處房子跟一般的房子不大一樣，是牧場式的。這個牧場大約有三十英畝，四周的環境相當好。我開著車進入一條崎嶇的車道，把車一直開到門前。這時候，一縷陽光出現在天邊。

我還沒來得及按門鈴，門就打開了，安倫先生站在門口，說道：「你終於來了。」

「當然。」我回答他。聽了這話，他咧嘴微笑。

僵持了一會兒，安倫先生往後退了幾步說：「我們去書房吧。家人都在睡覺。」

書房門剛被打開，我立刻掏出安好消音器的槍指著他，威脅道：「你這一招，讓我損失了不少錢。現在，你這裡有多少趕緊拿出來。我不想因為錢跟你動手。」

「這麼說，你什麼都知道？」

「是的。你很愚蠢，要想不被人發現，你完全可以走相反的方向。」

他擰著眉頭說：「我沒想起來。」

「你應該想到的。如果沒有緣由，沒有人會像你一樣主動去製造一起車禍。答案也很明顯，你想掩蓋先前撞壞的痕跡。因為你就是撞死那個女孩的肇事司機。事發的時候，你很可能喝醉了，不過，沒多長時間你就酒醒了。你意識到自己闖了禍，而各個出口正在進行車輛排查，準備抓你歸案。於是，你乾脆再人為製造一起車禍，把之前撞壞的痕跡掩蓋上。」

「既然你什麼都知道，為什麼不去警局揭發我？」安倫先生問道。

對於他的問題，我完全不予理會，反問道：「難道你願意因為錢被謀殺嗎？」

他好像這會兒才注意到槍的存在，怯怯地說：「我想到了，你可能需要錢，就事先準備好了。你瞧，全都放在盒子裡了。你看一下，要是還不夠的話，我可以再變賣一些公債。一兩個星期後，把不足的部分補齊。」他說著，用手指指桌子上的盒子。

我看都沒看那個盒子，冷冷地說：「這些夠了。」

一邊說，我一邊扣動了手槍的扳機，連射了兩槍。

其實，我謀殺他根本不是因為錢，而是為了懸掛在半空中的那個女孩。

誰讓他開車那麼不小心的，要不然，那個女孩也不會無辜慘死。

不僅如此，更讓我難以容忍的是，他還故意撞我的車想要逃脫罪名。

圈套

邁克警官沈思了一下說：「你的意思是，今天晚上，哦，不，準確地說應該是昨晚十一點鐘，你還距離希爾頓飯店，有幾里遠？」

「是的，離得可不近，從城南向東走，得有好幾里呢！」約翰說。

邁克警官隨手從他面前的辦公桌上取出一支煙，接著，他的目光轉向了杜勒斯警探。

「約翰有一個不在場的證據，可是，這個證據可信度不高。」杜勒斯若有所思地說。

「可信度不高？你和其他的警察不是已經查過了嗎？我整晚一直和仙蒂在一起，她已經親口向你們證實了。」約翰轉了個身，兩隻眼睛迅速地瞥了杜勒斯一下說。

杜勒斯警探沒有回答他，他手裡的筆，不停地在記事簿上寫東西。

「你以為，我們會相信仙蒂的話嗎？像她那樣的女人，肯定會為了錢去說謊的！」邁克警官幾乎是在咆哮。

約翰很無奈，他聳了聳寬闊的肩膀說：「讓我怎麼說你好呢？凌晨一點，你派手下，把我從床上給拖了起來，簡直毫無道理！」他的聲音聽上去很激動。

杜勒斯警探打斷他說：「我們給你講過原因了。你一直在跟我們強調，你有證人，只管自己說話，不讓別人插話。」

「杜勒斯先生，你出去看一下你的搭擋——彼得，他是不是查一個案子去了，怎麼沒有回來？」邁克警官的語氣平和多了。

杜勒斯起身站立，點了點頭，他的頭髮烏黑，而且很有光澤。他走出了邁克警官的辦公室，隨手帶上門，徑直去了對面的凶殺案辦案組。

邁克警官的目光停在約翰身上，說：「這裡只剩下我們兩個人，我想，我們可以好好談談。三個小時以前，也就是十一點的時候，發生了一起持槍搶劫案。搶匪是兩個戴著面具的小孩，他們強迫帳房先生打開庫房，那裡存放的全是客人的保險箱。」

「是的，之前，你已經跟我提過這件事了。」約翰打了個哈欠說道，在這個時候，他的哈欠，跟他那雙充滿了緊張的灰色眼睛，有點不太搭調。

對於約翰的故意打岔，邁克並不理會，他接著上面的話往下說：「飯店警衛聞訊後，立即趕到了通道口的休息室。一場激烈的搏鬥開始了，兩個搶匪奪門而逃。其中一個沒有逃掉。他快走到街道拐角停放汽車的位置時，後腦勺上挨了一槍，倒在路邊。他的同夥，沒有管他，鑽進汽車逃命了。那個倒楣的傢伙，你一定不陌生，他叫雷蒙，你們是老朋友了，而且一起坐過牢。現在，你應該明白，我們為什麼找你來了吧？」

「你有什麼證據，說我跟這個搶劫案有關？這個晚上，從七點鐘到十二點鐘，一直和仙蒂在一起的，你去問問她，一切就會明白了。」約翰的一隻手，緊緊地抓著他的頭髮說道，他的頭髮很紅，亂蓬蓬的。

邁克警官緩緩地將座椅轉了一圈，仰著臉，眼睛直直地望著頂上那個黑黑的、髒兮兮的天花板。他確實沒有證據，只是根據經驗推測的。多年的辦案經驗告訴他，約翰和這起搶劫案絕對脫不了關係。

這時，杜勒斯警官回到了辦公室，他興沖沖地跟邁克警官說：「彼得回來了，他確實又去調查了一遍。」

「嗯，很好，這次有收獲嗎？」邁克警官滿懷期待地問。

「他發現了一把刀，受害者的身上和背部一共被砍了六刀。」說著，杜勒斯隨即坐了下來，並拿起了筆和記事簿。

約翰輪番地打量了他們兩個，問道：「又發生了什麼事？是哪個無辜的人，又要遭到你們的誣陷？」

「給你最後一次機會，你最好老實坦白，你跟他們是不是一夥的？」邁克的聲音聽起來很嚴厲。

「我坦白什麼？我壓根兒就不知道！」約翰說著，激動地站了起來。

「你坐下！你要是再不老實，我就讓杜勒斯把你銬起來！」邁克警官氣呼呼地說。

約翰連忙在他的座位上坐好，嘴裡嘟囔道：「警官，我——」

「你需要告訴我們，你到底做了些什麼事？你說，從六點鐘到十二點鐘，你跟仙蒂在一起？」邁克警官說。

「過了午夜，我就回家了，剛準備上床睡覺，這位先生帶著一個人就來敲我的門了。當時應該是一點鐘。」約翰激動地說。

「你要確保，你說得每一句話屬實。」邁克警官嚴肅地說。

「這半小時，我說的話要做筆錄？」約翰問。

他說著眼睛往杜勒斯那邊望望。此刻，杜勒斯像是在記事簿上做記錄。約翰眉頭一皺，蹺起二郎腿，很快又把腿放下了。看得出來他有些不安。

「杜勒斯先生，一點鐘的時候，是彼得跟你一起去找的約翰，對吧？當時，發生什麼事了嗎？」邁克警官直視著杜勒斯說。

「他正在床上睡覺。他一直跟我們提起那個女人。我們等他穿好衣服，就下樓去了。他堅持自己有證人，於是，我們就去了一家沒有打烊的小店。彼得去給那個叫仙蒂的女人，打了電話——」杜勒斯說。

「她證實了我所說的全是實情，可你們根本不聽，硬把我帶到這裡。」約翰說道，一副理直氣壯的樣子。

「事實上，彼得的電話仙蒂沒有接到。接電話的是女房東。」杜勒斯平靜地說。

「你說什麼？她沒接？」約翰有些氣急敗壞。

「打不通仙蒂的電話，所以，彼得打電話打給了女房東，讓她幫忙調查。」杜勒斯說完，放下了手裡的筆，開始抽煙。

約翰連忙說：「是啊，仙蒂睡覺很沈，後來，你們聯繫到她了嗎？」

杜勒斯沒有再理他，只是看了看邁克警官。

邁克警官回答了他的問題。「是的。警方已經找到她了。不過，有一點我們想不通，你為什麼非要一口咬定跟仙蒂在一起？」

「這話怎麼解釋？」約翰反問。他轉動了一下椅子，緊緊拉著襯衣領子，接著說，「我本來就是跟她在一起的，她會替我作證的。」

這時，杜勒斯合上他的記事簿，慎重地看著邁克警官說：「有一點我得告訴你，警官，也許的確有人見過他進了仙蒂的房間，他自己也知道。所以他就死抓住這一點說事，想澄清自己。可有些情況，他很可能還不了解。屍檢結果會準確顯示死亡時間。」

邁克警官把約翰晾到一邊，說道：「你說的沒錯，杜勒斯先生。結果很快就會出來的。

約翰以為編造一個謊言就可以糊弄我們。」

「等等，你們在說些什麼？」約翰的語氣很粗暴，他站起身，長長地臉龐上淌著汗滴。

「先別激動，小子。快坐下，我們正準備告訴你一個消息。這起飯店搶劫案，你有仙蒂作證，彼得已經去調查過了。」邁克警官說。

「我不明白，你要說什麼？」約翰緩緩地坐回椅子，一臉迷惑，他用袖子擦拭了一下臉上的汗水說。

「可憐的小傢伙，你想想，這半小時裡彼得幹什麼去了？」杜勒斯說。

約翰思考了一會兒，像是想明白了什麼事情，他差點暈倒。「剛才，你們說有人被刀砍傷了，那個人難道是仙蒂？」他的聲音在發抖。

接下來是一陣沈默，邁克和杜勒斯，靜靜地觀賞著約翰，他一副心神不寧的樣子，不停地挪動著身軀。

「請等一下，警官。」約翰開口了。

「我一直在等著，等了很久了。」邁克警官說。

「這個挨千刀的臭婊子，她早就該死！可沒想到發生在今晚啊！」約翰罵道。

「之前，你可不是這麼說的。」邁克說。

「我跟您說實話吧，警官。昨晚我沒有在她那裡。我只是打了個電話，跟她交代了一聲。這場搶劫案我的確參與了。還想著能拿到一筆錢呢，誰知，剛一動手，警衛就出現了，連一毛錢也沒有拿到。」

「現在，你怎麼又換詞了？開始承認自己是同謀了？我記得，不久以前有人還堅決地說自己跟仙蒂在一起直到午夜呢？」邁克警官說。

「這回我確實沒有騙你！我很久都沒有見到她了，對，是一個星期。我只是給她打過一個電話，我跟她說，如果幫我作證的話，她可以拿到一些錢。」

「我們調查的結果可不是這樣。」杜勒斯說。

「好吧，我可以帶你們去一個地方，我把手槍丟在那兒的水溝裡，那個可以證明我沒有參與謀殺，而是回了旅館。」約翰咽了咽口水，說道。

「現在，就勞煩你和彼得再走一趟，跟他去那個地方檢查一下。要是他再耍滑頭，我想你們知道該怎麼對付他。」邁克對杜勒斯說。

約翰被帶走後，邁克突然大笑起來。他很得意，因為約翰中了圈套。任何一個犯了搶劫和殺人雙重罪名的人，都不會願意自我招認的。可憐的約翰也不例外。只是他一直被蒙在鼓裡，還不知道飯店的警衛已經死了。

邁克警官嘴裡哼唱著歌曲起身走出辦公室，吩咐外面的警察：「帶仙蒂進來，我得好好跟她談一談！」

一份人情

萊肯被雇主帶進一間酒吧裡，那裡面燈光相當昏暗。之後，雇主走向吧台，對旁邊的一個穿著格子西服的人點頭示意。其實，在這個動作之前，雇主假裝不經意地給了萊肯一個暗示：他瞥了萊肯一眼，然後對他微微點了一下頭。看到這個，萊肯已經心領神會——那個穿格子衣服的人，就是他的目標。他細細地打量那人，他的膽囊一下子縮成一團。那個人很胖，是個禿頂，約莫有四、五十歲的樣子。

雇主交代完任務就走了。從桌上端起啤酒，萊肯徑直走向吧台，在胖子身邊的空位上坐了下來。他搭訕說：「你是馬丁嗎？」

「是的，我是。居然是你，萊肯！」揚起眉毛，那人驚詫地說。

也許認不出我，會對你有利一些！萊肯心想。

「我們相識的時候，你的名字不是叫馬瑞羅嗎？」他問。

「噢，從朝鮮戰爭以後，我就改名叫馬丁了。」說著，他握住了萊肯的手端詳著他，

「天啊！你一點都沒變，還是那麼英俊。當年，我把你從中國人的埋伏圈裡救出來時，你就是這副樣子。」

「謝謝你，聽到你這麼說，我很高興。」

「有一點我不太明白，夥計。你怎麼會出現在這裡？而且還知道我現在的名字？」馬丁掛在臉上的笑容不見了，鄭重地問道。

「你的很多事情，我都知道。」

「很多事？」

「我想，我們應該好好聊聊。來吧，我們先找一張桌子坐下來。」

於是，他們找到一個方便說話的地方坐定。萊肯開門見山地說：「馬丁，你在賭博，但是你的錢不是你自己的。我說得沒錯吧？」

「你聽誰說的？」馬丁擰起眉頭，問道。

「現在，我們的雇主都一樣。」

「什麼？你說，我們是同夥？」

「是的，我在行動小組。」

「什麼行動？」

「我這次的任務是除掉你。」

頓時，馬丁面無血色。

萊肯接著往下說：「我們已經很多年沒見過面了，甚至連你的相貌和名字，我都記不大清楚了。我只知道我有一個任務。可是，沒想到你竟會是我的目標。」

「但是之前，菲爾斯先生答應了可以緩一緩，讓我慢慢地還上那筆錢。他還說……」

「他那麼說，只是想讓你放鬆警惕。因為在紐約所有的職業殺手，你都認識，所以菲爾斯千里迢迢地去加州找到了我。我不明白你在亂搞什麼？幫會的錢你也敢動？」

「唉，都怪我太貪心。之前，我聽一個騎師說，一匹馬被他做了手腳，到時候一比二十，穩賺，能發大財，我就聽信了。」

「那後來呢？」

「誰知，剛開始比賽，那馬就跌斷了右腿。」

「你買的馬票就全化成了泡影？」

「是呀，我賠得真慘。我就去找了老闆，可他讓我直接去見菲爾斯先生。我沒辦法，只好硬著頭皮去見了。由於，我在公司的記錄一直很好，還打包票說一定能還上那筆錢。他就同意了。」

「我看，菲爾斯這一回，是想拿你殺雞儆猴，立個榜樣。」

「可他為什麼非要趕盡殺絕？那筆錢，我會想辦法賠他的。」

「我想，不光是生意上的原因，菲爾斯也想立個威信。」

「萊肯，我求求你，求你放過我。看在我曾經救你一命的份上吧！」

「我們走吧，馬丁。沒事了。」萊肯拿著一張剛剛看過的早報，一臉滿意。因為他看到了一則新聞，上面說，警方接到一個匿名電話。電話裡舉報了一起槍戰案，案發地點在碼頭倉庫。警方在一根鋸齒狀的木樁上，發現了一件不完整的男士外套。當時，那件外套正被夾在木樁上，口袋裡還裝有一個駕駛證，上面的名字是馬丁，是黑社會裡的一個小角色。

走出旅館，萊肯走入一個公用電話亭。他拿起電話，將號碼撥通。

很快，那邊傳來一聲：「喂！」

「任務已經完成。」他利落地說道。

「很好，七點，你準時到家裡來。」電話那頭回答。

菲爾斯是個中年人，他身材瘦長，長著一副冷漠的臉。萊肯來訪的時候，他正板著臉，坐在那裡，面前是一張寬大的寫字檯。萊肯解釋道：「我沒有帶槍。」但是，進門的時候，他還是被要求筆直地站著，全身搜查一遍。

菲爾斯說：「這只是例行公事，不針對個人，不要介意。請坐吧！」

「好的，謝謝。」

「昨晚的事情，你做得可不太漂亮。」

「不漂亮？」

「我並有看到屍體。」

「哦，你指的是這個。我把他灌醉以後，就帶他去了碼頭。一看到槍，他酒醒了，拼命地往水裡逃跑。我一槍打中了他的要害，他就栽進水裡了。」

「那警察怎麼知道的？」

「我開槍的時候，正好有一輛車經過，一定是那個該死的司機。」

「洛杉磯的職業殺手都流行你這種做法？」

萊肯沒有說話，只是聳了聳肩。

「假如你說的都是實話，我想，我有不同的結果要告訴你。」菲爾斯說。

「假如？這是怎麼回事？」

「你可以轉過身看看身後。」

萊肯慢慢地挪動身子，等他轉過身時，整個人僵在那裡。

他看見了——馬丁！

「對不起，萊肯。」馬丁一臉歉意地說。

「我很欣賞你對老朋友的忠誠。但是，你不該因為友誼，破壞幫會的利益。事情的真相，馬丁已經一五一十地給我說清楚了。我知道，這些都是你刻意安排的。你故意在木樁上留下外套，接著故意通知警方。」菲爾斯不動聲色地說。

萊肯的眼睛直勾勾地看著馬丁，那目光很冷，足以殺人。「為什麼要這麼做？」

「對不起，萊肯。我也有我的苦衷。你想，你給的五千元，我很快就會花完。到時候，我還得另謀生計。何況，幫會到處都有眼線，他們遲早會發現我並沒有死。」

「在加拿大，你不是還有親戚，你可以去他們的農場！」萊肯憤怒地說。

「那都是我編出來騙你的，我怕你臨時反悔。」

「馬丁，你這麼做沒錯。你很識時務，及時回來找到我們，而且還清了欠款。」菲爾斯插話進來。

「他把我給他的錢，墊上了？」

「是的，那是你的錢。不過，這也體現了他對幫會的忠心，因此，我們決定再給他一次機會，讓他立功贖罪。馬丁，現在就看你的表現了。」

話音剛落，只見馬丁從衣兜裡拿出一團鋼絲。見狀，萊肯彈了起來。就在這時，門房揮起了沈重的拳頭，一拳打在他的胃部，他毫無招架之力，軟綿綿地落回椅子上。

「萊肯，在朝鮮戰場上，你欠我的那份情，現在已經還清了。現在是我欠你的。」馬丁用鋼絲一把套住萊肯的脖子，面無表情地說。

猩猩的悲劇

月光下，一張躺椅上，正慵懶地躺著一個微胖的身軀。那是野生動物生物學家——史格瑞伯，他有些禿頂，如水一般的月光，正灑在他光光的腦袋頂上，亮晶晶的。一雙富有神韻的眼睛，正盯著一片黑糊糊的樹林；一對靈敏的耳朵，正在仔細地傾聽源自四周的聲響。一條帶狀的小徑，蜿蜒延伸進叢林深處。林子邊緣是一片繁茂的草地。小徑的兩旁密密麻麻地插著柵欄，那是人類領地範圍的標誌。

「你發現了什麼？」我問。

「沒什麼事。」史格瑞伯輕聲回答。只見他的眉心皺著，雙眼眯成了一道細線。這位野生動物生物學家渾身上下透露出緊張的氣息。雖然，他人還躺在椅子裡，但是他的心已經去了別處，全身的肌肉都緊縮著。

突然，他從椅子裡跳了出來。躺椅在他身後「吱吱呀呀」地搖晃起來。那條白色的小徑上，越過一道黑線。他動作敏捷地撲上前去，靈巧地像一隻貓。

「又是那條不聽話的赤練蛇，這是牠第二次逃走了。」他一把抓住黑線的一端，步履蹣跚地走向柵欄門。

不一會兒，他走了回來，「嘎吱」一聲，躺回椅子裡。

「赤練蛇還沒有經過小徑，你就發現牠了？」我好奇地問道。

「那倒沒有，我只是感覺到一些可疑的跡象。其實，也很簡單，當赤練蛇逃走的時候，牠的周圍，一時之間，會陷入沈寂。很多種聲音一同沈寂了，這不正常。現在，你聽聽看。」生物學家解釋道。

側耳一聽，果然如此。一陣奇異的「嗡嗡」聲，從獸室內傳了出來。那聲音很有節奏，聽起來很神祕，彷彿整個樹林也在聽牠們演奏。這些聲音都來自生物學家所豢養的動物。如果你仔細聽，也許你還能覺察到長臂猿的呵欠聲，或者是靈貓的呼嚕聲。

「這才是正常的。剛才牠們太安靜了。」生物學家自說自話。

「可是，周圍那麼黑，牠們怎麼知道有赤練蛇經過，那條蛇又沒有出聲？」我問。

這一問，把生物學家問笑了。我想，在他眼裡，這樣的問題一定很幼稚，因為他的笑容看起來像是一個成年人面對一個孩童時的表情。

「怎麼知道？」他重複了一句，接著說，「我的朋友，這是動物們自我防禦的本能。在自己流淌的血液裡，長臂猿就能夠覺察到危險。這種信號會迅速地在籠子裡傳播開來。對於夜間活動的生物而言，黑暗根本不會影響牠們。牠們身上的皮膚就是眼睛，甚至每一個毛孔和細胞都在幫牠們感知外界。這是牠們生存的需要。突然之間，我聽出了牠們聲音裡的變化，我知道一定出現了什麼事情。我立刻收住了回憶，從年輕時候的一場橄欖球比賽裡緩過神來。其中，最聰明的要數黑猴，牠們的叫聲最微妙。赤練蛇可以爬行到任何一個角落，但是牠們的叫聲給了我指引，讓我能夠判斷出蛇的位置。」

他的一番話，讓我禁不住肅然起敬。不過，我心裡疑問依然存在。我別過頭，朝身後的一排排飼養室望去，心中有些不安。此時，風聲大作，四周的樹木隨風搖曳，呼呼作響。同時，多種野獸的吼叫聲，爬蟲的嘶鳴聲，昆蟲的鳴叫聲，時起時落，此消彼長。一陣涼意，頓時襲向了我。儘管，那樹林裡的生物讓我有些害怕，但是，我知道，那裡對牠們而言，是個自由的樂園。

我帶著試探的語氣，問道：「把牠們都放在一起，是不是太殘酷了？」

生物學家咧嘴一笑。我看著他，靜靜地等待他的解答。

樹林裡的植物，被風吹得嘩嘩亂響。

他不緊不慢地說：「這有什麼殘酷的。在樹林裡，各種動物都在捕食或是被捕。」他說著，伸手指了指那片漆黑的樹林，「你瞧，生存在那裡面，是一件很危險的事情。但是，動物被我關養起來以後，安全就會得到保障，而且能夠得到充足的食物。剛才，赤練蛇逃出籠子的時候，你應該聽到了其他動物的驚恐叫聲。有隻黑猴，剛剛有了寶寶，顯然牠特別害怕。在叢林裡，一些老幼病殘的生物，要想維繫生命是很難的。在我這裡，牠們的生命可以得以延續。由於人為的呵護，五年時間，就好像是五十年一樣。上一回，我在愛丁堡動物園，看見了一隻僅剩下一隻耳朵的灰尾猴，那是我五年前捕捉的。你想想看，要是讓牠繼續生活在森林，牠也許根本活不了五年。」

飼養室的動物，還在嚎叫，整個叢林好像正在傾聽牠們傳來的密語。

「其實，要是能夠正確地對待動物，對於那些被抓獲的動物來說，也不見得是什麼壞事。你看看，這裡的動物，牠們都生活的很好，一個個受到了優待。」生物學家說。

我陷入了沈默，無言以對。因為，我找不出反駁的理由。史格瑞伯說得很對，在他這裡，所有的動物，都有充足的食物吃。牠們還很安全，赤練蛇威脅不了小黑猴。

生物學家狠狠地吸了一口煙，也沈默了。

靜默持續了幾分鐘，他的目光停留在叢林裡，若有所思。

他開口了，用很輕的語氣說道：「動物們，在動物學家這裡，往往會受到優待。搞生物的人，對待動物的態度，總是很友善。沒有哪個人對待動物是不好的。可是，人類不一樣，他們很可憐，因為社會總是很殘忍。」

說著，他突然停住了，聲音很大地咳嗽了兩聲，喉結隨著他的呼吸一上一下。看得出來，他在強壓著某種不安，也許他想起來了什麼，那種記憶讓他感到恐懼？

他很快糾正說：「噢，不對，我說錯了。實際上，我見過一個凶殘的人，他經常虐待動物。現在時間尚早，如果你有興趣的話，可以聽我講個故事。那是許多年以前的事情了。那是我第一次去亞馬遜河，一塊兒前行的還有福伯格。那個殘酷的人，名叫皮爾·萊森。實際上，他也是個生物學家，可他的心思根本不在工作上。他的整顆心，被金錢佔據了，這種利慾熏心的人，不配做生物學家。做野生動物生物學這一行，一定需要有真正的興趣，要全身心地投入。但是，他完全沒有這麼做。在工作的時候，他時常抱怨，不滿的情緒在心裡不停地滋長。這種情緒，在工作的時候，是不該出現的。

「有一天，我沿著河流來到萊森的營地。一見到我，他笑吟吟地遞給我一張巴黎的報紙。整個人看起來很興奮，一種充滿貪婪的興奮。

「『你看看這個，有什麼感想？』他問我。

「我拿起了報紙，看到了上面的一張照片。照片上的主角是一隻大猩猩。牠有一個人的名字，像我們所有人的名字一樣，不但有名字，而且還有姓氏。這位主角正坐在一把椅子上，嘴裡叼著雪茄，一隻羽毛筆捏在右手裡，看起來像是在寫字。看完之後，我覺得很難受。因為我很反感，利用動物去賺錢。我沒有發表意見，把報紙還給了他。

「『快說，覺得怎麼樣？』他打著響指，迫切地問道。

「『我覺得不怎麼樣，對這種事情，我不感興趣。』我冷冷地回答他。

「『愚蠢！你這個老頑固！這樣的一隻猴子，在皇家劇院表演，一星期能收入二百鎊！是啊！什麼概念？牠簡直就是搖錢樹！』他激動地大叫。

「『這跟我有什麼關係？對這些，我不感興趣！』我並不買他的帳。

「他嘲笑道：『天那！我的夥計！看來，你是準備在這荒無人煙的叢林裡耗到老死？在這裡，就只有一種命運，那就是成為野狗和鱷魚的食物！我可不想這樣！我有我的理想！史格瑞伯。』

「當時，我知道，他接下來準備說什麼，但是，我沒有打斷他。任由他說下去。果然，不出所料。他說道，我不想成為鱷魚的口中餐。就算是死，我也要死在巴黎，死在漂亮女人的懷抱裡。在死前，好好地享受一下美好生活。

「『可是，我不明白，這些照片對你有什麼用？』我指指報紙上的照片，不解地問。

「他幾乎是在尖叫：『你問我有什麼用？你不知道有什麼用？你真是個十足的呆子！聽著！我——皮爾．萊森，也要擁有一隻這樣的猩猩。』

「『硬讓動物去模仿人的舉止，可不是什麼好事。我要是你，就不會去做這種費力不討好的事情。』我回答他說。

「聽到我說了這番話，萊森笑得快要直不起腰，看他的樣子，彷彿是聽到了天底下最可笑的笑話。他笑得誇張極了，甚至倒在床上，一連笑了好幾分鐘。是的，我承認，皮爾·萊森是個絕頂聰明的人。也許，他這種類型的人，不應該遠離城市選擇生物學。叢林的生活很枯燥，不適合他。來到叢林，我們的任務是做研究，撰寫考察報告。可一開始，萊森的心思就不在這上面，他一直生活在幻想裡。」

講到這裡，史格瑞伯停住了。他向前欠了欠身子，像是在傾聽什麼。一陣陣動物的叫聲從飼養室裡傳了過來。那聲音聽起來，好像跟剛才有所不同，但是，我也不太明白區別在哪裡。史格瑞伯動作很輕地起身站立，向黑漆漆地飼養室走去。

幾分鐘的工夫，他又回來了。雙手摘下膠皮手套的同時，隨即坐回躺椅。

「是小黑猴，這個小傢伙病了。這回要是在叢林裡，牠肯定撐不下去了。但是，在這兒，牠就有救了。我給牠注射了一針青黴素。」他解釋說。

「下面，我們還是回到故事裡去吧，繼續講一講那個絕頂聰明的皮爾·萊森。」他微微一笑說道，「他一心想要在巴黎生活。每一天，他都把那張猩猩的照片帶在身上，時不時地拿出來看看。在那時，他的頭腦裡只裝了一件事情——一週賺二百鎊！

「『你好好想想清楚！老頑固的德國佬！那是錢，大把的錢！整整五千法郎四千馬克！我們何不自己訓練一隻？』他對著我大喊大叫起來。

「我態度很堅決地拒絕了他：『不，我不願意那麼做！我只喜歡最真實的猩猩，牠們應該保持本來的樣子。如果，猩猩本身有那麼聰明，我不介意，讓牠抽我的雪茄，用我的筆寫字。但是，我絕對不會去強迫牠們，勉強牠們做超出天分的事情。』

「我的話，惹惱了萊森，他看起來有些氣急敗壞。過了三天，他從當地土著人那裡買下了一隻猩猩。那隻可憐猩猩，剛過哺乳期，他看過之後，毫不猶豫地就買了下來。

「『這樣大小的猩猩，正合我意。我要盡早地把牠訓練好！我說，你們兩個蠢貨，你們就看好吧！到時候，許多巴黎的時髦女郎，都會前來觀看我的表演。想想看，每週五千法郎正等著我呢！舞台上將出現一道亮麗的風景——皮爾・萊森教授和他訓練有素的猩猩即將隆重登場！等著看好戲吧！』萊森眉飛色舞地對我和福伯格說。

「對於萊森的一番言論，我和福伯格沒有回答。因為我們知道，要想訓練一隻猩猩，可不是一件容易的事情。造物主早就安排好了一切，大到恐龍，小到螞蟻，每一種生物都有牠們自己的位置，這是大自然的規律，沒法改變的。」

「可是，萊森也不是什麼善罷甘休的人。他一點也不會心慈手軟。他是個急性子，很執著，也很凶殘。他喜歡熱鬧，討厭安靜。他覺得，自己在叢林裡無法感受到興奮。只有城市的生活，才是充滿浪漫的、激動人心的。可是，事實上，他錯了！叢林是個不可多得的好地方。在這裡，你可以真正地安靜下來，仔細思考生命的真諦。我說的話，你能理解嗎？」

他看了看我，繼續娓娓道來：「可是，那個法國人——萊森，他不懂。他無法讓自己安靜。剛買下猩猩，他就覺得自己已然成了一個百萬富翁了。他一發不可收拾地做起了白日夢。他想像著自己正住在巴黎的豪華公寓，出門可以乘坐四輪馬車，在賭場上，能夠一擲千金，懷裡還摟著向他拋著媚眼的漂亮女郎。於是，他加快了罪惡的腳步。更糟糕的是，萊森還有一個癖好：在他的衣兜裡，總是裝著一個方方的酒瓶，他控制不住自己，頻頻地為想像中的美好未來舉杯。很多時候，他總是喝得酩酊大醉。」

「他的那隻猩猩很聰明，進步很快。每一次，只要我和福伯格經過他的營地，他總是會把那隻毛茸茸的猩猩領出來，在我們面前大肆炫耀。就好像一個老師，在那裡樂此不疲地誇耀他的學生。對於他的這種做法，我和福伯格都很難接受。當萊森得知了我們的想法，他總是一臉不屑，大聲地取笑我們。

「『真是兩個傻瓜！一對猴腦袋！你們瞧好吧！皮爾・萊森教授，即將攜帶他悉心訓練的猩猩，閃亮登場，每星期演出費高達五千法郎！想像一下，五千法郎！在跟巴黎名模約會時，我會想念你們兩個的，兩個亞馬遜的苦守者、十足的傻瓜！』

「對於奢侈生活的嚮往，已經吞噬了他的心智，讓他近乎瘋癲。在他眼裡，只能看見大把大把的錢。不僅他瘋了，那隻可憐的猩猩，也覺察出牠主人的異常。牠時常托著腮，坐在萊森的身邊，怎麼也想不明白，自己的主人，為何如此的興奮？

「不管怎麼聰明，牠畢竟只是個動物。牠不會理解萊森的巴黎夢！牠不會明白，正是因為牠，牠的主人在自己的頭腦裡，架起了一道可以通天的雲梯。此刻，牠的主人正一節一節地攀著雲梯，想去親吻仙女的腳指頭。是的，牠只是一個畜生，牠更不明白，有人願意花費四千馬克，觀看牠裝模作樣地抽雪茄表演！一想到這個，我禁不住覺得噁心。」

「終於，有一天，猩猩也受不了了，牠撒起了野。有一件事情，牠怎麼也不肯學習。我想，那一天，萊森一定是又喝醉了。想想看，撒野的猩猩和醉酒的萊森，撞在一起能有什麼好結果？後來，我從皮爾．萊森口裡得知，猩猩居然揉爛了雪茄，打破了道具，獸性大發。於是，萊森自然也不能饒牠。一想到別墅、馬車、漂亮女人離他越來越遠，他也開始撒野。他揚起頭，一口氣喝乾了瓶裡的酒，做了一件可怕的事情。」

故事講到這裡的時候，黑糊糊的叢林已經安靜了下來，牠們好像也在靜靜地聆聽。夜涼如水。此刻，每個生靈的心弦，都在被一根充滿魔力的手指撥動著。

生物學家繼續說道：「我想，當時，萊森一定是給氣瘋了。不僅瘋，而且醉。他的營地前面就是亞馬遜河，在河邊的淤泥裡，生活著許多骯髒、醜陋、凶殘的鱷魚。一提起鱷魚，我就牙癢癢。我討厭牠們，想起牠們我就噁心。那個法國人肯定是瘋了，他要給他的猩猩一個教訓。」

「他怎麼做的？」我迫不及待地問道。整個黑夜在悄聲等待，飼養室裡的動物，也陷入了一片靜默。

「怎麼做的？」敘述者重複了一下，說道，「皮爾．萊森用了狠招，他準備讓猩猩為牠的抵抗命令，付出代價。是的，他把牠綁在了河邊，底下就是鱷魚出沒的泥潭。之後，他怡然自得地坐在一個平台上，一把來福槍擱在大腿上。

「猩猩開始哭嚎，而他坐在一旁愜意地觀看。猩猩開始一遍遍地哭嚎，轉而變成充滿恐懼的尖叫。接著，底下的一塊爛泥開始移動了，身軀龐大的猩猩被嚇壞了。牠看見了鱷魚的眼睛，一雙冰冷冰冷的眼睛。凶狠的鯊魚才有那樣冰冷的眼神，別的生物沒有。哦，不，我錯了，鯊魚也沒有。鯊魚只會在攻擊的時候，眼睛露出凶光。鱷魚則不同，牠們才是真正的魔鬼。牠們不戰鬥，除非等到穩操勝卷時，才迅速出擊。不幸的是，這個泥潭裡的魔鬼，已經發現了被困的猩猩。而極度恐慌的猩猩，只會無謂的哭嚎，好像在宣告自己的窘境。

「泥潭裡的鱷魚，靜靜地待著，牠那雙眼睛一直盯著猩猩。一個小時過去了，接著又過去一個小時，就這樣接二連三，一直持續了三個小時。也許，這個可怕的魔鬼，以為那只是一個陷阱，牠遲遲地不肯行動。萊森也一直袖手旁觀。他要徹底馴服猩猩，把牠調教成為巴黎的動物明星。

「這時候，鱷魚擺了擺頭，甩掉覆蓋在頭上的泥巴，以便更為仔細地觀察。猩猩發出一聲尖叫，央求牠的主人前來搭救。牠的叫聲淒慘無比。牠像是在苦苦哀求，只要牠的主人立即搭救，牠願意為他做任何事情。可是，牠的主人——萊森，竟然紋絲不動地坐在那裡，還在譏笑牠。鱷魚從泥潭裡鑽出來，兩眼直直地盯著被困的猩猩，這隻可憐的傢伙，渾身止不住地顫抖。事後，萊森聲情並茂地向我描繪了當時的情形。

「他告訴我，鱷魚爬上了岸，眼裡流出淚水來。被綁的猩猩，也落淚了。不過，一個是殘忍的眼淚，另一個是恐懼的眼淚。

「那隻猩猩，被鱷魚冰冷的閃著死意的眼神給徹底擊垮了。牠一下子癱軟了，發出絕望的哀啼，聲音都已經分叉了。在這樣的情形下，鱷魚堅定了自己的信心。這個可怕的魔鬼，極其狡猾而又殘忍，牠在確定自己拿到必勝的四個A時，準備發起進攻。

「別看鱷魚身體笨重，但是，牠的攻擊力可不能小覷。牠衝刺的時候，速度快極了。當牠全力衝向猩猩的時候，皮爾．萊森這才動了手。他端起來福槍，一槍打中了鱷魚的右眼。鱷魚猛地一翻身，發出一聲慘嚎，迅速地鑽回泥潭。

「這個該死的法國佬，他肯定是瘋了。次日，我和福伯格，剛好去了他的營地。他很得意地向我們誇耀。那隻被嚇破膽的猩猩，可憐巴巴地站在一旁，一副低眉順眼的樣子，估計牠再也承受不了下一次的恐怖劇。我想，在那隻畜生的夢裡，恐怕也時常會見到鱷魚的那雙眼睛吧，那雙閃著死意的眼睛。每當萊森看牠的時候，牠就禁不住一陣顫抖，然後開始哭啼。老天，想想看，別說是牠，就算是人類，被鱷魚一連盯上三個小時，肯定也會崩潰。」

「『快瞧，這一下，牠徹底變乖了。再也不會撒野了。牠被我制伏了！』萊森叫道。

「快去！把我的酒瓶拿過來！他對著猩猩一喊，那個可憐傢伙，乖乖地照做了，而且一點也不敢懈怠。這時候，萊森，牠那個可怕的主人的命令，簡直就像一個充滿了殺傷力的咒語。看見這樣，萊森大笑起來，這笑聲很有穿透力，彷彿可以飛到巴黎。他自鳴得意地說，他找了世界上最好的東西——鱷魚的眼睛！

「『下個星期，我先帶牠去新加坡，』萊森說，『接著，我們一路表演下去，最後，回到巴黎。太好了！我每個星期可以拿到五千法郎！到時候，我的名字會出現在報紙上，你們會讀到關於我，還有這隻猩猩的報導。』」

講到這裡，史格瑞伯停了下來。他輕吁了一口氣。突然，一陣大風吹了過來，把巨大的樹葉吹得劈啪直響。不過，風很快就停了，四周又恢復了原來的寧靜。

「接下來，怎麼了？快告訴我。」我滿懷期待地問道。

史格瑞伯緩緩地說：「四天以後，我再一次順流而下來到萊森的營地。像以前一樣，我喊他的名字，卻沒有人答應。我想，他一定去樹林了。所以，我決定先進入他的住所，休息一下順便喝上一杯。那一天，天氣悶熱極了，特別在亞馬遜，那裡簡直就是一個火爐。」

「像死一般的沈寂，你能想像得到嗎？有時候，我會有這樣的一種預感。就像剛才赤練蛇逃走的時候，我就感覺到了。那時候，蟬鳴是應該出現的，但是也停止了。在這種時候，我往往會加倍小心謹慎。談不上是膽小，因為在這種時候，你無法感知別的生物已經感知到的東西，那是非常危險的。

「我走向萊森的屋子時，我同樣感覺到了那種可怕的靜默。我感覺，整個身子被冰冷包圍了。那不是我的幻想，在叢林裡生活久了，皮膚就能感知一些外部的環境。當時，我察覺到了皮膚的顫抖。它在提示我，有一些事情已經發生了。

「於是，我一路沿著小道仔細地找尋。我不確定我會看到什麼，但我知道，我很快就會找到答案。我的頭腦裡不停地蹦出奇異的想法，心跳也開始不斷加快，嘴唇發乾。我突然記起萊森對待猩猩的殘暴，記起那隻可憐的猩猩被綁在樹幹上，我也想起了泥潭裡那雙可怕的鱷魚眼睛。

「對了，肯定是猩猩又出事了，牠肯定又被綁在樹上了。想到這裡，我感覺自己彷彿遭受了沈重的一擊。大概過了三分鐘，我平靜了許多。於是，我拖著腳步走向平台。老天！你肯定想像不到，我看見了什麼？是那隻猩猩！牠手裡正拿著萊森的來福槍，在那裡痛哭流涕，活像一個人的舉止。」

「『萊森那兒去了？他人呢？』我朝著牠大叫。其實，問這樣的問題委實可笑。之前，我的皮膚，我的直覺，早已告知了我答案。

「那隻猩猩向我走來，牠好像明白我在說什麼。頓時，我的兩腿像是灌了鉛一般，再也挪不動了。事情的經過我沒有看見，但是，任何一個細節，我都能想像得出來。

「死一般的沈寂，猩猩的痛哭，以及皮膚的顫抖，已經把事情的真相，全部告訴我了。讓一個畜生學會太多東西，可不是件什麼好事！

「『他在哪兒？他到底在哪兒？』我又朝著猩猩喊了一遍。只見牠用手抹了一下鼻梁上的淚水，用毛茸茸的手拉住了我，帶我來到泥潭邊。

「頓時，我覺得噁心極了，那種難受的感覺在我的五臟六腑裡來回翻騰。我確定了我的猜測。所有的細枝末節在我腦海裡拼湊起來。我不由得抓緊那把來福槍，冷汗直往外冒。到達泥潭岸邊時，我環視四周，企圖證實自己的猜測。證據活生生地出現在我的眼前，我在一根樹幹上，看見了萊森的兩隻衣袖。衣袖裡還殘留著半隻斷臂。樹的根部，套著一個繩圈，繫得很結實。

「事實明顯極了。一定是萊森又多喝了酒，醉得不省人事。他的那副醉態，引發了猩猩的恐懼記憶。於是，在這個畜生的腦海裡，立即出現了一個念頭——牠要報復，讓牠的主人也嘗試一下鱷魚的厲害。牠就學著萊森的樣子，把牠的主人綁在自己曾經被捆的那個樹幹上。然後，牠學著主人的樣子，拿著槍冷漠地坐在平台上觀望，等待著鱷魚的出現。

「中途，萊森一定酒醒了。面對同樣的死亡境遇，他開始大聲求救，猩猩也學著他的樣子，故意充耳不聞。一定是這樣！

「猩猩在牠的主人——萊森那裡，學會了許多本領。可是，牠卻沒有學過如何安裝子彈。當鱷魚開始行動時，猩猩用力地扣動扳機。但無濟於事，不幸發生了！那隻猩猩只好坐在那裡，無助地哭泣。當我趕到的時候，已經來不及了。」

「後來，你怎麼處置那個猩猩的？」我問道。

史格瑞伯輕輕地嘆了一口氣說：「我沒有處罰牠。那不是牠的錯。因為，皮爾．萊森的所作所為我全都知道。本來，他是想利用靈長類的模仿天性去實現他的發財夢，可誰料到造化弄人，他竟喪命於此。也許是命運？是他應得的報應？可是，不管怎麼解釋，都逃不開那些奇怪的規則。我一直盯著猩猩看，牠有些驚恐，不住地後退。牠後退的時候，還在落淚，而且不停地回頭張望。在走向叢林的路上，牠大概回頭了十幾次。」

「你瞧，就是那片叢林，裡面住著一隻不同尋常的猩猩。在牠的腦海裡，保留著一場悲劇。」說著，生物學家指了指那片黑漆漆的叢林。

老夫少妻

邁克不全是個愚鈍的人，因為他也具有一些想像力。近段時間，他發覺自己的妻子有些精神恍惚。可他不是那種心有城府的人，學不會不露聲色，觀察事情的要領，於是，他很直接地問道：「你有什麼煩心事嗎？」

「你多想了。沒什麼事，我能有什麼煩心事？」邁克太太打量了一下丈夫，說道。

邁克沒有繼續追問下去。因為他覺得經過一番問詢以後，他的妻子好像放鬆了許多。她不會再因為電話的鈴聲而急促不安；跟他講話的時候，也不再魂不守舍。總體來說，她已經恢復了正常，甚至看起來比往日更加愉悅，也更盡本分。

——以上這些，是邁克對於妻子的評價，他對自己的分析能力很有自信，經常把問題拿出來總結一番。不過，他的這種行為也可以理解，畢竟他們夫妻的年紀相差太大。

幾個星期過去了，日子都很平靜，這對夫妻的關係也算得上融洽。儘管在有的時候，邁克還能感覺到妻子的心不在焉，但是，妻子也沒有什麼差錯，沒有什麼能讓他有所指責的，因此他也就保持緘默了。

邁克是做短途生意的。每次外出他都不願開車，因為停車是一件很麻煩的事情，他寧可選擇乘坐巴士。

一天下午，邁克提前半小時下班。在回家的巴士上，他竟然看見了自己的妻子。她正駕駛著自己家裡的汽車。他大為震驚，因為據他所知，自己的妻子並不會駕車。更讓他驚訝的是，他看見妻子的身旁還坐著一名年輕男士，兩個人正在專心致志地談話。

這時候，妻子駕駛的汽車跟邁克乘坐的巴士正並駕齊驅，他看得很清楚！駕駛汽車的就是他的妻子！汽車也確實是他家的！那個男人確實是個陌生人！他死死地盯著汽車裡的兩個人，細細地觀察他們的舉動，險些被發現了。在他妻子扭頭的候，幸好巴士及時地左轉了。這場偶然的巧遇就此過去了，但是，風波並沒有過去，也許才剛剛開始。

邁克眉心一皺，沈思起來。他們結婚已經三年了，他試圖教過她開車，但是每次都是草草收場。一坐上駕駛座，他的妻子就開始局促不安，面無血色。有那麼幾次，他甚至想狠狠地教訓她一頓。這個女人竟然如此的不可造就！終於，他不得不放棄了。因為她對駕駛太過緊張，不會開車也安全一些。

這種境況讓他心煩了很長時間。如果他的妻子會駕車，他就會方便許多。每天上下班的時候，他的妻子可以驅車去車站接送他，跟其他的家庭主婦一樣。那樣的話，他就不用迫不得已天天乘坐巴士。

邁克的疑慮產生了。他的妻子到底是什麼時候學會開車的？是以前就會，還是剛剛學會的？可為什麼她要隱瞞他呢？他的腦子裡出現了一個大大的問號。

結婚以前，他對妻子並不了解。那時候她是一家公司的接待員，那家公司跟邁克所在的公司經常有業務往來。由於工作的關係，一來二去，兩個人就熟識了，漸漸地越走越近，到最後，邁克愛上了她。恰好她也對邁克很有好感，還跟他保證年齡上的差距不是問題。於是，兩個人走到了一起，成為了一對夫婦。

但是，現在發生的事情該怎麼解釋呢？邁克找不到答案。

邁克不準備告訴妻子，他已經發現她會駕車，他想得到一個解釋。一開始，因為極度震驚，他確實這麼想過。因為直截了當地詢問，會讓她毫無防範更容易如實相告。但是，他轉念一想，立即放棄了。因為他想到了另一種可能的存在，她會扯謊。那樣的話，事情只會變得更糟。

有一個晚上，他不經意地開口問道：「親愛的，你今天做什麼有趣的事情了嗎？」

「哦。我去購物中心了。」妻子回答。

「哦？是這樣啊！」聽到妻子的回答，他略感輕鬆地說。

「看來，你對我的回答不太滿意。也許，你想知道所有的經過和細節？」她緩緩地說，然後看著他，微微一笑。

聽她這樣說，還真是讓他在心裡吃了一驚。

他的妻子接著說：「結婚紀念日就要到了，作為一個妻子，難免想買些什麼的。」接著，溫柔地看著他說，「今天，你都做了些什麼？」她的一舉一動充滿關切，看起來像是很有興趣知道的樣子。

確實，他們結婚紀念日快要到了。到那天他也準備送給妻子一份禮物。假如沒有那件事情發生，他原本打算送給她一枚價值不菲的鑽戒，可是現在他決定取消計畫。

所有的事情都可以找到一個讓人信服的理由，可是，開車這件事情該怎麼解釋？

緊接著的幾天時間，他仔細地思量這件事，為此還制訂了一個簡單易行的計畫。

第二天就是結婚紀念日了，那天晚上，他告知妻子要帶她去鄉村俱樂部，晚餐就在那裡吃。聽到這個消息，他的妻子看起來很開心。去往目的地的途中，他來駕車，妻子坐在一旁，顯得很興奮。

那個夜晚，周圍漆黑一片，走了很遠才能看見一些稀稀落落的行人和過往的車輛。他們要去的俱樂部位於郊區，半途中，他突然停下車，癱軟在駕駛座上。

「邁克，你怎麼啦？」妻子立刻停住話題問道。

「我也不知道。也許是心臟出現了什麼問題，我覺得自己渾身都沒力。」他喃喃地說。

妻子靜靜地在一旁坐著，這突如其來的事故，似乎讓她呆住了。

「現在你需要找個人來幫忙。去叫一輛計程車，我這樣子開不了車。」他的聲音低微極了，差一點就快聽不見。

她走下汽車，打開駕駛座旁邊的車門，緊張地說：「邁克，你堅持一下，我扶你去那邊坐著。俱樂部裡應該有醫生，你坐好我送你過去，我們一會兒就到了。」

她快速的驅車前行，動作相當嫻熟。

沒過多久，邁克坐直身子，說道：「現在，我覺得好多了，不再頭昏目眩了。」

妻子長長地舒了一口氣說：「你知道嗎？我很擔心你，你應該馬上去看醫生。」

「以現在的情形看用不著了，我好多了，明天再去也不遲。」

妻子沒有回答，專心地開著車，臉上的神情依然緊張。

到達俱樂部時，邁克恢復了正常。在那裡他們也沒有找到醫生。在他的一再堅持下，妻子放棄了尋找醫生的決定，答應先在那裡共進晚餐，看病一事擱置明日。

這一場貓捉老鼠的遊戲，邁克失敗了。

「親愛的，你真讓我吃驚！你太勇敢了，可是你要知道無照駕駛是犯法的啊！」他一臉緊張地說。

她凝視他的眼睛，之後輕輕地說道：「其實，那是我準備送你的一個驚喜。喏！你看這個！」說著，她面帶笑意地遞給他一個信封。

他滿心好奇地接過信封。只見信封上寫著他的名字。裡面用迴紋針別著兩樣東西，一張是精美的結婚紀念日明信片，還有一張是妻子新近簽發的駕照。

他一臉詫異，久久地看著妻子，不知道說什麼好。

妻子解釋說：「邁克，作為你的妻子，在別的方面，我也幫不了你什麼忙。我就想到了去駕駛學校學習駕駛。教我開車的教練人很好，也很有耐心，冷靜地幫我解決了難題。我想，丈夫不應該當自己妻子的汽車教練，你說是吧？邁克。」

妻子的這個觀點，邁克完全贊同。當他教她學車時有好幾回，他都氣得抓狂。

此刻，面對妻子他有些羞愧。他在心裡暗暗埋怨自己：老天！想想看，我的行為是多麼惡劣！我總是在誤會她，以為她想謀害我以獲取高額保險賠償金。想到這裡，他對妻子充滿了感激，開始盤算著如何去補償妻子。

妻子去了洗手間，各種各樣的辦法在邁克的腦子裡徘徊——給她買輛小型跑車？帶她去旅遊？送她一套手鐲和戒指？他想來想去總覺得這些都不足以彌補對她的虧欠。以後不能再這麼疑神疑鬼了。他告誡自己說。

另一旁，邁克太太在洗手間裡，開始了一段不長的電話對白：「是彼得吧？看來我猜得沒錯，那天在購物中心他看見我們了。看來，必須今天晚上把事情辦了。」

「同一個地方？」

「沒錯。」

電話裡說的同一個地方，是兩里以外，那裡有一個千尺深的懸崖。在返回的時候，仍由妻子開車，經過那裡時，妻子會在最後一分鐘跳出汽車，任由汽車從懸崖墜落。

「那時候，我們怎麼碰面？」

「按照計畫，就像之前說的讓汽車頭燈閃動，一共兩次。」

「聽起來，你已經胸有成竹。」

「是的，親愛的，所有的一切我已經教會你了。」

「那麼，再見，等我的消息。」說完，她匆忙地掛了電話。

汽車後座的手

在這個城市，由於郊區環境的優美舒適，百萬以上的人都選擇在這裡定居。每天清晨，他們開著車子，前往市區工作。那是一個相當壯觀的場景：在同一時間，樹木林立的大街上，數以萬計的汽車形成一條長龍。這條長龍，通常有二十里路那麼長。置身其中的感受，不親身經歷是很難體會到的。也就是那時，我的麻煩來了。

從辛斯街駛向肯翰姆大街的途中，我跟著車隊，順利地前行了一里路。接著，打了個轉向。誰知，前面那輛綠色的佳比牌汽車，突然剎車，我險些追尾。像往常一樣，又堵車了！三條行車道上，擠滿了各式各樣的汽車，極目望去，沒有盡頭。

我被困在中間車道，位於這條車道是進退兩難的，甚至連轉彎也不太可能。於是，我只好靜靜地坐著，大約五分鐘的樣子，前面那輛綠色汽車挪動了一段距離。

這時，我留意一下左邊的車道，只見一輛栗色的旅行車開了過來。雖然時至暮春，天氣還有些涼，我開著車窗，將胳膊伸向窗外。那輛旅行車離我很近，就算我拿衣袖去擦拭它也毫不費力。

兩輛車並肩停著，無意識中我的目光總會時不時地停留在那輛旅行車上。開車的是個女人，一頂寬邊的帽子把她的臉遮住了大半。也許，她感覺到了這種注視，她偶爾也會輕微地扭動脖子，用眼角瞥我兩眼，看得出來她很小心翼翼，很怕被我發現。

突然，左車道上的汽車稍稍前移了一點。她調換排檔，快速行進了一兩公尺，猛踩一腳剎車，又停了下來。

經過一番移動，我只能看見旅行車的後窗。透過跟我並排的後窗，我看了一眼車後座。座位上放置了一個用毛毯裹著的東西。因為緊急剎車，毯子散開了一點，那個東西從毯子的一角露出頭來。

我迅速地看了一眼，就把視線移開了。由於極度疲乏我疑心自己看錯了，又忍不住再次打量。我沒有看錯！

是的，那是一隻人手！一點沒錯！在那隻手的食指和中指上，沾染有紅顏色，很像血漬。我又仔細觀察了一遍，發現毛毯下面的形狀……那居然是個人！

頓時，我感覺渾身發冷。

我告訴自己：不能這樣袖手旁觀，得採取些行動才行！可我的車子被包圍了，根本出不去！我只好使勁地招手，試圖引起那個女司機的注意，她壓根兒沒有反應！

後來，我開始不斷按喇叭，於此同時，滿臉驚恐地用手指向那個放著人體的後座。我前面那輛綠色汽車的司機，不堪聒噪，向我投來不屑的一瞥。我真希望他跑過來和我理論一番，可四面八方都停滿了車，看樣子車門也沒法打開。

旅行車所處的左車道開始移動了。那輛車行駛到我前面以後，速度慢慢加快。我急忙看了看牌照，隨即掏出筆將上面的車號記在襯衫袖口。接著，我坐在車裡渾身止不住地打顫，直到身後傳來提醒我的喇叭聲才緩過神來。

汽車排成的長龍緩緩行進著。我一邊開車，一邊尋找那輛旅行車的蹤影。約莫行駛有兩里路時，我看見了警察局的灰色磚樓。警局前面的停車場很小，前去停車時，委實費了我不少力氣。停好車，我快步走進樓裡。

辦公桌前一位警察問道：「你好，有什麼需要幫忙的嗎？」

「是這樣的，我——我想報案。」我吞吞吐吐地回答，有些木訥。

「嗯？發生了交通事故？」說著，他站起身，從辦公桌的抽屜裡取出一份表格。

「不是事故……是別人，是我旁邊的那輛旅行車，一隻手，太可怕了，那輛車子裡面有一隻手……」

「別緊張，你慢慢說，你沒喝酒吧？」警察說。

「沒有。」我搖搖頭。

「那麼，是有人受傷了？」

「不是的，是一隻帶血的手……」

我的語無倫次，讓他失去了耐心，他從中打斷我，說道：「好吧，我們先從你的名字說起，怎麼樣？」

「詹姆斯。」

「很好，詹姆斯先生，請坐下，現在讓我們從頭說起。」他指了指桌邊的一把椅子，示意我坐下。

於是，我把自己所看見的一五一十地跟他說了。

「詹姆斯先生，大致情況我已經知道了。不過，有一點我得說明一下，因為你沒有確切的證據，我們很難立案。你確定那真的是一隻手嗎？也許，那車的後窗沾滿了灰塵……」警察摸摸下巴，緩緩地說。

「怎麼可能？離那麼近，我看得清清楚楚！手上還沾著血呢！」我大叫起來。

「好吧，你先冷靜一下。」他說。

看著他不重視的樣子，我說：「別在這兒浪費時間，現在，你們應該去攔截那輛車！」

「這不實際，你看看外面這狀況，即便那輛車還在街上，我們也沒有辦法。總不能開著警車飛過去。」他一臉無奈，用手指著窗外擁擠不堪的街道說。

「你們可以設個路卡。」

「在這個時候？」他皺皺眉頭，「那樣的話，不出一刻鐘半個郊區就會交通癱瘓。噢，等一下。」他拿起電話，撥通號碼後，對著電話低語起來。

過了二十分鐘，一個身材健壯的人推門而入。

接待我的那個警察介紹說：「這是市局的漢克警官。」

「說吧，什麼事？你儘量抓住重點，簡潔說明。我已值班十六小時了，好累，想早些下班了。」漢克警官一邊說，一邊坐進椅子裡。

「是一隻手。剛才我在一輛旅行車裡，發現一隻血淋淋的手。」我簡單地說。

「一隻手？奇怪的事情，我們見多了。繼續說下去，把那個手的故事說完。」漢克警官聳聳肩膀，溫和地說。

重述完了故事，我看了看漢克警官，企圖從他臉上讀出一點緊張，可我沒能如願，因為我看出了他的反感。

我抬起袖子給他出示那個車牌號，他心不在焉地抄下號碼，哈欠連天。

得知所有的事實後，他說：「坦白地說，我覺得這個故事很荒謬。也許是因為車窗反光，或者那個東西根本不是手，只是看起來跟手的形狀很像。兇手不會如此愚蠢，拉著一個屍體招搖過市。我說詹姆斯先生，放寬心吧，忘了這件事！」

「我忘不了！我告訴你，警察！那確確實實是一隻手，我看得很清楚！你最好早點行動，別說我沒提醒你！」我徹底被激怒了，大聲嚷道。

「遵命，先生！我一定照辦！不過，我得先休息一下。你回家等我的消息吧。我發現情況後馬上聯繫你。我先把醜話說在前頭，若是找到了那輛車，我發現沒有問題，那你可就……」漢克警官悻悻地說，我知道他在挖苦我。

離開警局，我驅車回到大街。走到下一個路口，我把車子掉頭徑直開回住所。接著，我打電話跟經理請了一天假。我很想知道這件事的結果，於是乾脆坐在電話旁邊，等待漢克警官的回音。

這一等就是三個小時——

敲門聲響起時已經是下午了。我看了看錶，時間是兩點一刻。我打開門，來人正是漢克警官。他站在門前，用和氣的聲音說：「詹姆斯先生，我按照你給的車牌號，找到了那輛旅行車，的確是栗色的，主人是瓊斯太太，家住奧頓鎮。」

「奧頓鎮？離這不遠，走兩里路就到了。」我說。

「另外，我也見到了你口中的『屍體』。」

「太好了，你當場抓她歸案了？」

「沒有，我沒有理由抓她。她沒有犯罪。我想，你得跟我走一趟，一起去她家看看。」

「一起去？這是為什麼？我——」

「你必須去。就算硬拉我也要把你拉進車裡。我要讓你親眼看看，你所謂的謀殺事件到底是什麼！我連續找了幾個小時，居然看到那個結果！我真想找個理由先拘留你！」

一路上，我無事可做，只好在心裡默數路邊上的電線桿子。漢克警官只顧開著車，連看都不看我一眼，他的眼睛瞇著，呼吸聲很重。

奧頓鎮到了，漢克警官將車輛駛向小鎮的市區，在一道街旁邊把車熄了火。「瞧那處房子，你指認的兇手就住在那兒。」

我沿著他手指的方向望去，瞧見了一道鑲著不透明玻璃的門，玻璃上是個用油漆寫成的招牌——裝潢。

漢克警官走上前去敲了敲門，門很快打開了。

開門的是一個身穿罩衫的女人，她的罩衫上黏著油漆。我打量著她，確實是早上的那個開車的女人。

漢克警官介紹說：「瓊斯太太，他就是詹姆斯先生。」

「之前，你跟我提到的人就是他？他看到了我的旅行車，然後報了警？」她用很冷的眼光看我一眼，然後對警官笑了笑問道。

「是的。你可以考慮讓他看看那個人體。」警官回答。

「可以，沒有問題。他看完也會安心，請吧，兩位，這邊走。」說著，她領著我們走向一個掛有布簾的內室。布簾後面是個很大的工作室，裡面亂七八糟的。人體模型和人身體各個器官的模型，被隨意地放置在地板四周和工作枱上。剛進去的時候，我疑心自己闖進了一個中世紀的行刑室，或者誤入了電影裡拍攝謀殺鏡頭的現場。接著，我的目光停留在一個角落裡。在那裡，堆積了許多手臂和腳的模型，旁邊的一張桌子上，還擺放著一堆人頭模型。

我走上前去，小心翼翼地用手觸摸一個人頭，那個模型是石膏做成的，摸起來很硬，已經風乾了。

這時，瓊斯太太走向房間的另一角，而漢克警官從口袋裡掏出香煙，默不作聲地抽了起來。我也很想抽一支，可是看到他那殺人的眼神，我咽下了話，放棄跟他要煙的念頭。

瓊斯太太又走過來了，她懷裡抱著一個時裝人體模型，跟真人差不多大小。那個石膏模型臉上還掛著微笑，看起來傻乎乎的。

「詹姆斯先生，他叫西蒙。今天早上，你在我汽車裡看到的應該就是他。我們家是做櫥窗生意的，專門負責跟小裁縫店佈置櫥窗，並為他們提供人體模型。西蒙就是一個人體模型，一家店鋪訂製的，兩天前，我們給它重新塗了一層漆，今天早上我把它送去給客人。你也看到了，我不能那麼隨意地把一個人體模特放在車廂後面，不然的話，會引起更多的誤會。可是，送貨的時候我沒有找到塑膠套，所以，我想到了用毯子裹住它。誰知，剎車的時候，毯子散開了，它露出了手。」

「可是，有一點我還不太明白，瓊斯太太，既然你是送西蒙給客戶，為什麼它又會出現在這兒？」

「哦。是這樣，在刷油漆的時候，我們不小心讓油漆流了下來，到了客戶那裡，我才發現這個失誤，我總不能拿刷壞了的模特去糊弄客戶。」她抿嘴一笑，解釋說。

說完，她示意讓我看模型的右手，果不其然，我在那隻手的手肘上發現了一道紅色的油漆，紅漆沿著手臂流下，右手中間的指頭上都沾染了一些。

「喏，那就是你所說的血漬。」

頓時，我覺得無地自容，真想找個地縫鑽進去。我呆呆地站著，不敢直視漢克警官。

「你看完了嗎？沒有看仔細的話，要不要再看會兒？我等你。」他滿是嘲諷地說。

我無言以對。由於我的錯覺，誤把一個時裝人體模型當成了死屍，冤枉了一個無罪的人，還讓那個極度疲累的警探做了多此一舉徒勞無功的調查。漢克警官絕不會善罷甘休。

他和我一起來到我家，足足臭罵了我十分鐘，措辭很嚴厲，也很難聽。我知道，當著瓊斯太太的面，他給我留了面子。

我灰頭土臉地送走了警官，給自己滿上一杯威士忌，一飲而盡。接著，我一頭栽倒在沙發上重複著剛才那些難聽的話，大罵自己一通。

大概是受了酒精的麻醉，或者也有過度勞累的原因，不出十分鐘，我沈沈地睡去了。

我也不知道自己睡了多久，我醒過來的時候，天已經黑了。我靜靜地坐著，讓腦子慢慢清醒。從睡夢裡醒來，我通常都是這樣，先得緩緩神。現在，我又想起了漢克警官，想起了白天發生的事情，我緊緊地閉上眼睛，試圖把這些不愉快的事情忘掉。

可是，我不由自主地又想起了那條大街，開始回想我所看到的手。那不是一隻手，只是一塊石膏，是瓊斯太太的人體模型。不過——

突然，我猛地一驚，瓊斯太太在說謊！她把漢克警官和我都給騙了！

我的腦海裡又浮現出街上的一幕，我一遍又一遍地想像人體模型被包在毯子下面的模樣。突然，我明白了一個問題——紅色油漆是在西蒙的右手上，而毯子裡露出的是左手。

意識到這個以後，我有些緊張，又止不住地渾身發抖。我陷入了矛盾，猶豫要不要再給漢克警官打電話。可是，他還會信任我嗎？

就這樣，我的思緒掙扎了半個小時，最終也沒有結果。

突然，一陣敲門聲傳來，我懷著忐忑不安的心情，走到門邊，打開了門。我看到了瓊斯太太！她還是那身打扮，身上穿著風格怪異的大衣，看上去有些醜陋，不過，握在她手裡的那樣東西可不怪異。

那是一把點45手槍，槍口正對著我的肚子。

我有些遲鈍，頭一句話就不太漂亮。對我而言，這一天太不正常了，我方寸大亂。

「我看見的是——是另一隻手，是嗎？」

「是的，我也擔心你早晚會明白過來。」她說著，用力鎖好身後的房門，走進起居室。她邊走邊往下說，「當時，漢克警官突然來到店裡告知我被檢舉，我慌亂之下找了個模型準備矇混過關。可是，我記不起到底是哪隻手露出了。我只是憑感覺，可是我弄錯了，一個小時之前，我意識到我錯了。」

「所以，你想到我可能已經覺察到了。」

「是的，那是遲早的事情。於是，我從電話簿上找到你的地址後一路趕來。詹姆斯先生，現在得麻煩你跟我走一趟，去見一個人。他是我的朋友——一個開推土機的工人。不過，他很仗義，只要他覺得價錢公道，就可以替我做任何事。我想，要不了多久，你就能見到瓊斯了。」

「你是說，毯子裡裹著的那個人叫瓊斯？」

「沒錯。他是我丈夫。一個卑鄙無恥、狂妄自大的東西！不過，他已經不存在了。」她說著，臉上露出一絲可怕的笑意。

「不存在？什麼意思？」

「過不了多久，將會建好一座豪華公寓，那就是瓊斯的墓碑。我打算下個星期就讓他們動工。」她冷冰冰地回答。

聽了這話，我的手心裡全是汗。可讓我跟這個惡毒的女人求饒，絕不可能！

「你的意思是要我去那裡陪他？不過，我失蹤了，必然會引起漢克警官的懷疑。」我強壓著內心的恐懼，試圖讓自己看起來很鎮定。

「那是他的事情。他沒有證據，奈何不了我。好了，詹姆斯先生，我們閒話少說，該動身了。」她說，看起來很不以為然。

她的話音剛落，前門就有人用力地敲門，好像有什麼急事。

這時候，瓊斯太太有些慌亂，她目光游離地四下環顧。我企圖乘勢奪下她手中的槍，可是距離太遠，無從下手。

「去開門，不管來人是誰，你都必須老實點兒。要不然，讓他跟你一起腦袋開花！」她威脅道，說著她將手槍放進大衣口袋，但一直用手抓著。

我把門閃開一條縫。不管是誰，這下子只能由他了斷這件事了。我心想。

漢克警官推門而入，他怒氣沖沖地進了屋，用力地推我一把，我一個趔趄，後退幾步，撞擊到對面的牆上。

這時候，瓊斯太太正站在門邊，她一臉驚訝，口袋裡的手還緊握著手槍。

「都怪你這個混蛋！你知不知道，你把我害慘了！因為接手了這個荒唐的案子，組長很嚴厲地批評了我，這一回我的升職又成泡影了！」漢克警官暴跳如雷。

他說完，又推搡了一下，我身體摔了個狗啃泥，在廚房的門旁邊重重地落地。

「你真是過分！誣賴好人！」警官繼續罵道，接著他扭頭看了看瓊斯太太，看到了她一張迷茫的臉。

此刻，漢克警官的難題對我而言算不了什麼。我惹上的麻煩才是真正要命的。

「很高興在這兒看到你，瓊斯太太。我正準備跟你聯絡呢，你應該控訴這個混蛋，向他索要賠償！」他大聲說。

他說完這話，抬起腳就踹在我的後背上，與此同時，還用手將我送出去很遠。我跌跌撞撞地穿過廚房門，一頭栽倒在碗櫥角上，最後在冰箱附近收住了腳。

我狠狠地瞪著漢克警官。他的心情我可以理解，可是這麼做，實在是太過分了！

接著，我看到他將手伸進兜裡，準備去掏手槍。我在心裡念叨起來：完了，完了，這一下有兩把手槍對著我，我死定了！

我正在暗自哀嘆，突然看到了漢克警官的手勢，他讓我趴下！他動作迅速地從起居室閃在一旁，大聲嚷道：「瓊斯太太！你最好趕緊放下槍。他已經沒事了，你趕快投降吧！」

他正說著，屋子裡響起一陣槍聲，聲音很大，把他的話音都遮蓋了。是瓊斯太太的點45

手槍，擊出的子彈落在廚房的牆壁上，牆邊塵土飛揚。她接二連三地不停射擊，漢克警官站起身，雙手端著槍朝著瓊斯太太瞄準。他扳動了扳機。

起居室裡立即響起尖利的女人的叫聲，聽起來讓人毛骨悚然。漢克警官麻利地走到門邊，我尾隨其後，只是腳步裡帶了一點遲疑，我看見警官彎腰撿起瓊斯太太身旁的槍。此刻，這個危險的女人，已經靜靜地躺在起居室的地毯上，她的大衣前襟上沾滿了鮮血。

「快叫救護車，也許，她還能活著。」漢克警官對我說。

很快，瓊斯太太進入了急救室，醫生說她沒有生命危險，到時候可以出庭接受審判。

風波總算平息了，漢克警官跟我道了歉。他說：「我也不想那麼對你，可是迫於無奈，我得首先確保你的安全。在屋子外面，我看到了瓊斯太太的旅行車，我覺得有些蹊蹺，就從窗子往裡看，誰知竟發現她用槍指著你！我沒有辦法，只好粗暴地將你支走。」

「不必介意這些。可我不明白，你為什麼再一次來到我家？你不是一下班，就不管這事了嗎？」我悻悻地問。

「是因為我妻子的緣故。」他回答。

「你妻子？」

「沒錯，這次多虧了她。我怒氣沖沖地回了家，根本睡不著覺，於是，我在妻子面前抱怨了你一通。她聽後就覺得沒有必要，她做了這麼多年警察太太，這種事情她見多了。接著，她開始指責我，說我把大衣弄得太髒。」

「這和案子有什麼關係？」

「一開始，我也沒明白怎麼回事？可她一直不停地絮叨，我檢查了一下大衣袖子。你猜，我看見什麼了？」

「我無法想像。」

「是紅油漆！於是，我回憶一天的行蹤。最後，我的疑點集中在瓊斯太太的人體模型上。如果是那樣的話，那就說明她在說謊，油漆是剛刷的，而不是兩天前。一定是趁著我去查看之前，她做了手腳。因為我回想起她讓我去前門等候時，她單獨先進入工作室。之後，她帶我去看時，還叮囑我不要去碰那個模型的手臂。

「而我袖子上的紅漆一定是不小心從西蒙臂上蹭上的。我意識到，她在搪塞我。於是，我馬上趕回她的店鋪，可是她關了門不在店裡。因為你家離我住的地方不遠，我就想到了重新來你這裡跟你談談。後來的事情，你都知道了。」

說完，他身體後傾坐進椅子裡，看起來已經筋疲力盡。可是，我心裡還有一件事情。

「那屍體呢？她丈夫的屍體，我們還沒有找到。她告訴我，她把屍體埋在一處正要動工的公寓下面。」

「這個簡單。我們可以找建築調查員幫忙。明天吧，我打電話聯繫。」

「哦，是啊，他們有各項建築的記錄。我怎麼想不到呢！」我用欽佩的語氣說。

他用低沈的聲音回答說：「其實，這也沒什麼。我們的職責是就是辦理這種事務，而且還接受過系統訓練。所以，我是專業的警探，而你，我想想怎麼說，你是一個——」

直到現在，一想起這事我還是有些後悔，因為我還沒聽見他最後一句要說什麼，就倒頭睡著了。

偷樑換柱

樓道裡有兩個人，他們艱難地抬著一部立體電唱機，一步一步地上著台階。拐過走道，他們累得大口大口地喘著氣。由於三樓狹窄的樓道，要想搬上來這麼一個龐然大物，可得花費一番工夫。

「到了，就在這裡，把東西靠牆放著。」我撐住門，後退一步，給他們讓開一條路。唱機在我指定的地方放置好了。我拿起剛剛被擱著的電話聽筒，說道：「寶貝！過一會兒，我再打電話給你。現在，家裡送來了唱機。我回頭在局裡查一下，再給你電話。」

「好的，收到。」那頭的聲音，聽起來總是像個小丑。

掛斷電話，我轉身面朝送貨員。他們一個年紀大些，約莫有四十五歲的樣子，體態肥胖。另一個是個二十來歲的小夥子，他正在連接電源。

年紀大些的送貨員，掀開唱機頂蓋，仔細檢驗機組的各個部分。

「要多久，才能搞定？」

「五分鐘吧，我說的沒錯吧，史密斯？」小夥子說。

那個叫史密斯的人，點頭默認。

「還有些時間，來罐啤酒，怎麼樣？」我看看手錶說道。

對我的提議，他們都報之一笑。「你們先坐下休息，我去冰箱拿。」我邊說，邊走向廚房的冰箱，拿出兩罐啤酒，開罐以後，我又問道，「需要杯子嗎？」

「不了，用罐子就行。」他們客氣地回答。

「你們送貨的時候，經常遇到這種情況嗎？」

「希望不要經常遇上。我們還有很多貨要送。哦，應該是十四台，有洗衣機，也有電唱機，不過，這些大部分都送往郊區。」史密斯說。

「你們的運氣還不錯。」我說。

「你為什麼不喝一點？」

「工作不允許，不出半小時我得去值班。」

「哦，什麼工作？」

「警察，專門負責詐騙案件。」

「看你的樣子，本以為你是個軍人或者別的什麼，原來是個警官。」史密斯笑著說。

「那你應該認識布魯斯？」小夥子問。

「哦，你說的是麻醉組的那個？他因為收賄賂，被移送到懲戒會去了。」

「惹禍的是那件貂皮大衣，我是布魯斯的侄子。」小夥子說。

「據說，他不是一個壞人。我和他不熟，只打過一兩次照面。希望他能盡快洗脫罪名。」我說話的時候，瞥了一眼擺在牆邊的電唱機。那部機器很氣派，也很昂貴，依照警察的收入是絕對負擔不起。

「你們得教會我如何使用它。」我說。

「好的，等喝完啤酒，立刻跟你說。」

「不著急，還有十分鐘。」

「我也想成為一名警察，可是我的身體達不到標準。」小夥子說道。

「身體只是一方面，更重要的是品行和智力，還有身分一定要清白。」我說。

史密斯喝完啤酒，就去擺弄唱機了，他一邊檢查，一邊問：「警官，你是便衣，還是穿制服的？」

「辦理詐騙案件，最好避免穿制服。就算穿便衣，有時候也會栽跟頭。」

「那種罪犯，應該很難對付吧？」

「從偵破角度來講，確實有困難。不過，並不代表他們能夠變成漏網之魚。就我接受的案件來看，只有被人捏到了把柄，才會為詐騙勒索提供前提。」

「一點沒錯。」小夥子深有感觸地說。

「你叔叔不就是這樣嗎？有人送他一件貂皮大衣，說是要感謝他，之後，又趕快去懲戒會揭發他。那些人擺明了想要害他。」

聽了這番話，小夥子快快不快。

「好了，警官，一切正常。我們得走了。」史密斯說。

「我也得出發了。不過，你還沒有教我怎麼用。」

指著各個控制器，史密斯開始跟我一一解釋。包括如何把聲音調大調小，如何平衡聲音，如何改換唱片，等等。

說完以後，我要求他重複了一次，大概又耽擱了五分鐘時間。最後，他看起來有些無奈，說道：「如果你還有疑問，可以依照說明書，上面解釋得很詳細。」說著，他關掉電源，起身站立，從口袋裡掏出送貨單遞給我。簽完字，我隨即穿上外套。

我們三人一起下樓，接著，我走向自己的汽車，而他們走向了一輛卡車。

突然，我聽見了史密斯的叫聲：「不好了，警官！出事了！快來看！」

「怎麼了？」我疾步趕過去。

「車裡的東西，都不見了！整整十四台！電視機、電唱機都沒了！」

我朝車廂望了一下，裡面黑糊糊的，但是，能看得出來裡面是空的。「你們確定這是自己的卡車？」我認真地問。

「是的，錯不了，所有的東西都被弄走了。」我環顧街頭，沒發現可疑之處。於是，我說：「你們兩個人，一個在這兒守著，一個趕緊隨我去報案。」

史密斯跟著我，三步並作兩步快速地爬上三樓。一進房間，我馬上抓起電話，撥通一個號碼，說道：「你好，我是費依警官。」接著，我把案情和案發地點都告知了對方。過了一會兒，我對著電話說，「好的，那我通知他們不要遠離，在車裡等候。」

掛上電話，我轉身對史密斯說：「警方已經出動了一輛警車，現在，你最好盡快聯繫你的老闆把事情跟他說一下。」

史密斯神色慌張地拿著電話，將遭賊一事跟老闆彙報，並告知老闆已經報案了。掛斷電話，他聽從我的建議返回卡車等候。

等他離開房間，我馬上撥打了一個電話。

「你好，威理蒙售貨公司。」一個女孩子接的電話。

「你好，我找邁克。」

「請稍等，正在轉接電話。」

「你好，我是邁克！」

「邁克，是我。一切順利。遵照約定，我把電視和電機都弄到手了。你轉告手下一聲，他們已經出發了。」

「很好，我會如約給你個好價錢。」

「這一點我不懷疑。順便問一句，你認識費依警官嗎？」

「哦，你是說兩年前害你坐牢的那個？」

「是他，我現在就在他的公寓跟你打電話。我還給他送了一份厚禮——一台嶄新的立體電唱機呢！」

「哦，是嗎？這下子麻煩了，一個警官的家裡放有贓物。」邁克咯咯地笑著說。

「那是他的事情，他自己去懲戒會解釋吧！」

我拿著電話聽筒，細心地擦掉上面留下的指紋。電話那頭邁克的大笑聲傳了過來，我任由他在那頭開心，就匆匆掛斷了電話。

現在，我留有指紋的東西就剩下那兩個啤酒罐。於是，我拿著罐子鎖好費依警官的房門，下樓鑽進自己的汽車。

那邊的卡車裡正坐著兩個傻瓜，他們還在癡癡地等候警方的到來。當我把汽車開走時，還朝著他們招了招手。

究竟要過多久，他們才會向真正的警方報案呢？這個問題，我很好奇。

百葉窗

在長時間無聊的飛行旅途中，我經常買一本神祕雜誌，用來打發難熬的時間。但是這一次我沒有看雜誌。我覺得坐在我身邊靠近窗口的那個人，比任何雜誌更吸引人。

這是位衣著看起來很保守的中年人，細看之下頗為粗獷有型。濃濃的眉毛下有一雙溫和的褐色眼睛。在飛機快起飛時，我看他身旁的座位還空著，就坐了下來，他隨意地看了我一眼。我很想和他搭訕，卻找不到什麼話題。飛機終於起飛了，之後我們都解開了安全帶，這時他先說話了：「我看你是個懸疑小說迷。」邊說邊指著我手中的雜誌。

「有點喜歡，算不上迷。」我說，「我只是用它來打發時間。」

「我也算不上，」他接著道，「我讀神祕小說，是為了懂得新的犯罪技巧，第一時間學習書中的方法。」

「你這樣說很容易讓人誤解，以為你是個歹徒，正在研究犯罪技巧。」

他微微笑了笑：「沒有你說的這麼糟糕。歹徒最想要的就是錢，很多錢都是從銀行中轉的，我想在這方面多了解些，可以避免我工作時出事，就是這樣。」

「我叫瓊斯，在銀行上班。」他說。

我笑著說：「幸會。」

「多年前，在加州一個小鎮的一家商業銀行裡，我親身經歷過一次銀行搶劫。所以我知道這種事隨時都可能發生。」

「那次銀行搶劫一定很刺激吧？」我說。

「嗯，確實很吸引人，也很緊張刺激。」他說，閉上眼睛，靠著椅背。

看得出來，他正在回憶那次事件。

聽他這樣說，我很想知道這件事的經過，於是我說道：「說出來我們一起分享怎麼樣？反正閒著也是無聊。」

「故事很長，你會厭煩的。」他睜開了雙眼說。「不過你既然很想聽，我還是說吧！二十年前，我當時在銀行裡是個出納助理，是個真正的小職員。我上班的銀行當時辦理一種夜間存款的業務，鎮上做生意的可以在商店關門之前，把現金存到銀行去。那時候，鎮上大部分的商店，在星期四晚上都營業到九點鐘以後才關門。因此，禮拜五上午的時候，前天晚上存入的現金總是很多。」

「我知道這種情況，」我說，「我在F城開了一家運動用品店。」

「哦，是嗎？F城是一座好城市。」

他又接著說那件事，「早晨一到銀行，清理夜間存款是我工作中最重要的一項，計算好並作好標記，完了放在出納的辦公桌上，這樣出納在銀行開門後可以立即工作。因此，我總是全行第一個上班的人，在銀行開門前十五分鐘其他的同事才會陸續到來。每天上午銀行正式營業之前的半小時內，只有我一個人，我很喜歡那種感覺，你知道為什麼嗎？那時候只有你一個人，讓你有一種獨自肩負起整個銀行的感覺。」

我點頭表示同意。

「那天早晨，我八點鐘左右離開家，像平常一樣，我去公車站牌等公車，那時公車站旁邊有一輛灰色的福特汽車開過來停在我旁邊，司機探頭出來，問我需不需要幫忙，對我說可以搭他的車進城。我說如果可以，非常感謝。他把車門打開，我上車，坐在他旁邊。」

我想當然爾地分析說：「你應該對一位陌生人無端地給予你恩惠表示懷疑，他一定不懷好意。我看的許多小說裡也是這麼寫的。你該這樣說，非常感謝，我覺得自己搭公車就可以了，然後繼續等公車。」

「你說得很對，但那天早上我沒按你說的做，我可是一點也沒提防。就這樣我上了那輛車，上車之後，我發現後座上還有兩個人。坐在右邊的那個人突然拿出左輪手槍，把槍口對準我，這使我很震驚。

「我什麼也沒說，也無法做一些事來引起外人的注意，我就這樣一直沈默著。那人的手槍對著我，他雖然沒說話，卻很明顯地警告我別輕舉妄動。否則他一下就可以要我的命。

「就這樣我們默默地向銀行駛去，車速雖不快，但還是很快就到銀行了。司機將車停在銀行的後門，我平常出入的地方，這裡一般人是不知道的，他們好像對我上班的路線很了解似的。銀行背後是條小巷，只有銀行職員才會從這裡進出。那個時候巷子裡一個人也沒有。

「持槍的男人對我說，『到了朋友，下車！』他讓我先下車，他和坐在車後面的另一個人也跟著下車。持槍的那個人，頭髮是金黃色的，人又高又瘦。另一個要矮一點，但很粗壯，一頭濃密的黑髮，一直披到肩上。高個子對司機說，『你就留在車上！』然後晃著槍對我說，『開門吧，讓我們進去！』他雖然溫和有禮，他的聲音卻很冷。他很冷靜，就像他每天都在做這樣的事一樣，或許他真的每天都在計畫怎樣做這樣的事。

「我只有任憑他們擺佈。當槍口對著我的時候，我沒有去反抗，反抗是徒勞的。於是我拿出鑰匙，把門打開。當我開門時候，我瞥見手腕上手錶的指針正指著八點十五分，這個時間離警衛和同事上班還有一段時間。地窖裡還有個電子鎖，電子鎖開的時間設定在銀行開門營業之前幾分鐘，因此我確定他們無法打開電子鎖，除非等到快開門營業的時候。

「我先走了進去，他們兩個跟在後面，那時高個子說了一句話，讓我最後的一絲期望破滅了，他說，『夜間存款！』直到那時，我才確認，他們非常清楚地知道我每日的工作流程。他們一定監視了我好長一段時間了，暗中觀察我上班時候的一舉一動，我想這一定就是一般作案人所謂的『踩點』，你認為呢？

說了之後，他看著我，等待著我的回答，好像要我稱讚他，稱讚他從神祕小說中學到的這句歹徒的「行話」。我順口「嗯」了一聲。這位威嚴十足的中年銀行家說黑社會的行話，讓人感覺很難適應。

「他們逼我來到大門旁邊，這裡的壁櫃裡存放著夜間存款。那時候的銀行大門很落後，沒有現在的這種堅固、透明、裝有電眼設備，而那扇前門裡有一道活動的百葉窗，用來遮擋午後的陽光，大門的右邊是我們副經理的辦公桌，百葉窗可以遮住照進他房間的陽光。每天上午，隨著太陽的轉動，百葉窗越放越低，直到完全放下。到第二天早上我來上班時，再把它拉上去。每天上午，在處理前一天的夜間存款之前，我會首先拉上百葉窗。」

他目光中閃爍著興奮，很愉快地對我說，「你知道我的上班地點離銀行門口最近，因此有很多零零碎碎的工作要做，我有時候像個門房。」說完，他情不自禁地笑了起來，然後繼續講下去。

「我逐漸穩定下來，那裡是我天天上班的地方，習慣的環境讓我情緒安穩，雖然槍依舊頂在我的背後。從門前走過，我自然地走過去拉起那道百葉窗。就在那時，跟在我背後的男人立刻說，『站住！你在幹什麼？』我只得站住，說道，『我每天上班都會拉起這扇百葉窗，我只是想把它拉上去啊！』還沒等我說完，他就說，『今天你不用把它拉下來了，你一定同意我說的話。』

「我說，『你認為我們上班時還喜歡讓人看嗎？讓大街上每個人看著我們上班！』

「我應該在安全的情況下做出努力，對這兩個劫匪表示抗議。一會兒，我們已經走近存放夜間存款的壁櫃了。我用冷冷的語調說，『我打不開這東西，這個壁櫃要用特殊的鑰匙才能開，但那鑰匙不在我身上，那把鑰匙在出納身上。他要到九點鐘才上班。』粗壯的矮個兒默不作聲，突然從口袋裡掏出槍，走到大門旁邊，透過百葉窗，眼睛掃視著街上的情況。高瘦的男人將槍頂在我的背部，『別想耍花樣，』他說，『我知道這個壁櫥每天早上都是你來開的，就是你！還想蒙我！別磨蹭了。快點給我打開！』面對他的威脅，我剛穩定下來的心緒又慌亂起來，趕忙掏出鑰匙，戰戰兢兢地打開了壁櫃。你說，我能怎麼辦呢？

「如果是我的話，我一樣會這樣做。」我安慰他。

「那天恰好是禮拜五的上午，支票和現金都很多，都是鎮上的商人在夜間存放的。高個子看見了那麼多的現金，頓時興奮地叫了起來。他催促我，『錢和支票全部取出來，放進這裡面。』說著他把一個黑色的手提箱遞給我。

「我只能按他說的做。但我故意把動作放慢，而且不露痕跡，就是裝錢時一次少裝幾沓。這樣也許我可以拖延一下。即使這樣當我把所有的錢和支票都放進手提箱時，時間才到八點三十分。時間怎麼過得這麼慢！

「我開始恐懼，懷疑當他們離開時，會把我怎麼樣？我不敢去想像我將要面臨的結果。我見到了劫匪的面孔，我能向警方描繪他們的長相，我還可以指證他們，而且我還知道他們的車牌號碼。

「高個子說，『夥計，仰躺在地上。』我很聽話，仰躺在大廳中央的大理石地板上，我那時完全被他們控制，一種隨意被擺弄的感覺讓我很氣憤，但卻毫無辦法。粗壯的小個子就站在百葉窗前，他一邊用槍指著我，一邊警惕地注視著街上的情況。

「就在這時候，電話鈴突然響了，我驚駭得差點跳了起來。那是門旁副經理的電話，在那安靜的空房間裡，那鈴聲就越發顯得尖銳。高個子用槍對著我，低吼道，『你！去接！』這時他的溫文有禮不見了。『小子！接電話的時候儘量自然，不然的話，我保證這是你最後一次接電話。快去！』電話響到第三次的時候，我從地板上爬了起來，走到話筒旁，拿起電話筒。高個子緊隨在後。矮個子沒有說話，但是他的槍始終指著我。『聽筒不要離耳朵那麼近，』高個子警告我，『放遠一點讓我也聽得到。』我儘量讓自己不那麼緊張，對著話筒喊道，『喂？』聲音洪亮清晰，打電話的人細聲詢問，『是國家商業銀行嗎？』我把聽筒拿得遠遠的，這樣高個子也可以聽見。

「高個子用槍緊頂著我的背部。我對話筒說，『是的，先生。』

「『你們今天下午營業到幾點？』電話裡的聲音問，我看見我旁邊的匪徒不耐煩了，緊皺著眉頭。

「『告訴他！』他低聲說。

「於是我對著話筒說，『三點半停止營業。』

「對方回了一句，『謝謝你。』

然後我們都聽見『咔嚓』的聲音，對方已經掛斷了電話。

我的頭在冒汗。放下電話，我覺得好像生了一場大病，瞥眼看到矮個子拿著槍，正對著我的腹部。我的雙腿顫抖，高個子鬆了一口氣。

高個子對他的夥伴說，『懷特，回到門旁去。』然後回頭對我道，『小子，躺回原先的地方。』他用槍指指我，我只能再次仰躺下。

他對他的同伴說，『時間還夠，懷特。你看住這小子，我去搜一下出納的抽屜。』接著，他就去了旁邊，我能聽見拉開抽屜的聲音。然後是他的咒罵聲，應該是他發現抽屜裡沒有鈔票。

我仰躺著正好可以看見新辦公桌上的大壁鐘，鐘的分針正慢慢地向前移動，每一丁點兒的移動對我來說都很漫長。高個子在出納那裡搜不到任何值錢的東西，失望地回來了，那時分針移動了四個格子。

他回到大廳，左手拎著手提箱，右手握著槍。他讓懷特先走，從銀行的後門走。也就是我們剛才進來的地方。這樣看來，他們不打算搶地窖裡的現金了。他們正要離開的時候，我幾乎可以聽見自己的心跳聲，我的心跳聲隨著他們的腳步聲一上一下的。

矮個子離開門邊時，用槍指著我，問道，『他怎麼處理？』

他面帶微笑地看著我，『我們不是說好了嘛！把他做掉。』兩眼看起來更小了。

「現在回想起來，我那時候差點兒被嚇死了，我有點懷疑他們的意思是殺掉我，或是別的什麼恐怖事情。『把他做掉』根據我們不同的理解可以有很多種意思。接著我看到懷特將手槍倒握，朝我俯下身來，將槍柄砸向我的頭，接下來發生什麼我就不知道了。」

「在銀行工作比我想像中要危險。」

「是的，」他說，「後來我才知道，他們來自別的州，那輛福特車是他們偷來的。匪徒在銀行不遠的地方準備了另外一部汽車，這個鎮上沒有人認識他們。所以他們認為沒有必要殺死我，最後只是把我打昏，趁我昏迷不醒的時候趕快逃離。」

「接著發生了什麼？」這時候我充滿了好奇。

「就在他們準備從後門逃走時，警察早已守候在那裡，將他們全部抓獲。」他說，「司機那時候已經被警方控制，警方也早就把銀行團團包圍了。」

這時候我聽見我們搭乘的飛機引擎聲音變大了，飛機正準備降落目的地。

「警察？」我奇怪地問，「他們怎麼知道？」

「辛普森報警了。」他說。

我依然不明所以地看著他：「辛普森是誰？」

他說：「他當時就是銀行的出納員，我的中學同學，也是我的好朋友。」

「他怎麼知道銀行被搶劫了。」

「你還記得那個電話嗎？就是問我幾點鐘關門的那個電話。我在電話裡說是三點三十分停止營業，但我們都知道實際上是三點整就結束了。這等於是信號，銀行遇到了危險，所以他就報警了。」

這時候我看見機場的跑道了，飛機即將降落，我準備穿上外套、戴好帽子。

「難道那部電話被你們公司裝了竊聽器什麼的？或者你和辛普森事先就安排好的？」我好奇地問道。

「是的，」他笑著說，對我的驚奇似乎揚揚自得，「我做事喜歡未雨綢繆，我和辛普森事先的確商量過。」

我反駁問：「就算是這樣，辛普森怎會偏巧那天早上給你打電話？他不是每天都給你打電話吧？」

「當然不是，辛普森是單身，到現在都還沒有成家。」

他說著，但我想不通這和他單身有什麼關係？

「他每天早上上班前，總要到銀行所在的那條街的拐角去，在拐角處一家『好媽媽』咖啡店用早餐，因此每天早上八點二十分左右的時候，他在去咖啡店的路上，會從銀行門前經過。當他從門前經過時，假如發現百葉窗仍然沒被拉上，他就開始打電話到銀行，問這裡幾點關門。我在電話中回答的如果不是三點，那就表示要報警；假如不是我接的電話，而是陌生人接的電話，也要報警；同樣假如沒有人回答，也要報警。整個的事情就是這麼簡單。」

「問題是很簡單。在某個上午若是你生病了沒有按時上班，也就不能拉起百葉窗，那時怎麼辦？」

「如果是這樣的話，那麼在他準備吃早點之前，我會讓妻子打電話，告訴他百葉窗沒有被拉上。」

「有一個關鍵，如果反過來，假如辛普森先生在搶劫那天生病了呢？」

「這種可能性不大，如果真是這樣的話，那也是沒辦法的事。」他說。

我解開安全帶，這時飛機已經降落了。我替他感到不平：「這種事對你來說很不公平啊。你冒著生命危險，最後被匪徒擊昏，而你那位好朋友辛普森先生卻在咖啡店裡享受。」

我們一起站了起來，準備下飛機。

「事實是你說的那樣。不過，那時候我們都很年輕，先前你也說過，那是很刺激的事。

你現在還體會不出來，假如有人用一支槍柄向你頭部擊下去的時候，那會多麼緊張刺激！在你昏迷兩小時之後又醒了過來，竟然發現自己沒有死！」

「你現在呢？還在國家商業銀行做事？」

「當然了，還幹我的老本行，我的朋友辛普森也是。不過他現在已經是銀行的董事。」

「升官了啊，那是他應得的。你升官了沒？」我繼續問。

他面帶微笑說：「我是董事會的主席了，但我仍然喜歡冒險。」

我終於弄清楚整個故事了，其他的對我來說不是很重要。我隨意地說：「你一直都喜歡冒險嗎？」

說話間我們已經走下了飛機，一起走出機場，我稍微落在他後面一點。我把外套搭在右手臂上。當我們走進機場大廳時，我在衝動之下用右手食指頂著他的背部，外套覆蓋在我的右手上。對他說：「最好老實點，向左轉，進入男洗手間。」

他歪頭轉過來看著我，似乎不相信的樣子，但卻並不慌張。

他很不自然地動了一下身子，然後問道：「為什麼要去洗手間？」說話的時候我也沒讓他停下來，我們繼續往前走。

「現在別跟我耍花招，像上次一樣說什麼唯一的鑰匙在出納手中。到了，進去吧！」

當我們進入洗手間時候，裡面恰好沒有人，這正是我希望看到的情況。我把門關上，手指從他的背部移開，他轉過身來。董事會主席凝視著我，頭部斜歪著向後，注視著我的臉。一會兒他終於認出我來了。

「原來是你，這麼多年不見，你發福了。你不會真的在F城有一家運動用品商店吧？」

「這是我的願望，我只是在一家運動用品店當店員。我很想將這個店買下來，雖然這很困難，但並不是不可能。這些只能靠我自己努力，假如下週前我能拿出兩千元的話，就能買下它。」

「難道你走入正途了？」

「出獄後我一直朝這個方向努力。」我舉起右手指，「你看，我根本就沒有帶槍。」

「那你不準備貸款買下店嗎？」

「貸款？我是有前科的，你覺得有人會貸款給我嗎？我去過多家銀行，因為有前科，沒有一家願意貸款給我。」

「你為什麼不到我們銀行來試試？」

「如果我知道你仍在那裡工作，我想我會親自去求你的。」

「最後怎麼沒有去？」

「在你們銀行門口，我失去了勇氣，我看到了你們銀行的那些工作人員。我知道這些人一定會拒絕我。這件事除了你之外，可能沒有人會答應的。」

「你從上飛機開始一直跟著我到現在，就是為了這件事，是嗎？」

「是這樣的。那時我恰好看見你戴著帽子、穿著外套、拎著行李，走出銀行。正準備坐上開往機場的計程車。我一眼認出了你，一直跟著你到機場，買了同一班的飛機票。」

他理解似地點了下頭，冷靜地說：「就為了兩千元？」

「只要兩千元，但是我沒有可以抵押的任何東西。」

他為難地笑了一下：「那次搶劫銀行，你有個朋友是矮個子叫懷特。你讓他『做掉我。』當時他用槍柄打我，你還記得嗎？那時候我剛剛上班，許多事還不懂。」

「那件事讓我覺得很丟人，它讓我進了監獄。不過我想你應從事情的另一個方面去看，假如不是那次搶劫，你和辛普森怎麼會受到上級的重視呢？假如不是那次搶劫，你怎麼會有今天的地位？現在都是董事會主席了！」我斜眼注視著他，等待著他的回應。

他過了一會兒道：「你這麼說也有點道理。正是因為你，銀行的有關部門才注意到我。我以前從未這樣想過。所以，從這一方面看，我和辛普森好像是欠你點什麼，你那次搶劫為我們創造了機會。」

「你和辛普森每人借我一千元怎麼樣？你可以和銀行說是私人貸款，我一定會還你。」

他馬上就說：「我也相信你會還的。」然後他在支票簿上簽了一張兩千元的支票。他把支票遞給我，我和他握手表示感謝。

最後，他有點疑惑地問了我一聲：「為什麼不在飛機上或大廳裡向我說貸款的事？偏把我帶到這裡來？」

我看著洗手間光滑的牆，上面鑲著整齊的瓷磚，哈哈大笑著對他道：「因為這裡沒有百葉窗呀！」

謹慎的殺手

羅塞蒂的餐館位於紐約46街，是一棟褐色的樓房，餐館的位置很好，離公園大道也很近。八月的一個晚上，一個身材矮小的人站在餐館門前，看著來來往往的客人，他叫李・科斯塔。在外面站了一會兒，他走進餐館大門。

進去後，在靠近衣帽間的通道上，他站了一會兒。沒多久，領班走了過來。

「我是來找喬・羅塞蒂的。」

「先生，您貴姓？」

「你就對他說我是推銷保險的人。」

「難道你沒有名字嗎？」

「你只要按我講的對他說就行了，他會明白的。」

「那你在酒吧等一會兒，我去通知他。」

科斯塔把外衣放在衣帽間，正準備去酒吧時，一個身材魁梧的侍者來到了他面前。「跟我來，我帶你上樓。」然後，他帶著科斯塔從房間角落裡的一部舊電梯上了樓。

他們到了四樓，這一層只有一個住戶，那就是羅塞蒂。他們走進羅塞蒂房間的大客廳，裡面擺放著一些古董，佈置得簡樸而舒適。

房間的走道上站著一個矮胖子，正用疑惑的目光掃視著科斯塔。

「我就是喬．羅塞蒂。」他說，聽得出來，他帶著意大利口音。他頭微微歪著，皺著眉頭，只是站在那裡看著科斯塔，並沒有走過去與科斯塔握手。

「你比我想像中矮小。」科斯塔道。

「進來坐。齊格，你也坐。」

他讓科斯塔和齊格走進裡屋，然後，對著屋裡喊道：「親愛的，這位是李．科斯塔，你過來認識一下。」

一個小個子女人從房間對面走了出來，抬起頭打量著科斯塔的臉。她盯著他的眼睛嘆了口氣，在寧靜的房間裡，這一聲嘆息顯得十分響亮。「就是他嗎？」

羅塞蒂點點頭。

她凝視了科斯塔一會兒，轉頭對羅塞蒂道：「你先和客人談吧，談完我們再吃飯。」說著，她走出了房間。

齊格低頭看著科斯塔，問羅塞蒂：「這傢伙是不是來找你麻煩的？」

羅塞蒂搖搖頭。科斯塔突然警覺起來，用冷冰冰的藍眼睛盯著齊格。「假如我真的是來找麻煩的，你會怎麼對我？」

「我會把你從樓上扔下去。」齊格說著，朝他邁出了一步。

科斯塔轉向羅塞蒂道：「你最好管管你的手下。」又轉臉看著齊格，「大塊頭，你最好站到一邊去。」

齊格伸手想要抓住他的衣領，把他揪起來，便向他衝過來。齊格還沒碰到科斯塔時，科斯塔的右腳已經快速踢到他的褲襠，他大叫一聲，痛得彎下了腰。科斯塔走過去，又補了一腳，把他踢倒在地。「羅塞蒂先生，對不起，他這是自找的。」

羅塞蒂看著在地上扭動的大個子。「你的動作真快，快得像蛇。」

「羅塞蒂先生，每個人都有各自的優點。」

「他會殺了你的。」

科斯塔搖搖頭笑道：「羅塞蒂先生，他殺不了我的。對了，你為什麼不讓他下樓去調杯酒呢？」

齊格躺在地上大口地喘著氣，他費力地轉過頭，盯著科斯塔微笑的臉龐。

「我下一次對你下手，也許會溫柔一點。」科斯塔對齊格說。

齊格勉強站起了來，搖搖晃晃地走出房間。

「羅塞蒂先生，剛才你為什麼讓齊格在這裡？」科斯塔問。

「我害怕。」

「害怕？我雖然是一個職業殺手，但你不需要怕我。只要付錢，你讓我殺誰我就殺誰，我不會做規矩之外的事。我們共同的朋友告訴我，說你遇到一件麻煩事。」

「這也是我找你來的原因，我是有一件麻煩事。」

「羅塞蒂先生，他叫什麼名字？」

「巴克斯特，他的名字叫羅伊．巴克斯特。」

「這事還有沒有別的解決辦法？」

「給他錢行不行？」

「不行，這種辦法對敲詐者一般不起作用。」

「你是怎麼知道這件事的？」

「我們共同的朋友告訴我，他說有個人想找你麻煩敲詐你。羅塞蒂先生，說吧，你應該信任我。」

羅塞蒂扭過臉，他的臉色很難看。「我曾殺過一個人，這事後來讓巴克斯特知道了。他以此來要挾我，問我要錢。我知道，如果我這次付錢給他的話，他以後只要沒錢就會一直向我要下去。所以，我請我們共同的朋友幫忙。他欠我一個人情，因為我以前曾幫過他一個大忙。我找了他之後，他就讓你來幫我。」

「你妻子知道這事嗎？」

「我告訴她了，但她絕不會泄漏半句。」

「還有別人知道我嗎？」

「除了我、我妻子和我們共同的朋友，沒其他人知道你。」羅塞蒂伸手從抽屜裡拿出一沓資料，「這是有關巴克斯特的資料，裡面有他從事生意的情況、他的地址，當然，還有一張他的照片。」

「巴克斯特是做什麼的？」

「他自稱是一個律師，但到底是不是我也不知道。他怎麼賺錢我也不知道，但他應該有自己的掙錢方法。」

「知不知道，他為什麼要敲詐你？」

「不知道，也許他花錢很厲害，但自己的錢又不夠用。」

「我殺人收費很高的。」

「我知道，我出得起。」

「朋友關照過，讓我少收你一點，即使這樣，你起碼也得付我五千。」

「付得起。相對於巴克斯特勒索我的錢，少多了。」

「他讓你多長時間湊齊那些錢？」

「他說給我兩星期的時間，讓我籌兩萬五千元給他。如果逾期不給的話，他就向警察報案，說我曾殺了人。」

科斯塔站起身，把巴克斯特的資料裝進口袋。「我去看看他住處周圍的情況，回來再告訴你結果。」

羅塞蒂雙手顫抖著，看著科斯塔道：「好的。」

「羅塞蒂先生，我是一個非常謹慎的人。我會先仔細的偵查一下，然後再告訴你我的決定。」這時，科斯塔看到了壁爐上掛著一幅海魚畫，「我覺得你很緊張，你為什麼不去釣釣魚呢？」

羅塞蒂苦笑了一下。「釣魚？整個夏天，我每個週末都和妻子一起去釣魚。那時，我們生活得很平靜，開餐館、駕著小船去釣魚。自從我接到巴克斯特的那個電話，我不管餐館的事了，也不釣魚了，整天憂心如焚。」

「羅塞蒂先生，我會盡力幫你的。希望不久以後，你又有心情釣魚了。」

科斯塔從裡屋走出來。經過客廳時他碰到了羅塞蒂太太，愉快地朝她點點頭。她臉上沒有一點笑容，只是抬起頭問他：「你吃飯了嗎？」

「還沒有。」

「不如我們一起到樓下去吃吧。」她走到裡屋門口對羅塞蒂道，「親愛的，去吃飯了。」

羅塞蒂走出來道：「你們去吃吧，我想睡一會兒。」

「親愛的，那你注意把被子蓋好。」

他們坐在餐館的一個包廂裡，羅塞蒂太太吃飯時話不多。直到吃完飯，當服務生把咖啡送上來時，她才抬頭看著他說：「這件事真讓人感到無奈。」

「你擔心嗎？」科斯塔問。

「不，我不擔心。一個人的一生有些事情是避免不了的。我知道這個道理。」

「我會非常小心的，別擔心。」

「仔細一點，多注意一下自己。千萬要小心。」

「羅塞蒂太太，不用太擔心，我能處理好。」他起身準備離開。

「你沒穿大衣嗎？」

「穿了。」

「別著涼了，多穿點衣服。」她的黑眼睛一直盯著他離開。

第二天早晨，他去了巴克斯特的辦公室附近，他來這裡是偵查地形的，這裡位於56街的一棟大樓中。科斯塔混在上班的人群中，九點前進了大樓。他來到了十一層，從走廊盡頭那裡可以看到巴克斯特的辦公室。

這大樓的每部電梯，都有一個人負責開關電梯，而且這裡的人流量很大，在這種地方進行暗殺是不切實際的。

九點三十分，巴克斯特走進他的辦公室。他長得又矮又胖，嘴裡叼著一根雪茄。在走廊裡，科斯塔又等了十五分鐘，然後，他走進巴克斯特的辦公室。巴克斯特的祕書接待了他，他遞給她一張名片，並介紹說，他是辦公室用品公司的推銷員。祕書說巴克斯特先生暫時還不想購置新的設備，巴克斯特先生對他現有的辦公設備很滿意。科斯塔裝成推銷員的樣子，向她表示了感謝，然後，有禮貌地離開了。在他進到巴克斯特辦公室那短短的一會兒工夫裡，他看清了裡面的佈局。出來後，他不滿地搖著頭，顯然，他對這裡的環境不滿意。

他開著一輛租來的汽車，在那天下午去了康乃狄克州。這裡有家公司離巴克斯特的家很近，他來到這家房地產仲介公司。公司職員開車帶著他，路上經過了巴克斯特住的那個區，一路上，那個公司職員滔滔不絕地向他談起在康乃狄克州生活的好處。無巧不成書，有一棟待售的空房子正好在巴克斯特家旁邊，對那棟空房子，他表現出異乎尋常的興趣。公司職員在他的強烈請求下，開車帶著他慢慢地經過那條街。趁此良機，他打量著巴克斯特的房子。巴克斯特的房子在一排房子的最外面，四周圍著磚砌的高牆。科斯塔注意到，那棟房子門口有一個鐵門，上面掛著的一個牌子上寫著「小心狗咬」。院子裡有一條大狗看到了他們，開始「汪汪」地亂叫起來。

那天下午，科斯塔在剩下的時間裡告訴房地產仲介公司的職員，他是從俄亥俄州遷到這裡來的，他妻子過幾天也會過來。等妻子來了之後，他們將一起買下那棟房子。他在和仲介公司的職員談話中，了解到包括巴克斯特在內的其他住戶的情況。巴克斯特一個人住在那棟房子裡，他是個單身漢。他雇了一對瑞士夫婦照顧他的起居，但只是在白天，因為那對夫婦晚上不在這裡過夜。

他六點鐘回到羅塞蒂餐館的客廳裡，羅塞蒂夫人坐在客廳的另一頭，她在織毛衣，羅塞蒂坐在辦公桌後面。科斯塔看看羅塞蒂，然後又看看羅塞蒂夫人。「我今天去看了他上班的地方以及他住的地方，我覺得幹掉他還是可以做到的。但有一件事我放心不下。」

「什麼事？」

「我需要你們的保證。」科斯塔說。

羅塞蒂奇怪道：「你不會說你現在不想幹了吧？」

「我的意思是我需要你們兩個的配合我才能做。你們要配合我，我才會殺了他。」

「你需要我們怎麼做呢？」羅塞蒂太太雙手交叉，放在膝蓋上說。

「我想在他家殺掉他，在他辦公室下手人太多。不過，我不想開車去他家。」

「你有什麼辦法？」羅塞蒂道。

「這個週末，我們三人一起去釣魚。在釣魚的地方幹掉他。這樣的話，你們兩個也參與了謀殺，那你們以後就不會出賣我了。」

羅塞蒂對他太太道：「你覺得這個主意怎麼樣，親愛的？」

她想了一會兒，然後慢慢地點點頭，嘆了口氣道：「他這麼小心謹慎是完全可以理解。我想這個主意不錯，再說了，現在我們還有其他辦法嗎？」

羅塞蒂對科斯塔說：「我們現在無路可走，看來只能這樣做了。」

「那好，就先這麼定了。」科斯塔道。

「需要我們做什麼呢？」羅塞蒂問。

「星期六早晨，我在城市島碼頭給船加滿油，在加油的時候我會上船，你們在那裡等我。」科斯塔起身準備離開，臨走時補充道，「上船之後，去哪兒我會告訴你們的。我會安排好一切的。」

「別著涼了，多穿點衣服。」羅塞蒂太太對科斯塔道。

科斯塔星期六早晨來到碼頭，在人群中他看起來很普通，絲毫不引人注意。他在等待中看到了羅塞蒂，羅塞蒂正開著一艘機動船向碼頭靠過來。

科斯塔穿過擁擠的人群，上船走進了駕駛室。準備了一下，他們駕船朝康乃狄克州海岸駛去。羅塞蒂駕船，羅塞蒂太太坐在一張藤椅上織毛衣，科斯塔站在羅塞蒂身旁。

他們下午到了半島上，巴克斯特的房子就在那裡。在半島頂頭一個隱蔽的地方，他們把船停好。

「接下來怎麼辦？」羅塞蒂緊張地問。

「釣魚、做飯、吃飯……反正就當來這裡野營一樣。」科斯塔說。

「你想吃東西？」羅塞蒂太太問。

「是的，我有點兒餓了。」

「那你們去釣魚吧，我去做飯。」

六點鐘的時候，她站在下面駕駛室門口喊他們：「飯做好了，吃飯吧。」

吃飯時，羅塞蒂很緊張，不時地看著科斯塔。他太太一言不發，只是忙著端飯、端菜。

科斯塔吃好飯後，在船艙裡睡了一小會兒。醒來後，他覺得羅塞蒂好像有什麼事要問他。他對羅塞蒂說：「是時候了！我要去游泳。」

羅塞蒂太太伸出她的手，拍著他的肩膀道：「一定要小心。」

他微微一笑，低頭對她說：「我一直是個謹慎的人，我會很小心的。」

他去駕駛室裡準備換游泳衣，出來時手裡拿著潛水設備，游泳衣也已經穿在身上了。他頭上戴著黑色橡皮頭套，腳上套著腳蹼。他站在船尾把潛水鏡和吸管戴好，一躍跳入水中。他慢慢地向岸上游去，游的過程中，不時地摸摸繫在腰間的橡皮手套，檢查綁在身上的一個小塑膠袋。這一身的潛水裝備，使他毫不費力地向前游著。

過了半個小時，他在離巴克斯特家碼頭不遠的地方停下，然後，他慢慢地隨著水流漂過去。到了岸邊，他打開隨身攜帶的一個小塑膠袋，從裡面拿出一塊肉。他低低地吹了一下口哨，隨後就聽到狗的叫聲，狗的動靜打破了海岸的寧靜。他把那塊肉扔到狗的旁邊，然後趕緊潛入水中。在水裡，他用來時帶的吸管呼吸。從岸上看，根本發現不了水裡有人。

狗的叫聲越來越響。不一會兒，巴克斯特出來了。他手裡拿著手電筒，穿著睡袍。他檢查了一下院子四周，喝令狗停止吠叫。

一會兒，巴克斯特回房了，狗圍著碼頭，不停地嗅來嗅去。然後，牠看到了那塊肉。科斯塔看到，那條狗叼起肉大嚼起來。不久，那條狗的爪子使勁撓地，發出一陣痛苦的嗚咽聲，很快便倒在碼頭上。科斯塔從水裡出來，走到狗的旁邊，試了一下牠到底有沒有死。

確認狗已經死去之後，科斯塔摘下潛水鏡和腳蹼，把狗的屍體藏了起來。他小心地撿起碼頭上一塊狗沒吃完的肉，扔進大海。然後，他又回到陰影處，耐心地等了一會兒。僕人們現在已經下班，他們上了一輛汽車，大門在他們離開後關上了。看到僕人坐的汽車慢慢走遠，科斯塔脫掉潛水裝備，悄無聲息地來到門廊欄杆前。他在門廊地板上趴著一動也不動，趴了十分鐘後，他戴上手套，繼續匍匐著來到百葉窗下。窗戶沒有關，他向裡看了一下，巴克斯特還在熟睡中。科斯塔慢慢地走到巴克斯特床前，伸出雙手，使勁掐住巴克斯特的喉嚨。過了一會兒，科斯塔慢慢鬆開雙手，摘下橡膠手套，試了試巴克斯特的脈搏，發現巴克斯特的確死了。他戴上手套，滿意地從原路退出。

回到碼頭，他把狗的屍體扔到水裡，又穿上潛水裝備，輕鬆地向著羅塞蒂船的方向游過去。快游到那條船時，他看到羅塞蒂夫婦坐在船尾。

「是科斯塔嗎？」羅塞蒂看到他後喊道。

「是的。」科斯塔回答。他爬上船尾，把腳蹼和潛水鏡遞給他們，說了一聲，「事情辦好了，沒事了！」

在昏暗的燈光下，羅塞蒂太太的黑眼睛看起來讓人捉摸不透，「一切順利？」

「一切順利。」

「這些衣服都濕了，脫掉吧，別凍著了。」

走進船艙，科斯塔擦乾頭髮，脫掉橡皮上衣，換上乾的衣服。不一會兒，他來到羅塞蒂夫婦那裡。

羅塞蒂不知從哪兒拿來一瓶葡萄酒，羅塞蒂太太坐在椅子上，又開始織毛衣了。羅塞蒂高興地說：「為了慶祝，我們來喝一杯。」說完後，他倒了三杯酒。三人一起乾杯。

羅塞蒂太太看著科斯塔，對他道：「沒遇到什麼麻煩吧？」

「除了你們，沒人知道我做的一切，沒人知道發生了什麼事，一切都很順利。」

「你是不是用槍殺了他？」羅塞蒂問。

「沒有，我用一雙手就幹掉了他。」說著，他握了握自己堅硬的手掌。

羅塞蒂起身走到船艙門口對她夫人道：「親愛的，我有點累了，想去休息。」

她注視著丈夫，關心地對他說：「親愛的，你去睡吧，別忘了蓋好被子。」她轉過頭來，對科斯塔道，「科斯塔先生，祝你也睡個好覺吧。」

科斯塔起身伸了個懶腰，走到船邊微笑著說：「今晚夜色很漂亮，你覺得呢？」

「夜色是不錯。」她回答道。她的手伸向毛衣下面，從那裡抽出一把小手槍，她感嘆道，「多好的一個夜晚啊！」說完，朝他心口連開兩槍。科斯塔的身體隨即落進河裡。羅塞蒂太太靠著欄杆，握著槍向河面查看了一下，看到他的屍體隨著河水慢慢漂走。

「親愛的，接下來該怎麼做？」羅塞蒂從船艙裡走出來說。

她把手槍扔到水裡，輕輕地說道：「沒事了，什麼也不用做。睡覺的時候注意蓋好被子，別著涼了。」

沉默的權利

喬治和妻子貝蒂住在城裡，每個夏天，他們都會來我們居住的海邊避暑。喬治看起來比較內向，而貝蒂很漂亮，性格也很活潑，他們兩個從表面上看來有些不太相配，真想不明白貝蒂當初為什麼會答應喬治的求婚。不過，也犯不著大驚小怪，事實上，很多看上去並不匹配的夫妻，他們的婚姻生活非常幸福、美滿。

別誤會。我可不是在貶低喬治。他也是個特別出色的人，為人真誠可信。凡是跟他稍稍有過接觸的人，都會認同這一點。

去年夏天，喬治夫婦沒有到我們海灘避暑，聽說他們去了斯普魯斯海灘。貝蒂曾跟我妻子提起過喬治就是在那個海灘向她求的婚，那個地方對她而言，總是充滿了浪漫的氣息。

對這一點，我覺得不可理解，可我妻子說，那是因為我生性麻木，理解不了女人這些細膩的感情。

隨她說去吧，不過，今年六月，喬治和貝蒂又來到我們這裡了，同時帶了兩個女兒，小女孩一個八歲，另一個六歲。喬治的變化很大，我一眼就看出來了。他整個人很沒有精神，一副無精打采的樣子，雙手插在口袋裡，低著頭只顧走路，從來不看前方。不過，和孩子們在一起時，他顯得很活躍。

我妻子是個很好相處的人，很容易讓人覺得親近。沒過多久，她和貝蒂已經很熟了，有時候，她們會在一起說一些悄悄話。我妻子說，去年夏天去斯普魯斯海灘後，喬治就變成現在這副樣子了，就連貝蒂也弄不明白，喬治到底是怎麼回事。

不久後的一天，喬治來到我家，當時我正在修剪草坪。看得出他是專程來找我的。於是，我們一起走到門廊上坐了下來。他幾次張了口，但都欲言又止，我想他這是有話要說，卻不知道該怎麼開口。

最後，他終於脫口而出了，「警長，你說，為了抽象的正義，一個人是不是應該毀掉自己的幸福？」

「喬治，我沒辦法回答這樣模棱兩可的問題，你說具體一些。」我說。

我正期待他繼續說下去，而他卻只是喃喃地道了一聲「你說得對」。

接下來，又陷入了沈默，過了一會兒，他就走了。

次日，喬治又出現了。這一次，他看起來更緊張。他略帶忐忑地試探著：「假如，我跟你說了一個罪行，你會去揭發嗎？」

「那也不一定，這要看具體情況。比方說，我會看看是不是在我的管轄區域，犯罪情節嚴不嚴重，等等。」

「是謀殺。」

我快速瞥了他一眼，他的臉變紅了，我想，他知道我心裡在想些什麼。

「當然，我所說的並不是我！」他馬上澄清說，「即便是我想去殺人，可我也不知道該怎麼去殺。」

我嘆了一口氣。是的，他說的沒錯。他看起來不像是個有暴力傾向的人。但是，三十三年的警察工作，讓我很難一概而論，凡事都有個例外，特別是像喬治這樣內向的人，有時候就更難輕易得出什麼結論。

他這次會說實話，我能預感得到。我也承認對這件事情，我確實十分好奇。於是，我去廚房倒了兩杯蘋果汁，讓他潤潤嗓子。

不久，談話的氣氛一下子就有了，他滔滔不絕地講了起來。

——他的故事可以回溯到十一年前，那時候他正在追求貝蒂。

在高中時代，他和貝蒂就認識了。他非常崇拜貝蒂，可是因為害羞，他沒有進一步地做出行動。曾經他鼓足了很大的勇氣，去邀請貝蒂出去玩，但被貝蒂一口回絕了。貝蒂的拒絕給他的打擊不小，此後他對貝蒂一直是敬而遠之。

在他二十二歲的那年夏天，他通過會計師資格考試。秋天就可以去波士頓工作。那是一份相當不錯的工作。在工作之前，他還有幾個月的閒暇時間。

在斯普魯斯海灘，他父母租有一間別墅，於是，他也就去了那裡。

這個海灘是一個避暑勝地，夏天的時候特別熱鬧，很多人都會來到這裡。那裡的海濱有一條一兩英里長的人行道，是用木板鋪就的，還有一個大型遊樂場和一個伸進海中的碼頭，碼頭上面有騎樓和舞廳。

喬治在那裡玩了很長時間，快要玩膩的時候，他竟然看見了貝蒂。更讓他驚訝的是，貝蒂像個老朋友似的跟他打了招呼。她住在美洲豹旅館，是跟守寡的母親一起來這裡的。在斯普魯斯，貝蒂沒有一個熟人，她也不是那種跟人家自來熟的個性，所以能在這裡遇到喬治，她感到很開心。

很快，喬治和貝蒂就天天在一起了。他們相約一起游泳，沿著木板人行道或海邊一起去散步。有時候，他們也會什麼都不做，只是靜靜地坐在美洲豹旅館的陽台上喝檸檬汁。

貝蒂是喬治的夢中情人，一直都是。可是每當喬治想跟她求婚時，他總是感到害怕，怎麼也開不了口。在每次告別的時候，喬治都特別想親吻她的嘴唇，可貝蒂總是轉過臉，這樣他只能吻一下她的面頰。

喬治實在是太愛貝蒂了，愛得都快發瘋了，他絕不能眼睜睜地看著貝蒂再次溜走。於是，一天晚上，他再一次鼓足了勇氣向她求婚。

喬治非常緊張地對貝蒂說出了求婚的話，說完之後，他有些驚慌失措，不停地用腳尖踢沙子，等待貝蒂的回答。

貝蒂拒絕了他，可她的拒絕很巧妙。她說：「我很喜歡你，喬治。但是，我不想結婚。現在還不想。」

當時，喬治真想跪倒在她腳下，懇求她能同意。可他天生不是那種人，做不出來那樣的事。於是，他說了幾句意義不大的廢話就離開了。離開的時候，連臉頰都忘記吻了。

轉眼夏天快結束了，天氣開始轉涼。海灘的人漸漸開始減少，許多人帶著行李離開了那裡。碼頭和其他一些娛樂場所也都陸陸續續地關閉了。熱鬧喧嘩的海灘，轉眼清淨了許多。

可貝蒂並不在意這些。每天晚上，她都會去颶風角觀看驚濤拍岸。不管風多麼大，她還是堅持要去那個地方。喬治並不反對，只要能跟她在一起他就很高興。不過，他知道貝蒂站在那裡會很危險。因為有報導聲稱海浪曾把人捲到海裡。

喬治剩下的時間不多了。第二天他就要去波士頓工作。那晚，颳的是西北風，浪很大。喬治到達貝蒂的旅館時，她穿著一件黃色的雨衣，正站在門廊下等他。

外面風雨交加，漆黑一片，他們摸著黑，沿著海灘到達颶風角。這時候，雨突然停住了，月亮從雲朵裡面鑽了出來。雖然海浪還在不停地拍打著礁石，可海灘已經平靜了許多。

他們脫下雨衣鋪在岩石下的避風處，然後坐了下來。喬治決定做最後一次努力，爭取說服貝蒂答應他的求婚。可是，和往常一樣，他怎麼也開不了口。

就在他反覆地在心裡給自己鼓勁的時候，他看到有一個人沿著海邊走了過來，是個小夥子，他雙手插兜，一路吹著口哨。頭上的那頂帽子，帽舌已經裂開了，身上是一件皮夾克。

他的樣子看起來趾高氣揚的，但是，他邊走邊不住地四下張望，這讓喬治覺得他充滿了危險。他從距離他們不到十幾碼的地方經過，腳踩在潮濕的沙子上，沒有發出一點聲響。顯然，他沒有注意到岩石下面的喬治和貝蒂，可喬治把那人看得一清二楚。從外貌上看，那人應該是十九或二十歲。

目送著那人漸漸遠去後，喬治瞥了一眼貝蒂。她屈膝而坐，下巴支在膝蓋上，雙手抱著腳踝。她一直全神貫注地盯著海面上的浪花，絲毫沒有留意那個人的經過。

喬治輕輕握住她的手，可她沒有回應。她的手很涼，任由喬治拉著。而她依舊目不轉睛地看著大海。喬治別過頭去，觀察那個小夥子。只見他突然停住了，一動不動地站立在那兒。大約過了一兩分鐘，他像隻黑貓似的飛快地竄向停靠在岸邊的一艘舊船，這艘舊船看起來快要腐爛了，小夥子似乎在船上找個地方躲了起來。

在這時，海灘上出現了第二個人。喬治看見他從鎮裡走過來，這個人個子中等、體態肥胖，走起路來一搖三晃，一副明顯的醉漢姿態。可能是雙腿已經不聽使喚了，根本支撐不了他那龐大的身軀，他走幾步總會停一下，挺一挺他的身體。

喬治的目光回到了那艘船，他瞪大眼睛想努力追尋那個小夥子的身影。但是，他卻沒有看見。在船的後面有個灌木叢和一條小路，再往後是一排松樹。也許小夥子跟那個人認識，因為不想被他看見，所以偷偷從後面溜走了，喬治想。

那個人繼續踉踉蹌蹌地往前走。他的嘴一張一合，像是在唱歌，可喬治聽不清楚。風的聲音連同海浪的聲音壓倒了所有的聲響。那個人距離那艘船愈來愈近了，那個小夥子出現了。他正跪在船頭，那姿勢很像一個正團著身捕食的動物。他手裡拿著的東西明晃晃的，在閃著光，也許是刀，但也有可能是手槍。

看到這一幕，喬治知道他應該大聲喊叫的，但當時他遲疑了一下。可這已經太晚了。小夥子猛地從船後衝了出來，徑直撲向那個男人。聽到身後有響動，那個男人晃晃悠悠地轉過身去，又往後倒退了幾步，兩個人面對面站立著。接著，那個男人張開雙臂撲了上去。

一聲隱約的槍聲後，那個男人直了一下身子，然後就摔倒在地，見他躺下不再動彈時，小夥子彎下身，開始檢查他的口袋。

喬治下意識用手指緊緊握住了貝蒂的手腕。貝蒂疼得叫了起來，她轉過頭準備張口說話。她是背向那個場景的，因此她絲毫不知剛才發生了什麼。可喬治知道整件事情而且他看得清清楚楚。他還知道，貝蒂個性不像他那樣謹慎，如果看到的人是她，她會馬上跑去幫助那個被打的人。

喬治的內心變得複雜起來，夾雜著恐懼和緊張。那個小夥子已經開了一槍，如果看到他們，他肯定會毫不留情地再次開槍的。一想到這個，喬治嚇得渾身發抖。這時候，必須想盡一切辦法，不讓貝蒂發出聲音。貝蒂的性命，還有他自己的性命，也許就在此一舉了。

她問：「喬治，到底怎麼了？」喬治已經沒有時間去細想。他雙手抱住貝蒂，把她按在沙灘上。他用嘴巴緊緊壓著她的嘴唇，不讓她再發出聲音，整個身體也壓在她的上面。貝蒂越是拼命掙扎，他就壓得越緊。貝蒂用牙齒咬住他的嘴唇，但他依然緊緊地壓著，甚至都可以嘗到血的鹹味。

她開始打他，用指甲抓他的臉，接著雙手使勁推他的胸口，試圖把他推開。可喬治更加用力地壓著她，壓得她幾乎快要窒息。一下子，她渾身無力，停止了反抗。她張開雙臂，也緊緊地抱住了喬治。她的手指甲抓進喬治的背部，嘴唇開始溫柔、順從地回應他。

喬治沈浸在幸福中，逐漸失去了時間觀念。他們大概在那裡躺了一分鐘，但或許是十分鐘，他也不能確定。當他抬起頭的時候，那個男人已經趴在船邊的一個土堆上，而那個小夥子卻不見了蹤影。喬治單膝著地支撐起身子，這個時候他看到了那個小夥子！他距離岩石非常近，他的臉正好迎著月光。喬治迅速地打量他，但這匆匆的一瞥卻讓他印象極其深刻。小夥子長得活像一隻狐狸，滿頭紅髮，眼睛發黃，一張消瘦的臉，小極了，耳朵沒有耳垂。他的手裡面還拿著一把手槍。

「喬治？」貝蒂見他發愣，喊了一聲。

貝蒂的低語很有可能會被那個小夥子聽到，雖然他們處於下風向，海浪拍打海岸的聲音很大，可他依然擔心。

他又驚慌地撲向貝蒂。有了準備的貝蒂，往旁邊一閃，躲開了。他們兩人開始在潮濕的海灘上撕扯，貝蒂最終從他的臂膀裡逃脫了出來。她狠狠地給了喬治一記耳光，他的頭因這猛烈的擊打而向後一仰，他還沒來得及反應，貝蒂就站起身來飛快地跑開了。

喬治顫巍巍地站起身，圓睜雙眼到處張望，那個小夥子已經不見了去向。至於貝蒂，她正沿海邊飛快地向前奔跑。

他抓起雨衣，從後面不停歇地追趕。貝蒂已經跑出很遠了，而他又沒有運動員一樣的體魄，一會兒的工夫，他就累得喘成一團，兩條腿像灌了鉛一般。

貝蒂站在美洲豹旅館的門廊等他，如果不是這樣，他恐怕怎麼也趕不上她。

他跑得已經說不出話了，但他還是大口喘著氣說：「貝蒂，聽我給你解釋。」

貝蒂揚起頭，十分傲慢地說：「不必了。」

「相信我，貝蒂，我不是有意去傷害你的。」

見到貝蒂站在那裡一聲不吭，他趕緊補充道：「親愛的，你都不知道當時那裡發生了什麼，實在是太可怕了！」

接著，貝蒂突然笑了起來，一下子鑽進他的懷裡，這簡直讓喬治有些無法相信。只聽貝蒂在他的懷裡呢喃：「沒想到你還有這麼充滿激情的一面。我一直以為你是個太過理智的人。你知道，每個女孩子都想找一個為她而發狂的男人。現在，我知道了，你就是我想找的那個人，我愛你，喬治！」

說完，貝蒂羞澀地從他的臂彎裡掙脫出來，跑進旅館，然後「砰」地一聲關上了房門。

喬治有些呆了，他傻傻地站在那裡，這突如其來的幸福讓他禁不住一陣眩暈。沒過多久，他恢復了理智。因為沙灘上還躺著一個被謀殺的屍體，他不能聽任那個人就如此不明不白地死去。他需要馬上通知警察才行。可是，他居住的地方沒有電話，所有的旅館也全都關門了。他只好徒步走向鎮中心。雖然並不知道警局在什麼地方，不過他一定能打聽出來。

他到達中心街時，已經很晚了，街上一片黑暗，一個人也沒有。他抬起胳膊看看時間，已經快凌晨兩點了，整個小鎮靜悄悄地。

於是，他開始考慮到底該怎麼去做。就在這時從一條小道開出一輛警車，警車速度很快，揚長而去。他招招手試圖攔住它，可壓根兒沒人理睬他。接著，後面又出現了兩輛警車，拉著警笛一路向颶風角駛去。或許已經有人在海灘上發現了屍體，又或許他只是昏了過去，傷勢並不致命，自己給警局報了案，喬治心想。

喬治隨著汽車行駛的方向一路奔跑。他已經十分疲憊了，但是一想起貝蒂，他便又有了精神。他用手抹抹臉，臉上黏黏的。是血！在海邊時貝蒂用指甲劃出的血。之前他的形勢，不容他去注意這個，現在才感覺疼得要命。

他的心裡一直輕鬆不下來。他親眼看到一次謀殺，還任由兇手作惡，沒有站出來阻止。更讓人頭疼的是，假如他出面作證，他也很難說清，他和貝蒂兩人半夜出現在海灘上的原因。如果報紙把他的行為給曝光出來，那對他是非常不利的。貝蒂一定會非常鄙視他，他很有可能在剛剛贏得貝蒂的芳心後，就會馬上失去她。

而且，警察也不見得會相信他說的話。因為貝蒂根本無法幫他證明，她對此毫不知情。他現在還滿臉帶血，全身沾滿沙子，警察見到這個情況，甚至還會抓他去審問。要真的是那樣的話，他波士頓的那份工作肯定會化為泡影，因為第二天下午他必須乘車前往，要不然的話，一定來不及了。

颶風角附近停靠了好幾輛車，一個個車燈明亮。他異常緊張。只要一發生車禍或凶殺，總會引來許多人前來觀看，這次也不例外。海灘邊全是人，他們把案發現場圍成一圈。一輛警車一路鳴著笛聲離去。

喬治擠進人群，側耳傾聽人們的議論——

「我聽說死的人是老帕特里克．昆丁。」

「是的，是他，警察已經抓住了殺人兇手，並搜出了一把手槍，那個傢伙剛從教養院放出來。」

「真希望他早點被判刑。帕特是個好人。」

聽到這裡，喬治輕鬆了許多。沒有他的幫助，警方已經發現了受害者，而且抓到了兇手。現在，已經沒有必要把自己或貝蒂捲入這樁凶殺案了。於是，他離開現場回家去了。

一天早上，大約是九點鐘，喬治邊刮鬍子，邊從收音機裡聽新聞。突然，他聽到這樣一則消息：帕特里克·昆丁，現年六十二歲，被一粒子彈射殺。警方在犯罪現場附近抓到兇手。他只有十九歲，名叫理查德·潘恩，剛從佛萊蒙特教養院潛逃。他被捕的時候，身上帶著一把手槍和昆丁的錢包，目前，警方宣稱此案件已經徹底偵破。

喬治長吁了口氣，覺得這件事情已經解決，他也可以忘掉了。

因此，在斯普魯斯海灘，他與貝蒂輕鬆愉快地過完了他上班前的最後幾個小時。而且，他和貝蒂的關係也正式確定了下來。貝蒂答應他說，等他在波士頓安定下來後，她就去那裡找他，然後再跟他完婚。

喬治一貫謹慎，他依然關注這個凶殺案的報導。只是，波士頓的報紙很少提及此事。他了解到，彈道專家已經證明那顆子彈確實是從潘恩的手槍射出的，錢包上那個帶血的指紋也是他的。又是一個星期的時間，事情進一步往前發展。潘恩在監獄中自縊身亡。至此，這樁案子才算徹底結束了。

工作以後喬治整天忙忙碌碌的，他就職的公司名叫馬克漢姆皮革公司。靠著自己的努力和不錯的運氣，再加上貝蒂的幫助，喬治升遷得很快，不足十年的時間，他已經成為公司的副總經理。

整體而言，喬治夫婦婚後的生活很幸福。貝蒂只有一點不太滿意——喬治有時候太專注於工作，而忽略了她和家庭。

每當貝蒂抱怨起這個，她總會嘲笑他說：「想想那個海灘之夜，你可不是這麼冷淡地對待我的。」奇怪的是，一聽到貝蒂提起這個，喬治總是很害怕，看起來好像會馬上失去她一樣。在這個時候，他就特別想要她，他總會上前緊緊抱住她，熱血沸騰，呼吸急促。

喬治一直很好奇，他很想知道，如果貝蒂得知那晚他猛地抱住她是因為緊張，而並不是激情，她會做何感想？每年夏天，貝蒂都會提議去斯普魯斯海灘度假，可喬治一直想盡辦法使她改變主意，來到我們這裡的海灘度假。

到了去年夏天，他終於妥協了。

在斯普魯斯海灘，他們入住在美洲豹旅館。兩個孩子似乎很喜歡那裡，玩得開心極了。

那一條長長的木板人行道，孩子們特別喜歡，總是嚷著要到那裡去，要在那兒吃各種各樣的東西。不過，她們最喜歡吃的是餡餅。

她們在一條小街上發現了一家食品店，店面裡總會有一個人站在玻璃後面，他頭戴白色的廚師帽，腰裡圍著漂亮的圍裙。只見他動作嫻熟地把麵團拋到空中，再將白色的麵團，揉捏成形，然後放進烤箱烘烤。

她們每天都懇求說：「爸爸，爸爸，請帶我們去吃餡餅吧！」

其實她們更像是專程去看表演的。每當走到小店門口，兩個孩子總要先站在那裡，觀看一會兒那個「滑稽人」的魔術表演。

喬治幾乎不敢正視那個人的臉。他長著一張狐狸臉、一頭紅紅的頭髮、一對小小的耳朵上沒有耳垂。他不停地自我欺騙，他告訴自己，這人不可能是殺害昆丁的兇手，絕對不可能。十年前那個謀殺案的兇手是潘恩，他早就死了。現在，在他眼前的或許是他的弟弟，也有可能孿生兄弟。可是，這些理由連他自己都不信。每經過一次那裡，就使他更加確信，眼前這個做著蛋糕的廚師，才是真正的殺人兇手。

這個人叫山姆．墨菲，實際年齡比他的外表大很多。平常他不太規矩，總是喜歡惹是生非，可情節也不太嚴重，無非是一些打架、酗酒之類的勾當。喬治特地去打聽了這些。

接下來，喬治有了一個好主意。他去了當地的圖書館，在那裡他翻出了十年前的一些報紙。有一期報紙的頭版，刊登了潘恩的一張照片。照片上的那張臉，根本不是海灘上的那個小夥子！照片上的潘恩是一頭金髮、身材魁梧、顴骨很寬、一雙眼睛是灰色的，而且眼睛之間的距離很寬。

喬治又特地留意了照片下面的報導。報導裡寫著，潘恩一直在抗議，說自己是無辜的。而且還解釋說，他看到另一個小夥子從海灘上跑過，把什麼東西扔到沙灘上。他就走上前去，結果發現了手槍和錢包。於是，他就撿起這兩樣東西，沒過多久卻被警察抓住了。

事實上，他被捕時身上一分錢也沒有，已經證明了他說的全是事實。可警方看到他手裡的物證，就已經先入為主地把他定為兇手了，他們認為這不能說明什麼。因為帕特是個酒鬼，他身上的錢也許全都花在買酒上了。

沒有人相信潘恩的解釋，只有喬治知道他說的全是真的。

看完報導，喬治的良心很受譴責——十年前如果他能馬上報警，也許潘恩現在還活著。而坐牢的人就是山姆．墨菲。可是十年已經過去，誰還會相信他所說的呢？

就算是警察相信了他的話，可潘恩早就死了。他也不得不承認他的怯懦，因為報紙的報導會使他名聲掃地。

可是，這都不是他最害怕的。他最擔心的是貝蒂，他不知道貝蒂知道了事實的真相後會怎麼看他。十年了，他一直隱瞞了她十年。也許貝蒂會原諒，會笑他傻。可是，他們之間的那種融洽的氣氛會徹底地消失。每當他再去擁抱她時，她就會回想起他那虛情假意的激情。

終於，喬治還是選擇了沈默。可是裝著一肚子的心事，他經常睡不好覺。在夜深人靜的時候，他總會聽到一個聲音在埋怨他，罵他是個懦夫。貝蒂看出了丈夫的反常，可是無論怎麼問，他就是不肯說。他不願意告訴任何人，我是第一個聽到此事的人。

——事情講完之後，他說：「警長，你是司法人員。請你給我一點建議，我按照你說的方法去做。」

這可不是一件容易處理的事情，我輕輕地搖了搖頭說：「喬治，有時候，看待一個問題的角度可以有很多個，容我好好想想。」

喬治用滿懷期待的眼神看著我說：「那好，我等著你的結論。」說完，他就離開了。

喬治把難題拋向了我。那麼，根據法律我只有一個辦法——去斯普魯斯海灘為潘恩洗刷冤情，並且把真正的兇手緝拿歸案。

可是，事情沒那麼簡單。我必須從當地警察的角度來考慮這個問題。我不清楚，喬治的證據可信度有多高。事情畢竟已經過去十年了，也許頭腦中殘存的記憶已經完全歪曲了事實。至於說潘恩，他有過前科，在等待審判時自殺，這種行為一般會被認為是承認有罪。因此，僅僅憑著喬治的寥寥數語，斯普魯斯海灘的警察恐怕不願意大動干戈，重新徹查此事。也許，喬治確實是搞錯了。說到底，就算山姆．墨菲曾經是個危險人物，可他在此事之後，也從來沒有犯過什麼大錯。

這件事一直放在我的心裡，我反反覆覆地思考著，甚至還為了此事而廢寢忘食。

一切都瞞不過我妻子的眼睛。第二天清早，我妻子開始詢問我。我知道，刻意的隱瞞也撐不了太久，所以我將事情的原委跟她和盤托出了。

她靜靜地坐在那裡，聽我把故事講完，然後兩隻眼睛盯著我說：「那你準備怎麼處理這件事？」

「我只能開車去斯普魯斯海灘。」

「哦，不！你千萬不能那麼做！」她大聲叫嚷起來，「聽著，關於這件事，貝蒂跟我說過，她給我講了那個像夢一樣甜蜜的海灘之夜。她一直以為喬治為了得到她，幾乎要發瘋了。而現在，你卻要殘忍地撕碎貝蒂的夢，那她以後還怎麼生活？她一定會受不了打擊，她甚至會跟喬治離婚的，我想她一定會那麼做的！」

「可我是一名警察，我有這個責任！」我固執地爭辯道。

「胡說八道！」我妻子站起身來，霸道地一屁股坐進我懷裡。

她很重，但讓她那樣壓著我感覺踏實多了。或許我不該疏於職守，放棄一個司法人員的職責。但是，我更不想跟我的妻子發生爭吵。結婚已經三十多年了，我得出了一條很有用處的經驗：有時候，最好的辦法是閉上嘴，保持沈默。

死亡預言

透過窗簾的細縫，米麗娜打量著來人。一個人正在和金談話，很明顯，這人是個富有的人，但這個地區的環境和富人有點不相配。她打量著那人光滑的灰色頭髮，訂做的西裝，褐色的健康皮膚，這一切都顯示，他過著優裕的生活。她認為，金不可能帶他到這裡來。

然而，出乎她的意料，他們真的朝這個方向走來。

金正急速地說著什麼，同時還打著手勢。他刻意穿著吉普賽人的服裝，耳朵戴著金質耳環，八字鬍下露出白色的牙齒。那人在金的帶領下，面帶微笑，沿街走向那個小房子——以前曾經是個店鋪。門前，手寫著一塊招牌：米麗娜夫人——手相專家。

沒有任何承諾在招牌上，這樣的話，從技術角度上看不會犯法。警察在這個地區，對吉普賽人是很寬容的，只要沒有人提告，警察就懶得去管，隨他們去。雖然如此，米麗娜和金在這裡，也只能住最後一週了，這個街區馬上就要拆遷，這裡馬上將要新建一座收費高昂的大樓停車場。他們後面的房子，工人們早給推平了。

米麗娜看著兩位男士漸漸走近，她放下窗簾，走到房間後面的一張桌子旁。那個桌子用一塊紅綢布罩著，紅綢布上印有太陽、月亮和星星。

米麗娜一頭濃密的黑髮垂在肩上，她用手撫弄著頭髮想，如果自己能淡淡地化一下妝，適時地整理一下頭髮，自己也許是一位非常美麗的婦人。美不美她都不在乎了，因為不管自己外表如何，金都喜歡她，反正別人也不會喜歡她。她在桌前坐下來，等著他們的到來。

「先生，到了！」金說著，開門讓那位紳士進來，「住在這兒的，就是那無所不知、無所不能的吉普賽女神仙。你的手紋只要讓她看一下，她就能看出你的過去和未來。這是米麗娜夫人。」

她點了點頭，表示同意金的介紹。抬頭再次看著這人，他態度從容，五官端正，身體微微發福，估計五十多歲。看得出來，這是個過慣優裕生活的人，一雙眼睛裡充滿著慈祥。

「請坐。」她對他道。

「謝謝，」那人說，「說實話，來到這地方，我感到有點緊張。」

「放鬆，這沒什麼好怕的。」

那人笑著道：「我知道這不可怕，只是以前我從沒有算過命。本來我有個約會，我在等人，而你的……」

「我先生。」

「你先生很能說，我被他說服了。」

「可以看你的手嗎？」

「哪一隻手都行嗎？」

「右手看你的將來，左手看你的過去。」

那人向她笑著說：「我的過去我知道，所以我想讓你看看未來。」他掌心向上，伸出右手放在桌上，米麗娜裝作很仔細的樣子研究著他那雙手。

「手指紋路顯示，你有一筆生意，這筆生意很快就會完成。」米麗娜道，「這會為你帶來一筆很大的財富，而且這筆生意也很順利。」

這一點稍微思考一下就知道了。因為那個人之前就說過，他有個約會，而來這一區的人，絕不會是來參加交際活動，可能性最大的是和鄰街一家進出口公司談生意。再一點，從那人的風度及言談舉止上推斷，交易數目一定不會少，不管怎麼樣，這個推理是正確的。至於說他會成功……人總希望自己成功。米麗娜接著下來所要說的話，就從那人的反應、和他的回答裡找到蛛絲馬跡，再藉此發揮。

金悄悄溜回臥室，讓他們兩個談。他用眼神告訴米麗娜，儘量敲這個人一大筆錢。她會很輕鬆就賺二十元以上，但要說對路的話。

然而，她不想繼續算下去了，因為米麗娜抬頭看到了那人的臉。談談話不會傷害任何人，但她不喜歡欺騙人，況且他還是這樣一位有著一張善良純正面孔的人。
她突然一動不動地僵在椅子中，因為，那人的臉孔開始變化。
她凝神注視著他，看到他的皮膚由健康的褐色變成蒼白色，面頰上漸漸呈現出褐色的斑點，她看見他臉上的肌肉正變成腐爛的條條，然後變黑，乾枯後脫落掉。臉上只剩下斑駁的、赤裸裸的骷髏。
「你怎麼了？」那人想拉回他的手，問她。
米麗娜這時才省悟到，自己的指甲不知什麼時候，已經深深掐著那個人的肌肉。她激動地放開手，「現在，我不能告訴你別的什麼了！」她說，同時閉上了雙眼，「你現在必須馬上離開。」
那人問：「你不舒服嗎？需要我幫你嗎？」
「沒事，請回吧。」
後面的門簾在晃動，因為金在竊聽。
那人猶豫著站了起來，米麗娜不敢正面看他的臉孔。
「最起碼我該付你酬金。」那人說著，從外套的暗袋中掏出皮夾，拿出一張五元鈔票，放在桌上。他趁米麗娜還沒有抬頭看他的時候，離開了店鋪。
金掀開門簾，大步走到她面前，大吼著叫道：「米麗娜，你是怎麼了？他這麼有錢，你為什麼放他走？」米麗娜看著自己的雙腿，低頭沒有說話。
隨後，金控制著自己對她道：「你是不是在他臉上看見『那東西』了？看見那張死人的臉。」
她沈默著點點頭。
「他是這麼的有錢！難道你沒看見他皮夾子裡的鈔票嗎？」
「全世界的鈔票，現在對他都沒用了，他在日落之前就會死的。」
金的兩眼忽然變得狡黠起來。他掀開門簾向街口望去，看到了那個人。
「他在那兒，正要去鄰街的一個商店。」金說著，朝那家商店走去。
「你去哪兒？」米麗娜問。
「跟著他。」
「不要，讓他去吧。」
「我沒有必要害他，絕不會傷害他。這點你比我清楚，你剛才在他臉上看到死人臉，就說明，任何情況都不能阻止他的死亡。」
「那你為什麼還要去追他？」
「一會兒就會日落，日落前他就會死，如果他死在某個地方的話，他身邊總該有個人啊！你知道，他死後，錢對他沒有一點用處。」

「你準備搶劫一個死人？」

「閉嘴，你這女人。我只是跟著他，看他會死在哪裡，就是這樣。」

米麗娜沒有再說什麼，金急忙出去了。多奇怪呀！她心想，闖了這麼多年的江湖，假裝手相專家給人算命，直到今天，才如此近地看到死人的面孔。

這樣的事情以前也發生過，那時米麗娜還是個快樂的小姑娘。她與父母以及另外三個兄妹，和其他吉普賽人一樣四處流浪，享受自由，隨遇而安。她父親笑聲粗曠，渾身充滿活力，是個魁梧健壯的人。有一天，父親準備和他的朋友出去打獵，父親抱起小米麗娜，和自家的小女孩說再見。她看著父親的臉孔，突然尖叫起來，因為她看見，父親的臉孔，開始腐化成一個可怕的骷髏。

迷惑的父親放下她，怎麼也止不住她那聲嘶力竭的叫喊聲。

她在父親出去後很久，才止住不哭，她告訴母親，自己在父親臉上看見了什麼。

米麗娜的母親萬分驚恐，這令小米麗娜重新大哭起來。母親不讓她哭，接著告訴她，看見父親臉孔的事，永遠不要告訴其他人。

她的母親離開後，她獨自坐在山楂樹下直到天黑。

兩個獵人朋友抬著她的父親回來了，父親真的死了！

從那以後，米麗娜的生活裡，沒有一點快樂。

還有一次，在她十二歲的時候，米麗娜一直遵守對她母親的諾言，從不敢說出她父親死亡那天自己預見的事。但這種情景一直存在她的腦海裡，想忘都忘不掉。母親對她慢慢變得冷酷而疏遠，母親好像覺得父親的死是她的錯，是她使父親死在別人的槍口之下。

米麗娜也慢慢變成一個沈默、孤獨的女孩。她只有一個好朋友，名叫瑪麗，瑪麗是一個駝背女孩。倆人經常一起無聲地玩上個把小時，把花兒當做船兒，放在水中，隨水漂流。八月，晴朗的一天，米麗娜看見瑪麗的臉孔，又皺成一個難看的骷髏。她驚叫著，跑到旁邊的林子裡，待在那兒直到天黑。

在她回去的路上，看到一群吉普賽人正圍著一樣東西。米麗娜慢慢擠進人群，看見剛剛溺死的──她的朋友瑪麗。她這一次向一個乾瘦的老婦人──瑪麗的祖母，傾訴她能預見死亡的事。

「這是怎麼回事，奶奶？」她這樣問道。

老婦人靜坐了良久，然後對她道：「孩子，在我們人類中，或許有人有這樣一種天賦，他能看到人的臉變成骷髏，而你看到誰的臉變成了骷髏就預示著誰將死去。你所見到的，就是死亡的面孔。如果你看到某個人有這樣的臉時，那麼日落之前，那人便會死去。這並不是你的錯，但我們的族人知道這事的時候，就會刻意迴避你，因為他們分不清這是預言、還是詛咒。」

「奶奶，我該怎麼辦？我不想做這樣的人。」

「孩子，我很抱歉，這件事我也沒有辦法。只要你還活著，遇見將死的人的死亡面孔，你就是能看見。」

這事過後，米麗娜被人完全孤立。她走到哪裡，哪裡的人就躲避著她。但有個人卻嘲笑她的族人對死亡的恐懼，他就是金。這是個黑眼睛、黑頭髮、精力充沛、三十多歲的人。金注意到，米麗娜很快成熟長大。他向米麗娜求婚，並準備帶她一起去美國，米麗娜立刻就答應了。

他們到了這個新的國家，從一個城市到另一個城市。米麗娜和金，分別以給人看手相和給人打短工為生。米麗娜有時候會在人群之中，看到某個陌生人恐怖的「死亡之臉」，每當這樣的事發生的時候，她就忍不住，很快轉過臉，裝作什麼也沒有看到。

多年來，她和金一直也沒什麼朋友。直到今天，她才如此近地看到「死亡之臉」。

第二天，黎明的第一道曙光，透過窗子，落在他們的床上。米麗娜醒來後，發現只有自己一個人在床上。這時聽見後門輕輕「咯吱」一響，她裹緊了毛毯問：「是金嗎？」

「是的，小聲點。」

「出了什麼事？」

「別說話，我把錢全交給你。」

米麗娜抓牢毛毯，在床上坐起，陰暗中的金看起來只是個黑黑的影子。「你闖禍了？」她問。

「這件事不能怪我，我看到那人從進出口公司出來後，便過去和他搭話。哪知他竟出手打我，我就推了他一把，他倒地後就起不來了。」

「他死了？」米麗娜說。

「是的，要命的是，有人看見我推他了。為此我躲了一整晚，但馬上警察就會來這兒找我。他的皮夾子我也沒弄到。」

米麗娜整整衣服，下了床。金趴在地上，在黑暗中用手摸索著地板，他摸到了那塊鬆的地板。他撥開那塊地板，取出裡面用油紙包著的鈔票。然後站起來，將鈔票塞進襯衫裡，接著推開門簾後進入前面店鋪。他打開窗簾，向外張望。

陽光從窗簾裡透過來，照在丈夫臉上，米麗娜專注地看著丈夫的舉動。突然，她焦急地說道：「他們在街口，向這邊來了。」說著，她放下窗簾，快速走到後門，「躲到對面的舊房子裡避避風頭。」

金在門邊，猶豫起來，米麗娜知道，他正在等候她的吻。可她並沒有過去，轉過身後強行控制著要昏眩的身體。

「風頭過後我再回來。」金邊說邊離去。

不一會兒，響起敲門聲。米麗娜朝後門瞟了最後一眼，然後打開門。警察走了進來，一位很年輕，他正不停地用手摸著剛蓄的八字鬍。一位年紀較大，大概三十歲，有一對沈著穩健的眼睛。

年紀較大的警察說：「我是麥金農，這位是傑克。」他看看手裡的小手冊，問道，「有沒有一個叫金的人住這兒？你認識他嗎？」

「他是我先生。」

「他現在在嗎？」

「不在。」

「不介意我們去裡面看看吧！」

「可以。」米麗娜退到一旁，給他們讓路。

傑克在前面四處看了看，麥金農到後面的臥室搜查。

「你是看相的，夫人？」傑克問。

「我看手相，本城有不准看手相的禁令嗎？」

傑克只有尷尬地笑了笑：「我沒想過看手相，只是有點興趣。我夫人上週帶了一副牌回家，我怎麼也弄不懂那種牌，我夫人也不是很懂，但她還是要玩。」

「很難精通那種牌。」

「我想是的。」

麥金農回來說：「後面沒人。」

「這兒也沒有。」傑克說。

麥金農掏出記事簿問道：「你和你丈夫最後見面是什麼時候？」

「你們永遠看不到他了，這不重要。」米麗娜說。

「我們只想問一些關於他的問題。」

「恐怕你們永遠也抓不到他了。」米麗娜又說了一遍。她知道這是事實，因為在金打開窗簾後，他的臉被太陽光照著，她從丈夫的臉上看到了死亡徵兆。

麥金農不高興地說：「我警告你，夫人，你最好跟我們……」

麥金農的話，被店後面磚牆的倒塌聲打斷了，同時一陣痛苦的尖叫從裡面傳出來，接著，又是一陣倒塌聲，然後，一切都靜了下來。兩位警察對望一眼，跑向後門。

米麗娜雙手疊放在面前，在桌邊坐下。當金的屍體被救護車拉走時，她依然呆坐在那兒。麥金農問了她一些問題，記錄下來，麥金農的後面站著不安的傑克。米麗娜在兩位警察走後，仍然兩手疊放著，坐在那裡。

傑克一分鐘後又回來了，安慰米麗娜：「夫人，我只想告訴你，你丈夫的事，我很難過。我新婚不久，能想像到你失去丈夫的滋味。」

米麗娜忽然激動了起來！她將頭埋在雙手中，大聲喊道：「快走，請離開。」

傑克站在門旁邊，一會兒他的同伴跑到他身後。

「我們接到通知，說附近正有劫匪，傑克！」

傑克原本還想說什麼的，但米麗娜並沒有抬頭，他轉過身去，和麥金農一起跑向馬路旁邊的警車。

米麗娜一會兒後挺直了腰桿，淚水充滿她的黑眼睛。她心想：「傑克，你正年輕有為，活力充沛，是不該死的啊！你為什麼要回來呢？」

剛才，她在傑克臉上，又看到了死亡的徵兆。

死神

幾個月前，我還在醫院療養心臟病，在這期間，我遇到了一件奇怪而又恐怖的事情，這件事一直困擾著我，讓我百思不得其解。

現在，趁著腦子裡保留了一些記憶，我決定抓緊時間把它記錄下來。

那是在我病情有所好轉之後的事，那天，醫院決定把我從一個加護病房轉到一個普通單人病房，這個病房位於心臟病房的末端。病房長而狹窄，光線也不是很好。在房間的左、右兩邊，大約還各有十餘間的單人病房。

剛剛搬進來的一兩天，我經常會緊閉房門。因為其他房間不時地會傳來收音機和電視機的聲音，那聲音有些嘈雜，我很不喜歡。一個人的時候，我寧願安靜，那樣的話，我可以心平氣和地去讀一些書籍。

有一天，我正在閱讀，房門沒有上鎖，微微露出一道小縫。雖然沒有聽到門響，我也沒有抬頭，可我知道有人站在門邊。

在這裡實在很寂寥，真希望有人能來看看我。可一抬頭，我不禁有些失望，心裡頓時也煩躁起來。來人不是訪客，而是醫院的理髮師。他穿一件薄薄的、看起來有些破舊的羊駝呢夾克，手還拎著一隻醜陋的黑色提袋。

他沒有張口說話，只是揚起他那對濃厚的眉毛，算是無言的問語。

我搖了搖頭說：「我現在不想理髮，要不，晚些時候再說吧！」

他毫不掩飾臉上的失望神情，在門口停留了片刻。最後，他轉身離去，輕輕掩上房門。也不知道是什麼原因，我再也無法靜下心去讀書了。是的，他的貿然出現，嚇了我一跳，這種打擾讓我很是惱火。對於一位心臟病患者而言，這樣突兀地出現是不合適的。

我服下一定量的鎮靜劑，試圖休息一下，但是我的嘗試失敗了。好在那天晚上，我借助安眠藥的幫助休息得還不錯。第二天上午，在我完成了洗澡、換床單、量體溫等一連串事情之後，我開始靜坐下來，繼續看昨天的書。

儘管那本書很吸引人，我依然很難集中精神。

我環顧四周，然後視線停留在房門上。我懊惱地皺眉想到，這大概就是煩惱的來源。由於我的請求，門被再次關上了。可說不清楚什麼原因，我發覺緊閉著房門也讓我很不自在。由於我不能起床走動，我就按響了鈴聲，請求護士幫忙。

來到病房的是一位性格活潑、頭髮淺黃的瑞典籍女護士。她說：「不想再過一個人的隱士生活啦？我就知道你會改變注意的！」

我微微一笑，心想，自己的樣子一定很溫順。她說著，走出病房，任由房門敞開著。

我接著讀我的書，可是頭腦裡還在一個勁兒地跳出有關開門與關門的思考。終於，我得出了一個結論：我只是不想在閱讀時，再一次被那個理髮師驚擾。外面不時地響起電視機和收音機的聲音，但我儘量充耳不聞，把自己的注意力放在書裡。過了一會兒，我取得了部分勝利。

午飯前，我有了睏意，於是，放下書本，預備小憩。驀地，我被一陣恐怖、令人驚悚的尖叫聲，嚇得迅速坐起。那聲音分明是來自附近的一個病房。

我的心臟怦怦亂跳，開始在心裡暗暗安慰自己。那聲音一定是來自電視機，肯定是誰一不小心又把電視機音量開到最大。

又過了數分鐘，門外的走道上騷動起來。人聲嘈雜。護士和醫院工作人員一個個神色匆匆。原來這病房裡還有這麼多人，這著實讓我有些意外。

醫生們慌慌張張地趕過去。一陣低低的命令和談話聲後，陷入死寂的靜默。接著，護士和工作人員緩緩撤回病房的通道。幾分鐘的光景，一個從頭到腳都蓋著膠布的人體被推了出來，從我的門前經過。

稍事冷靜以後，我按鈴找尋護士。一個淺黃色頭髮的護士助理急急地出現在我面前，我沒料到她的反應有如此之快。她的臉色看起來有些慘白。

我關切地問：「外面出了什麼事？」

她一陣遲疑，然後聳了聳肩，回答道：「是艾克先生，通道對面的。」

「心臟病猝發？」

她點頭默認。

我有意盯著她的臉，問道：「患有心臟病的人，發出那種叫聲好像有點不正常？」

她還是有些遲疑。

停頓了有一會兒，她措辭非常謹慎地說：「按照一般的病情而言，確實是不大正常。不過，特殊的病例也不是沒有出現過。嗯，也許，他是病情突然惡化，痛苦到了極點。大多數的病人遇到這種情況，都會虛弱無力，而他竟然能那樣大聲叫喊，確實有些不正常。」

她說完，很勉強地擠出一個微笑。「好了，你不要去管這些了。你的病情已經好轉很多了，安心地在這裡療養。好好看你的書，不要胡亂猜想。」

可是，我怎麼能控制得住自己呢？我一天到晚不停地去想，絲毫也止不住了。他們實在想不出別的辦法了，只好額外給我一片有鎮靜作用的藥片，我這才安靜下來。

兩個平靜的日子以後，我又經歷了一個惱人的下午。當時，我正在閱讀，門開了，我又感覺到了一個目光的注視。這種被緊緊地、仔細地監視的不適感，幾天前曾經有過一次。

我抬起頭，看到了門前的那個討厭的理髮師。他仍然穿著羊駝呢夾克，手裡攜著黑色破舊袋子。跟前一次一樣，他濃眉抬起，做無言的問話狀。

和上次的情況一樣，我憤怒極了，因為我又被他嚇了一跳。這人也太沒禮貌了！就算是門沒有關，進門之前也應該先敲一下，或者是打聲招呼吧？我心裡暗暗埋怨。

「我現在不理髮！需要理髮的時候，我自然會請護士小姐通知你的！」強忍著怒氣，我找理由支走他。

聽完這話，他仍然停留在門邊，臉上不帶任何表情，看上去像是一副面具，但是，他那一雙明亮的黑眼睛在不停地閃動，眼神裡流露出失望。

他的樣子讓我有些不好形容，不僅僅是失望，好像還夾雜點一些憎恨與不屑，也許這個詞的程度太輕了，應該說是深仇大恨。他的反應一下子點燃了我的怒火，我的臉和脖子頓時脹得通紅。

「請離開好嗎？你很無禮。」我幾乎是暴跳如雷。

當時，我已經被氣糊塗了。也許只是我的幻想，我感覺他好像微微鞠了一躬，在一分鐘內離開了。

我努力調整自己的情緒，慢慢地我開始輕鬆下來。晚飯時間到了，我滿心等候晚餐的到來。就在這時，一陣令人毛骨悚然的叫聲從附近房間裡傳過來。這回不再是高聲的尖叫，而是一種壓抑的抽泣。

一時間，我僵在那裡，心臟怦怦直跳。接著是大叫聲，然後是跑步聲。只聽一陣輕輕地但有些慌亂的腳步聲從防火梯的方向遠去。一分鐘之後，一陣沈重、有力的腳步聲跟了上來，那腳步三、四階併一成步地追了過去。

我看得不太清楚，那個發出聲音的病房距離我較遠一些。情況應該和先前差不了多少，因為我聽見人們還是急匆匆地過去，然後是叫喊聲、命令聲、低喃聲，接著又陷入了靜寂。

雖然我沒有親眼看見，可是那情景我想像的出來：一個擔架再次沿通道推出，擔架上躺著一個再也不能開口說話的軀體，那軀體蜷縮在一襲灰色的膠布之下。

這天，瑞典護士的助手休假，一位嬌小迷人的紅髮護士，送來了我的晚餐。進門的時候，她臉上帶著笑意，但是，我看得出來，她那愉悅的神情是刻意裝出來的。

「這次又是誰？」我問。

她不作回答，佯裝安排我的餐盤，過了一會兒，她說：「是375病房的梅先生。」

我的病房的號碼是377，那麼，梅先生應該和我相隔兩個病房。

我準備從新護士口中多探聽一些消息，可是她告訴我，當時，她並不在現場。也是幾分鐘以前，她才聽說了梅先生的不幸消息。

第二天，我又企圖從別的護士那裡探聽消息，可是仍然收效甚微。她們要麼是推脫，因受指示不能泄漏，要麼就是自己也在迴避此事，拒絕提及。

但是，她們都跟我保證說，梅先生臨死之前很安靜，壓根兒沒有呻吟或低泣。她們還告說，梅先生在昏迷之前，曾經按鈴叫過護士。倘若真的有哭聲，那也肯定是「無意識的」。對於我提及的腳步聲奔向防火梯的事，她們全都聳肩，矢口否認。其中一位還解釋說，那可能是我在做夢，只是我的幻覺。

我努力想去忘記那段不愉快的插曲，但結果總不太如願。

又一個下午，我正在閱讀來信，門響了，隨著敲門聲，我抬起了頭。來人是一個衣著整齊、頭髮光亮、蓄八字鬍的年輕人，他正面帶著微笑站在門旁。他身穿一件潔白的夾克，手攜一個褐色的小箱子。

「先生，您需要理髮嗎？」

聽到「理髮」兩個字，我有些敏感，我頓了一下，隨即反應說：「現在不理，或許一兩天後會考慮。」

他很和氣地點點頭說：「好的，先生，一兩天之後我再過來。」

他剛離開，我就有些後悔了。因為我確實需要理髮，另外，我想跟他打聽有關另一個理髮師的事。我想投訴他，讓他永遠在我的眼前消失。

我的身體復原得很快。在新理髮師第二次到來前，有一個下午我要求用輪椅去日光室那邊閒坐了一小時。

在我百無聊賴地坐在那裡時，醫院的一個安保人員信步走來，我跟他打了一聲招呼，他隨即走近我，跟我攀談了起來。

在我的職業生涯中，我從事過許多職業，負責過許多不同類型的工作。多年以前，我曾做過兼職警衛。由於這個緣故，我們兩人非常投緣，談話氣氛一下子友好和善起來。

自然而然地我們提及了心臟病房的兩起死亡案例。一提起這個，我的新朋友一下子變得少言寡語起來。而且，他看起來有些不安，還不時地左顧右盼，好像是在觀察是否有人在偷聽，又像是在斟酌一個決定，最後，他聳聳肩，有些神祕地對我說：「如果你答應不跟任何人提起，尤其是不跟醫院裡的任何人提起的話，我可以告訴你一個故事。」

於是，我以人格保證絕不透露一個字。

他皺起眉頭，顯然是不知道該從何說起。

他思考了一下，就開口了：「沒錯，這兩起死亡都相當奇特。兩個人死前的情形都差不多。他倆都面露懼色，死在床上。死亡的時候，兩眼圓睜，直勾勾的，好像是他們看見了什麼特別可怕的東西，因驚嚇過度而導致了死亡！在他們發出大叫或呻吟的怪聲之後，都有人親眼看見一個手攜一隻黑色小袋子的小矮人飛快地在通道裡奔跑！事實上，第二次我自己也見到了，而且，我還跑過去追趕他。」

我的心頓時怦怦亂跳，帶著微微發顫的聲音問：「您能大致描述一下那個人嗎？」

「我大部分時間只看見他的背影，他個子不高，整個人瘦瘦小小的，身穿一件薄薄的灰夾克，手裡拎著一隻破舊的黑色小袋子。他的側面，我只匆匆瞟過一眼。他皮膚光滑、眉毛濃黑，那張臉沒什麼好描繪的，沒有半點表情。」

「是他！他是醫院的另一位理髮師！」我告訴他。

他睜大了雙眼，一臉迷茫。

「另一位理髮師？但醫院裡只有一個理髮師啊！他是個年輕人、蓄八字鬍、穿白色外套，來醫院工作已經一年多了。」他猶豫一下，接著說，「我想，你也見過他這個人吧？」

我擺擺手，示意他不要停下來。「這會兒先別管這個，你接著往下說。」

他用手搓搓下巴，繼續他的敘述：「第一次，我沒有看見這個傢伙，但是第二次我正好在住院部一樓。就在梅先生呻吟著按鈴叫護士的那一刻，我看見這個瘦小的傢伙。他從梅先生的房間跑出來，我急忙沿著通道一路追趕。可他從防火梯跑下去了。」

「那抓到他了嗎？」

他無奈地搖了搖頭，嘆了口氣。「我根本沒有機會，他跑得比兔子還快，越過停車場圍籬的時候，他動作敏捷得就好像一頭鹿。我費了兩三分鐘才爬過去，等我落地的時候，他早已沒了蹤跡。」

他看著已經聽得出神的我，開始故弄玄虛：「但是，最讓人抓狂的還在後面呢，他拿在手裡的那個黑色小袋子，你還記得吧？」

我點點頭。

「當他跳越圍籬時，袋子被上面的鐵絲鈎住了，落到了停車場。我追上前的時候，就順手撿起來了。你猜那裡面都裝些什麼？」

「我猜不出來，別兜圈子了，直接說！」我著急地催促他。

「是泥土！滿袋子的土！地上的土！」他回答道，語氣有些激動。

他停頓片刻，繼續往下說：「在兩位死者的床上，我們發現了同樣的土！」接著，他又掃視一遍四周，說，「或許，我真不應該把這個故事講給你，可既然已經說這麼多了，我索性把它講完。」

「後來，我把那黑袋子交給了警局。在警方沒有拿到那個之前，我偷偷用紙袋包了一些土。我拿著這些土，去拜訪一個在化驗室工作的朋友，他那裡有顯微鏡和各種化驗用品。可是，你知道他得出了什麼結論？」他的聲音有些顫抖。

「我無法想像！」

他拿身子貼近了我，耳語道：「他發誓，那些泥土來自墳墓！」

突地一下，我的心臟又是怦怦地亂跳，我強壓住自己的驚奇問道：「有什麼根據嗎？他為什麼得出那樣的結論？」

「當然有依據。泥土裡混雜有許多小東西——大理石和花崗石的細碎片；人造花和花環的碎片。還不只這些，他還在土中發現了兩小片碎骨！檢查以後，他確定那是人類的骨頭！而且，所有的土裡面都混有青苔，這種苔類通常都長在墳墓潮濕、黑暗的角落裡。那些土，一定是從那裡挖掘出來的！」

——以上就是這個故事，一個至今讓我無法找到解答的故事。

從那以後，那個面無表情、眼睛閃爍、眉毛濃黑的神祕小矮人再也沒有出現過。

我的一位自認聰明的朋友，給故事作了一個解說。他是這樣解釋的：拎黑色袋子的小矮人是一個典型的精神病患者。他也許生下來就五官不齊，也許是因為車禍被嚴重毀容。因此他整天戴著面具。由於，病情惡化，他的心理有些畸形，就潛入病房，故意摘下面具，致使兩位病人受驚而死。至於，留在床上的泥土，只是一位心智不正的人有意製造的一起恐慌。

這些解釋似乎也都合乎情理，可我總是無法從心裡認同。

我個人的看法是：由於一些人類至今無法解釋的超自然因素的存在，使那個我誤認為是理髮師的恐怖東西，根本無法進入患者的房間。除非，他得到了進入的指令。而那兩位因驚恐致死的心臟病患者，在臨死前，肯定允許過他走進病室。當然，沒人還能記得他們是否要理髮！我不知道拿什麼來證明我的觀點，只好把它保留在心裡，僅此而已。

但是，我敢肯定一點：假如當初，我也允許那個要命的神祕人進入病室的話，那你就無法讀到這個神祕的故事了。因為我不會活下來。

在我今後的日子，這仍然是一個謎——他是誰？

美麗的妻子

房屋外面圍了許多人，保守估計至少有十人左右。

他們想幹什麼，我很清楚。可是我不會讓他們如願以償的，我要及時攔住他們。

我說這樣的話，絕非大言不慚。早在半年前，因為看中了這棟大房子的隱蔽位置，我把它買了下來。這棟白色的房子位於一個林區的中心地帶。

在這個茂密的林子裡，想要看到一戶鄰居，可不是一件容易的事情。即便是一處離你最近的房子，你也得費很大力氣才能看到。住在這裡完全有別於以往的公寓，不會老有人敲門。而且這裡也不像住在城市那樣壅堵，動不動就必須步行。生活在這個偏遠的地方，你可以開車直接抵達任何地方，甚至直接到達超級市場或者洗衣店門前。也就是說，在這裡你連電話也用不著。

我選擇這麼一個人煙稀少、不與人接觸的地方居住，原本是想改變我妻子安娜的生活方式。可是，實際上事與願違，她沒有一點變化。

現在，我手持獵槍站在臥室窗邊，也是因為這個。

如果你不了解安娜的話，你很可能會把她看成一個非常出色的女人，認為她可以導致很了不起的事情發生。當然，不光是你認為的這些，事實上，安娜還算得上是一個世界上最可愛的小女人。這一點，不只是我個人的看法。

美麗的女子，往往在孩提時代就備受寵愛。安娜也一樣，她需要被人寵著。而我沒有這麼做，我常常忽視這些。我的腦海裡只有嫉妒，這種強烈的嫉妒吞噬了我的內心，讓我無法控制。我想，安娜作為我的妻子，她應該嘗試著理解我這種痛苦。

不過，我也知道，她無法控制自己，就像我習慣了妒忌，總是難以自持。不管別人會怎樣看我，我一直堅持著我的做法。從愛上安娜的那一刻起，我就知道自己錯了。但是，我們還是結合了。安娜很美麗，她灰色的眼睛很大、很柔和，睫毛很長，身材婀娜，走起路來搖曳生姿……不過，美麗也不是她的錯啊！

新婚不到一個月，我的煩惱就開始了。安娜居然開始正大光明地在我朋友面前賣弄風情。她用那雙灰色的眼睛，凝視他們，目光艷羡。長長的黑色睫毛，隨著眼睛上下眨動，也許你可以把這些解釋成優雅，可是在我看來，這種舉動更像是明確的「邀請」。

接著，我感覺我的一些朋友開始變得怪異起來。我單獨一人的時候，他們總是刻意地躲避我，而安娜和我兩人在一起時他們就不會這樣。我並不麻木，很快就注意到了這些。因為此事，我和安娜大吵了一架。

起初她很生氣，用難聽的字眼罵我，接著她又以抱歉的口吻跟我發誓，安慰我不必嫉妒，告訴我說，她的心只屬於我一個人。有一段時間，我確實相信了她，她就是有能力讓男人相信她，不過這種信任不會持續太久。

終於有一天，我給了馬丁克森一記耳光，他跟我面對面站著，又驚又怒地看著我。

他經常來我們公寓做客，而這些只不過是一種托辭。曾經我發現他和安娜正在眉目傳情。後來從馬丁克森太太口中證實了我的猜測，他們確實在偷情！我跑去質問，他們兩個一概裝聾作啞。馬丁克森真是個頭號傻瓜，他竟然把自己偷情的事告訴了老婆！

發生了那件事後，我決定搬家。於是，我分期付款買下了這幢房子。安娜也同意我的做法，她說她也不想被那麼多男人包圍。

可她還是無法控制自己，即便面對陌生人也是如此。

半年以前，也就是我們剛剛搬過來的時候，這棟房子給我們帶來了一段美好的時光。可好景總是不長。以前的噩夢又開始延續，開始一點一點地破壞我們的生活。

我用了很多方法，讓她明白她那樣的行為，總有一天會把我逼瘋，而在她眼裡，認為我這樣的要求很無理。所以她依然我行我素，擺出一派純潔無邪的樣子來回應我。

也許，她要是沒有長一雙勾引男人的大眼睛的話，哦，不，可不只是眼睛，而是全身上上下下！那樣的話，事情也不會發展成這個樣子。

現在，我們的房子裡彌漫著火藥味。我手裡拿著一把獵槍。透過窗簾縫我悄悄向外窺視。只能看見一個人的下半身。那個人已經被我擊中了。他挨第一槍的時候，正在樹叢裡爬行，試圖偷偷溜走，於是，我又補了一槍。這一槍打在他的後腦勺或脖子上。他穿著藍色褲子，一雙腳怪異地扭曲著。他靜靜地躺在那裡，快有一個小時了，肯定早已斷了氣。

我把安娜安置在身後的沙發上，我看出她想說些什麼，但她沒辦法開口。因為她被我捆起來了，而且嘴巴還堵上了東西。我必須這麼做。

當她聽說他們就在屋外時，我看出她臉上的恐懼。不過，安娜似乎很喜歡這種恐懼的感覺，受了驚嚇反而會非常開心。我不明白，她為什麼會有這樣的奇怪心理，但是她確實是這樣的人。結婚以後，我很快就發現了。

婚後，我們發生過許多爭吵。每次爭吵的時候，她都會跟我不停地發誓，她說除了我，她不會讓任何別的男人碰她。我很想相信她。可是她還是挑逗男人——一個男人、許多男人或任何一個男人。她所做的事情，已經達到了我忍耐力的極限，再超出一點限度，真的就會爆炸。想想看，處於這樣的情況，任何一個男人都會站出來拼命的。

說起來確實有些難以置信，她居然大聲警告了第一個男人！可他沒聽到她的警告，那個男人，一定以為我在房子後面，我料準了這一點，出其不意地把他置於死地。

這些賊心不死的可惡之徒，會排除萬難從每一個可能性的入口衝進來。因此，我必須小心應付。在觀察前面的同時，還必須側耳留意後面的動靜。如果他們真從後面進來，我絕對也會知道。我已經在門窗上面設置了臨時的障礙物。我在屋子裡來回穿梭，找出瓶瓶罐罐，並把它們放在架子或家具的頂部。

不管他們試圖從哪個方向進屋，我都準備了對策。

突然，一陣輕輕的腳步聲響了起來！側耳細聽，聲音來自前面的門廊。

我趕緊豎起槍支，透過窗簾窺探。映入我眼簾的只是一個人影。那人已經走過去了，現在停留在門廊上。以我現在的位置，正好可以射中他。

只見他直挺挺地站立在那裡。我不眨眼地盯著他看，這時候，他把一個有長柄的武器抽出了箱子。接著，他走向前門。見到這個陣勢，我跳離窗邊，直奔門前，槍口對準門，一連打了四槍。其中，兩槍位置靠上，另兩槍位置朝下。

門外沒有了聲響。

於是，我返回窗前，撥開窗簾。就在這時，我看見從門廊的平台上，垂落下來一個手臂，這個手臂的手掌是張開的，手臂上淌下了一股濃濃的鮮血。而那隻手已經僵硬了，沒有活力的樣子跟車道兩旁的橡木有些相似。

我回頭看看安娜，她默不作聲地，拿大眼睛瞪著我，我投給她一個微笑，接著又獻給她一個飛吻。

我的行為是不是有些瘋狂？

相安無事地過去了一個小時，然後，又過去了一個小時。

我知道，如果不是因為安娜在的話，這會兒房子裡肯定有無數的子彈，正在嗡嗡地亂飛，這一顆顆子彈就像蜜蜂一樣哼叫著，尋找我的蹤跡想要我的命。但是他們不會傷害安娜，沒人捨得真正傷害她。

屋子裡陷入了寂靜，死一般的寧靜。冷氣機還在嗡嗡作響。一縷陽光投射進來，灰塵顆粒在陽光裡，無聲地旋轉著像是在舞蹈。他們還在屋外沒有撤退，依然靜靜地守在那裡，伺機而動。

黑夜來臨了，這一會兒他們正躲在夜幕的背後呢！別當我不知道！

一瞬間，一個微弱的聲音，打破了沈寂。

雖然那聲音很小，可我還是聽得真真切切。我的耳朵對這種聲音是極其敏銳的，而他們不可能知道。我彎著腰、半蹲著身子，快速地移動到我們的臥室。

進屋以後，我輕輕地移開那個堵在窗戶邊上的梳妝台。我繞過這個高高的、有大鏡子的梳妝台，來到窗前觀察外面的情形。

我看到了來人的背影，他的腰彎著，看不明白他正在房屋旁邊做著什麼。也許是在填裝子彈？危險就在眼前，我沒有時間再去弄清楚這些了。我扳動了獵槍，子彈穿過玻璃，直衝目標。接著飛起來一頂帽子。之後，我看見那個人迅速落地。落地的時候臉部朝下。他身軀底下是個草堆，上面盡是鮮血。

我把梳妝台復位，將窗戶再次堵好，就急匆匆地來到房屋前面。因為我懷疑，他們這一招是在調虎離山，故意將我引開，以便使其他人輕而易舉地從前面闖進來。

房屋前面很安靜，斜長的草坪，茂密的樹木，還有彎曲的車道上，靜悄悄地。接著一輛警車閃著紅燈沿著車道揚長而去。

我吸了一口氣，扭過頭看看安娜，又鎮靜下來，繼續全神貫注地守衛著房子。

我又安裝下一匣子彈，就在此時，我頓時變得緊張萬分，呼吸急促，這種情況在越南戰場的時候就出現過。從那以後，再沒有那麼緊張過了，我發誓！

現在，出現了三個擅闖者，但他們已經得到了懲罰。外面應該還徘徊著圖謀不軌的人，也許，他們正在思考著別的主意？他們想把矛頭直接對準我，好直接闖入屋子。

我不確定，他們還剩餘多少人？

一個小時又過去了，也算是相安無事。後來傳來了一陣馬達的聲音，緊接著，繼續陷入靜默。一定是什麼東西從路上經過。

要是我和安娜還像剛剛開始那樣就好了！我想。

可是，這也只能是想想。剛開始的那種日子，已經一去不復返了。一路走來，我們每每經過一扇門，在通過之後，就立即關閉了。儘管是這樣，可是——

我的思維停住了。因為我感覺到外面有人，而且那人越走越近了！

我聽到那陣腳步聲突然止住了，接著又繼續響了起來，聲音越來越急促、越來越弱，直到消失。

我站到另一扇窗前窺視，這回是一個身穿制服的人，他正在向樹叢移動。

我端起獵槍，向他開火，扳機扣得太早了。

聽到槍聲，那人一下子躲進了樹林深處，他沒有中槍。

於是，我接連放了另外三槍，仍然都未打中。讓他見識一下厲害也好，省得他下次還敢輕舉妄動。

又是一片寂靜，靜得讓人覺得沈甸甸的。馬達的聲音再次響起。

四周一下子變得更加安靜了。

我聚精會神，窺視窗外，試圖用他們的身分來思考問題。我在想，假如我是他們，以現在的情形，我會藏身何處？我注意到了房屋左邊的一片玫瑰樹叢，鬱鬱蔥蔥的，但是很矮。

我的子彈很充足。於是，我毫不吝嗇地朝著玫瑰樹叢連射五槍。我這樣做，只是給他們一個警告，讓他們明白我決定除掉他們。

接著，外面一陣騷亂，人聲嘈雜。

我小心翼翼地從窗戶上探出頭。我看見他們了。他們在車道中間停車，沒過一會兒，身後又聚集了更多的人。

陽光下，車頂的閃光燈微弱地閃著紅光。一個聲音從短波無線電裡傳向房屋，那聲音很冷漠，聽上去很機械式地。是警察！他們已經發現了我的處境，來到這裡解救我了。意識到這個，我異常的高興！

「警察來了！」我興奮地朝著安娜大叫。

她的眼睛瞪得很大，滿臉驚恐，臉上寫滿了懷疑。

我起身站了起來，一把推開前門，邁開大步上前迎接他們，門廊上躺著的屍首，差一點把我絆倒。

突然，一個東西穿進了我的胸膛，我立刻倒在地上。掙扎了一下，我試圖站起來。但是，強烈的疼痛向我襲來，像是一百張利嘴在我身上不住地撕咬。這種疼痛，我平生第一次感受到。

「大衛太太，你應該知道我們沒有別的選擇，在這樣的情況下我們只能射殺他。」說話的是加文警官，他長著一張飽經風霜的臉，跟安娜說話的時候毫無憐憫之意。

安娜點著頭，使勁地咬住下唇，用手輕撫細長的手腕，那裡紅紅的，一陣灼熱的疼痛，發紅的地方，剛剛被繩索捆過。

加文警官旁邊站著一位英俊的便衣人員——艾弗警探。他蓄著八字鬍，雙臂抱在胸前，一張黝黑的面龐上，沒有任何表情。

艾弗警探開口了，他的語氣很溫和，話語裡還帶著一絲尊敬。他說：「你丈夫一連殺死了三個人，一個是上門兜售日用品的推銷員，一個是吸塵器的推銷員，還有一個是電力公司的雇員，是來這邊查電表的。第四個出現在你家附近的是一個郵差，幸虧他逃脫的及時，要不然死亡的人數可就不止是三個了。大衛太太，你知道他這麼做的原因嗎？總得有個原因吧？也許他突然瘋了？」

安娜始終低著頭，一言不發。

以牙還牙

我做事一向很有條理。如果一些事情讓我沒有把握，我會變得心煩意亂。我認為每個人必須為自己所做的事情付出代價，所以我一直在跟蹤尼爾森。

一年以前，我的妻子——黛安娜被他殺死了。可是，沒有證人能證明。因為缺乏證據，連最好的律師也在這場官司上吃了敗仗。這場謀殺，尼爾森做了周密的佈局。他是黛安娜的情夫。但是，他們之間的私通關係讓他感覺到日漸棘手。他的婚姻也因此遭受到了威脅。加之經濟上的原因，尼爾森決定以殺死黛安娜的方式來結束他們的關係。於是，他掐死了黛安娜，並找到證人為他做了不在場的證明。證人說案件發生的時候尼爾森遠在千里之外。

可是，證人的話跟我了解的情況完全不同。事實上，案發當晚我跟蹤了黛安娜，我發現她在和尼爾森約會。一定是尼爾森害死了她！殺人就要償命，我要親眼看到他得到應有的懲罰。是的，黛安娜跟他私通。但是，畢竟她是我的妻子，而且被他謀殺了。作為丈夫，我理應讓真正的兇手受到懲罰。

現在，我跟著尼爾森來到了丹佛。因為工作的原因他需要去全國各地旅行。我就拿出我的積蓄四處跟蹤他。看樣子他要進酒吧了，他喜歡去那種地方。

我跟了進去。在酒吧，我找到一個可以看到他的位置坐下來。他坐在吧台前。他知道我也在這裡。因為我總是讓他知道我的存在。這次，他在叫酒時從吧台的鏡子裡瞥見了我。看到我後，他的臉色立刻變了。他英俊的臉龐上開始稍稍泛紅。這一段時間，對於我的跟蹤，他快要無法忍受了。

也許過不了多長時間，尼爾森會走到我跟前。他試圖跟我聊聊，說出事情的真相。我知道，他這麼做無非就是想減輕一點心理上的壓力。可是，我不會讓他好過的。我發誓。當然，除了我，他還有更頭疼的事情需要擔心，這件事情才真正地讓他寢食難安。

果然，他端著酒走近了我。他的腹部有些凸顯，但是，在黑色西褲和合身外套的襯托下，他的身材看上去相當健壯，可以跟運動員相媲美。他是一個很有魅力的男人，對於女人有著很強的吸引力。

「我說帕尼，你準備跟蹤我到什麼時候？」他的聲音有些激動。

「我可以明確地告訴你，尼爾森，我從來沒想過要放棄。」對於他，我總是直呼其名。我知道他很不滿意。

沒有得到我的邀請，他自己就坐在我的對面，皺起眉頭說：「我不明白你到底想幹什麼？你這樣寸步不離地跟著我，究竟想得到什麼？」

「我的妻子被你殺了，你理應償命。」我用很平靜的語氣回答他。

「戴安娜不是我殺的！警察已經把案子結了。我當時是遭到了懷疑，可我確實是清白的！」尼爾森一臉迷惑，生氣地朝我喊起來。

「那只是警方的看法，我可不這麼認為。」

他發出一陣長笑，說：「可是，警方的結論才是權威。他們說我是清白的，那我就是清白的，你沒有辦法改變，夥計，你還是省省力氣吧。」說著，他舉起杯子，吞了一大口酒，開始瞪著眼睛審視我，「真搞不懂你長了個什麼腦袋？戴安娜的心早就不在你身上了。她甚至開始憎恨你。你何苦非要為這樣的一個女人，浪費自己的時間？」

「你確實不懂。」

「是的，我確實不理解。事情已經過去了，就算你一直跟蹤下去也是這個結局。如果我遭到你的恐嚇或是傷害的話，我肯定會去報警。如果我不幸被你殺了，你也脫不了關係。我已經給我的律師留了一封信。在信裡，我把你跟蹤我、指認我是兇手的情形都一一寫明白。倘若我真的遭遇不測，警察會第一時間找上你的。」

是的，我一直如他所說不停地跟蹤他，時時刻刻都不想讓他好過。我之所以有恃無恐地這麼做，是因為我相信他殺害黛安娜這件事情，並不是一個祕密。

「你證明不了什麼的，這一點你自己心裡也很清楚。」尼爾森說。

我緩緩地呷了一口酒，淡淡地說：「真是這樣嗎？我清楚，你是個殺人犯，應該進監獄。尼爾森，是你殺害了黛安娜。你應該去牢裡等死。在那裡你會天天掰著手指頭數日子，算年紀，猜想著什麼時間要走進死囚室。當你的頭上被扣上金屬帽子時，每一秒鐘你都會記得清清楚楚的。」

「別在這兒詛咒我！」尼爾森滿臉是汗，酒杯不住地在手裡顫抖。

「你緊張什麼？你說得很對，我也證明不了什麼。」我聳了聳肩，不以為然地說。

「那你一直跟蹤我做什麼？」他說著，擰起黑黑的眉毛，用凌厲的眼神打量我。

「跟蹤？哦，不，或許我們恰巧同路。」我緩緩地說。

他氣得無言以對。緊緊地咬著嘴唇，用眼睛狠狠地瞪了我片刻，起身離開了酒吧。

過了一會兒，我也離開了，依然尾隨其後。

尼爾森說得沒錯，我確實無法證明他是殺死黛安娜的兇手。如果能的話，我豈會甘於一直等著？不過，我當然不會坐以待斃，我會想出法子讓他受到責罰。兇手總得為他的所作所為負責，這是正義的要求。

我和尼爾森入住在同一家旅館。以往我一直都是這麼做的，以便及時找到他。如今，我根本用不著這樣了。對於我的跟蹤他已經屈服了，他懶得再去嘗試著躲開我。他很清楚我對他的基本情況已經瞭如指掌，我知道他所有的顧客。即便他在這一站擺脫了我，我也會順利地在下一站找到他。就算我的推算真出現了問題，那也沒有什麼大不了的，我會在他家門口等著他出現，然後開始新一輪的跟蹤。不過，這種事情還從來沒有發生過。

當我跟在尼爾森後面，回到旅館時，我想起了信的問題。他說他已經寫了信，並且存放在律師那裡，很有可能全是實情。因為那樣的話，確實可以保證他的安全，以防我跟在他身後時有所行動。

想到這裡，我不由得笑了起來。其實，我壓根兒沒有想過要去謀害他，犯法的事情我是不會做的。

那個月裡，我們去了很多地方——聖路易、印第安那波利、芝加哥，最後是底特律。他的路線，我再清楚不過了，甚至我可以先搭乘一班飛機在目的地等他。

不過，我不會那麼做。那樣的話，我去那一趟就沒有意義了。我會時刻出現在他的身邊，讓他能隨時看到我。我一直堅持不懈地寸步不離，直到他徹底無法忍受。現在他的忍耐力已經快到極限了。他快要崩潰了！

我們到達印第安那波利時，他走到酒吧開始威脅我，說要揍我一頓。聽到這話，我隨即叫來了侍者請他打電話報警。見狀，尼爾森冷靜了下來。

現在，我和尼爾森離得很近。他在大堂裡打電話。電話是打給機場的，他要預訂一張飛往邁阿密的座位。聽到這個我並不吃驚，我這個人不喜歡大驚小怪。但是，我的腦子裡還是畫了一個大大的問號，因為他的巡迴路線裡，根本沒有邁阿密這一站。

我立刻向同一家航空公司打電話訂票，故意跟他訂了同一班飛機。通常，我都會採取同樣的措施，因為我喜歡坐在他的前面，讓他不得不看著我的後腦勺。在飛機上，他沒法躲避我，這一點我們都很清楚。

在邁阿密機場，尼爾森租了一部車，他驅車來到城邊，那裡有一個檔次很高的大飯店。這一回，我沒有同他一樣入住那裡，而是住進了另一家規模很大的旅館。這家旅館在我所能發現的旅館裡算是最大的。旅館裡，有一個私用海灘和娛樂區，入住的客人相當多。我特意選擇了一個中層的房間，在這裡，我能看到熱鬧的街市。這間房子很小，但房間內部佈置得相當不錯，很安靜。不過，四周卻相當熱鬧，我很滿意。

在這裡安頓下來後，我給尼爾森打了一個騷擾電話。我告訴他這家旅館的名字，然後，坐下來等他前來。果然不出我所料，那天晚上，尼爾森出現了，他已經忍受不了，一刻也不想再拖延下去了。

我打開門的一瞬，看樣子他是想強行入內，於是，我微笑著退後一步，把他讓進房間。對此他很是意外。

「什麼風把你吹來了？我真是榮幸之至。」我故意問道。

他環顧了一下四周，看樣子像是在檢查房間。看到窗簾全部垂落後，他從那件具有特色的西裝口袋裡掏出一把手槍。

「看來，你準備謀殺我？」我鎮定地問。

「沒錯！這是你自找的，只有這樣我才能徹底甩掉你的跟蹤。」尼爾森說著，眼光裡滿是仇恨。

「殺了我，你會坐牢的。」

「別再這裡浪費口舌，那起不了什麼作用的。來到此地，我是化名來旅遊的。晚上，我再用這個身分回去。這一趟邁阿密之行，就會神不知鬼不覺。就算他們懷疑到我，在底特律我已經買通了一位證人，他會出來證明，案發的時候我正在那邊的旅館房間玩撲克牌。」尼爾森得意地說。

「這麼說，黛安娜遇害的時候，你就是這麼證明自己在賽馬場的？」

「沒錯。我還有撕下的票根為證。」尼爾森說。

「你很聰明。」我稱讚道。

「跟你比起來，或許是有一點吧。夥計，這一回，你自作聰明了吧？你就像一隻很有規律可循的鴿子，冷不丁地飛到了這裡。沒人能見到你的蹤影。等到你的屍體被發現時，我早已經返回了底特律。警察根本想不出我謀殺你的動機。」

「等等，你應該想清楚一件事，你不怕我故意誘使你前來行凶？」

尼爾森的臉色突然煞白，他竭力讓自己冷靜下來，說道：「你不敢傷害我的，你應該記得那封信的事情。」

我點了點頭。

「快點，進臥室去！」他的聲音一下子提高了，他快要動手了。

「你會蹲大獄的，你馬上會被扣上金屬帽子，倒數屬於你的最後幾秒鐘。」就在他用槍頂住我的後背、推我進入臥室的時候，我大喊。

「閉上你這張臭嘴！」他扣下了用枕頭包住的手槍。當子彈穿過我胸膛時，我沒有聽到槍響。接著，我面帶微笑仰躺在床上。我想，他一定想不明白，臨死的時候，我為什麼會笑，而且表現得如此從容。他肯定想破腦袋也想不出來。

他不會知道，我的口袋裡裝有一個錄音機，他也不會知道，我在我的律師那裡也留下了一封信。

謀殺的邏輯

問題的源頭來自於那本書。自從見到了那本古老的書籍之後，問題就不斷地找上了保羅2473。那本書被他一眼認出來了。因為在這之前，他去過微縮檔案室一次。那時候，裡面的人正在忙著拷貝一些有價值的老式書籍。等他們的工作完成以後，這些書籍將被銷毀。這本書的歷史應該很悠久了，但是，還沒有人發現它，它身上的那種神祕感激發了保羅的好奇心，也引起了他內心的恐懼。

那時，他正在進行星期四的長跑訓練，他們的跑道是一條鄉間小路。大汗淋漓地跑了很久，他們盼來了十分鐘的休息時間。通常他們都會躺在路邊的一棟古老建築的旁邊，那裡雜草叢生。星期四的訓練在保羅的眼中總是無聊透頂。於是，他四下巡視，想發現一些有意思的事情。

他的目光被一堵破敗不堪的牆壁吸引了。因為他在牆上發現了一條裂紋。在牆邊有一塊落下來的磚頭堵在裂縫口上，正好圍成了一個不大的洞穴。別看就這巴掌大小的一塊地方，也足以容納一些小型野生動物前來棲息。

匍匐在地上，保羅好奇地朝洞穴裡面張望。也就是這時候，在洞穴裡他發現了那本書。他立即意識到該怎麼做——他應該掏出書，看都不看上一眼就立刻上交排長。自幼年開始，他接受的教育就告訴他，和文明沾上邊的東西都是很有價值，也很危險的。現在，他無權處置這本書，無論是銷毀，還是翻閱。

他留意了一下周圍，沒有人注意到他。他沒有看見排長，排裡的其他人都距離他很遠，他們只顧躺在地上休息。於是，保羅顫抖著把手伸進洞穴小心翼翼地取出了那本書。

那本書體積很小，拿起來很輕。也許稍為不小心，它就會被揉成碎片。此刻，在保羅的內心充滿了矛盾，他既害怕又好奇。他忐忑不安地掀開書的封面，瞥見了扉頁上面的書名——《謀殺的邏輯》。

這一剎那，他很是失望。「邏輯」這個詞語，他還有個初步的了解，儘管他也只是一知半解。至於「謀殺」一詞，對他而言，就全然陌生了。

他不太理解這本書的內容，也許，這本書對他來說是無用的。但是，他心裡還是經歷了一番掙扎，始終拿不定主意。因為他覺得從這本書裡，他能夠明白「謀殺」是什麼意思，或許那個所謂的「謀殺」，可能還是一件有趣的事情。

排長的聲音從遠處傳了過來：「時間到了，全體起立！」

就在全排人員正準備起立的一瞬，一個決定在保羅2473的腦子裡迅速地形成了。那本書被他迅速地塞進襯衣裡。接著，他站起身舒展一下筋骨，回到集合的隊伍裡。保羅2473，在他自己居住的小房間裡，重演了學生騙老師的伎倆。每天晚上，他趁著獨自一人的幾分鐘空檔，將那本小書藏在下午版《進步新聞報》裡佯裝讀報，暗地裡閱讀那本小書。他之所以會這麼做，是因為牆上安裝有監視器，萬一被發現了，後果不堪設想。

儘管他費盡心機偽裝，但是他的行為依然很冒險。那本小書的內容已經令他漸漸著迷了。隨著一步一步地閱讀，在他的腦海裡出現了一些概念。

他得知了「謀殺」的含義，原來祕密奪取一個人的性命，就叫「謀殺」。明白這個讓他有些震驚。這個概念對他而言是全新的。在他以前的意識裡，壓根兒沒有這兩個字的存在。

在他的頭腦裡，他只知道人不會長命百歲。因為他發現一些老人，在得了病被送進醫院、生理實驗室或診所以後，就再也見不到了。他知道，死亡本身也沒有什麼痛苦。除非，當局為了科學研究，故意強加某一種痛苦。因此，他很少考慮有關死亡的問題，也不知去畏懼死亡。

但是，謀殺完全不同。在以往的文明裡，謀殺是一種現象。生活在那個年代，當局並不站出來保護個人的生命安全。控制個人行為，在當時是遭到反對的。相反，在那個年代，謀殺是一件司空見慣的事情，每個人都可以隨意殺人或者被殺，人人處於自保的狀態。對於這種異常殘忍的想像，保羅2473大受震動，但是，強烈的好奇心驅使他不停地往下閱讀。

讀完一部分，保羅也會思考一下書本所講的主要內容。他發現，儘管謀殺在人們眼裡，是一件很邪惡的事情，但處於以往的惡劣環境，那種行為是可以理解的。在那樣的社會裡，伴侶是可以隨意選擇的。因為妒忌或是報復，人與人之間的關係殘酷極了，不是你死就是我活。由於沒有當局提供的生活必需品，人們因為生存的需要，為了得到財富也相互殺戮。

書本的內容，保羅越讀越多。在不斷地閱讀中，保羅逐步了解到各種類型的殺人動機，包含有健康的，也包含有不健康的、惡毒的。

在這本書裡，其中有一個章節專門介紹謀殺的各種手段。還有的章節專門講解有關謀殺案的偵破、逮捕，以及對案犯的懲治措施。

但是，最讓人吃驚的還是本書的結論部分。在結論裡，觀點很明確，也很有指標性。它大膽地表明——謀殺是一種常見的社會行為，其實際的發生數量，遠遠多於統計數字。很多突發的謀殺案，由於沒有經過預謀，罪犯常常難逃懲罰。但是，有些罪犯就幸運得多。經過一番悉心的準備，這些罪犯往往能夠逃過一劫免於受罰。許多懸而未決的案子，都屬於這種類型。在一場場與警察的較量裡，大部分時候都是那些兇手獲勝。儘管統計數字，得出的結論與之相去甚遠。但是，也依然顯示出，大批量的謀殺案件沒有被偵破。而兇手，一個個勝利潛逃，逍遙快活地享受著自己的犯罪成果，頤養天年。

讀完那本書以後，保羅2473陷入了沈思。由於這本書，他意識到自己的處境更加危險了。因為他現在所處的文明不會容忍這種書的出現。更不會讓人類知道，他們曾經有過那樣野蠻的歷史。他翻閱這本書就是在犯罪。到了此時，他終於理解了當局為何禁止這種書籍的傳播。他也知道，如果自己不幸被發現就會遭受嚴厲地訓斥，因此而被降級，甚至還有可能當眾受到羞辱。

但是，他還是捨不得銷毀那本書。他把書偷偷地塞在床墊裡面。在他的空餘時間裡，他一直思考著這件事情。

甚至，他想跟卡洛兒7427提一提這件事。這段時間，差不多每天他們都會見面。在娛樂中心裡，他們會一起進入愛撫小屋，他和她頻頻接觸。他們接觸次數比他跟任何一個姑娘都要多。因為他和卡洛兒7427正在接受一個和諧性試驗。他希望當局能把她配給他三年，要是五年更好。

讀完那本書後，他們頭一次見面的時候，他險些將此事跟她說了。那天，她依然身穿工作服走進娛樂中心。她的工作服很合身，她完美的身材被顯露無遺。外加一頭金黃色的頭髮、明亮的藍眼睛和雪白的皮膚，渾身散發出令他著迷的氣息。他深情款款地看著她，心裡想起了配對的事。他非常渴望能跟她共處一室，兩個人說說心裡話，一起談論類似於謀殺的新奇話題。如果真能夠那樣就好了，以後的生活就會充滿樂趣。

「卡洛兒，我知道一個真正的祕密，你想聽嗎？」他把她拉到一個角落，遠離輻射農業的談話小組，神祕地問道。

她眨巴了一下長長的睫毛，頓時，臉頰泛紅。接著，她輕柔地問道：「是什麼祕密？保羅。快告訴我。」

「我違背了一項原則。」

「你說得是真的？」

「是的，是條重要原則。」

「哦，是嗎？」她的語氣裡，透露著興奮。

「我發現了一個東西，它有趣極了。」

「是什麼？快告訴我！」她側身問道，充滿了期待。從她呼出的氣息裡，他聞到了香水片的味道，他有些陶醉。

「要是我告訴你的話，你只有兩種選擇，要麼告發我，要麼和我一樣危險。」

「哦，保羅，我不會告發你的，絕不！我發誓！」

「可是，那確實很危險，我不想看見你陷入其中。」

她一臉失望，不滿地噘起嘴巴。不過，她的反應讓他暗暗高興。因為，他發現了他們兩個的共同點：都有一顆好奇心，也都願意冒險。可是，現在還不是時候。等到下星期配對結果出來，他們同處一室後，他會把祕密全告訴她。他會把那本書拿給她，然後，他們就可以持續幾個小時地談論有關謀殺的問題。

在那天，保羅2473的心裡認定了一件事情——他與卡洛兒7427琴瑟和諧。他還相信，不久以後，科學的配對實驗也能為此作證。

但是，他沒能如願以償。星期四，他訓練回來以後，看到了令他失望透頂的結果。

公告欄上張貼著巨大的布告。布告的名稱是：55區成員五年配對表。他滿懷信心地走上前去，但是，他的那雙眼睛看到了兩對出乎他意料的名字——卡洛兒7427與理查德3833、保羅2473與勞拉6356。看到這個他驚恐極了。

老天！要跟勞拉6356，一起生活五年！勞拉是一個身材矮胖的姑娘，整天傻乎乎的，逢人就知道笑，滿頭還都是深灰的頭髮。真不知道他們怎麼想的？他怎麼能跟這樣的一個女人和諧相處呢？而可惡的理查德3833，憑什麼獨佔卡洛兒五年？他一向傲慢無禮，喜歡裝腔作勢。真難以想像，卡洛兒這五年的日子要怎麼熬過去。

一想到自己的未來，保羅有些憤怒。以他現在的年齡，已經沒有資格再去愛撫屋了。因為當局認為，到了這個年齡的人就應該穩定下來，有規律地生活。這樣的話，有利於社會的和諧。因此，這次的配對，也就意味著在這五年裡他只能跟勞拉6356在一起，而卡洛兒只能屬於理查德3833一個人。也就是說，從此他和卡洛兒不會再見面了。他們不能成雙入對地生活在一起，不能一起盡興地討論那本奇妙的書籍了。

對了，那本書！

頓時，保羅毫不遲疑地做了一個決定——他準備實施謀殺。

唯有這樣，他才能擺脫痛苦。於是依據那本書的指導，他開始考慮這次謀殺的動機、途徑以及風險程度。

現在，動機是有了。他與一個不匹配的人配對了。而與他匹配的人卻被分配給了別人。

他又翻閱一遍書籍，試圖從中找到解決的途徑。他發現，一個感情用事的殺手通常會決定殺死卡洛兒，目的是讓理查德也無法得到她。但是，這樣一來，連他自己也失去了機會，而且，自己還得與勞拉一起生活。要想實現願望他得籌劃兩起謀殺。把理查德和勞拉都除掉。採取這種方法，實行起來有些麻煩。可是，只有這樣做才能出現他所期望的結果。

謀殺的細節他暫時擱置一旁不予考慮。現在，他先選好了武器，準確地說，在他所處的環境中，那是他唯一可選的武器。他沒有槍支，也不知道從哪裡去弄。他對下毒一竅不通，更找不到藥品。他要對付的兩個目標，看起來也有一定難度。因為理查德3833身材比他高大強壯，而勞拉6356的體型也絕不是嬌小玲瓏的。因此，要硬碰硬肯定是沒有勝算的，但他可以找到一把刀，然後把刀磨得鋒利無比。另外，他具備一些生理學知識，他知道把刀刺在哪裡才會致命。

最後，他開始思考這樣做的風險。他在推算被抓的機率，想像被抓以後的後果。

想到這裡，他大吃了一驚。因為他忽然發現，在他知曉的法律裡根本沒有謀殺這項罪名！要是有的話，他早該聽說了。從很小的時候，他就知道了應該做些什麼，不應該做些什麼。而那些不應該去做的事中，最大的罪名就是叛國罪。一切的破壞、暴動和顛覆活動，都被列在這項罪名裡。次於叛國罪的罪行，是懶惰罪，其中，包括完成不了指定任務、缺席會議、精神和肉體不健康。

所有的罪行也就是這些。謀殺罪並沒有包含在裡面，與謀殺有關聯的罪行，也沒有被涉及。譬如偽造、搶劫。保羅發現，他所生活的文明是一種理想的文明，在那裡，想犯罪是沒有動機的，除了他現在意識到的問題——在進行和諧性試驗時，一些官員出現了錯誤，配錯了對。

這件事情，確實給他相當大的震撼。在國家的法律裡根本沒有提到謀殺罪，那這個國家肯定沒有應對這種罪行的措施：沒有專門的組織，沒有老練的警探，也沒有研究反謀殺的科學工作者。在那本書裡提及的那些相應機構只存在於那個古老的文明裡，而這裡什麼都沒有。也就是說，只要悉心籌劃，這種理想的文明根本不知道該如何應付謀殺，他的謀殺行為就會順利過關並免遭懲罰。

想到這裡，保羅的心跳開始加快。他認真地盤算起來。現在，距離公布住房還有一週的時間，到那時候配對計畫就正式實行了。一個星期的時間足夠了。他決定，在一兩天內就採取行動。

空氣過濾師的工作為他提供了便利。在55區，他可以任意走動。沒有人會過問他會出現在哪裡，又會在哪裡消失。

現在，他只缺少一個工作路徑，讓他可以解決一個目標，然後再動手結果了另一個。

星期四是例行訓練的時間，整個下午他都在進行長跑訓練。不過，星期五他的機會就來了。一張空氣過濾的明細表給他帶來了好消息，兩個目標所在的地方都出現在這張單子上。

於是，他取出鋒利的刀子，悄悄地插進身後的皮帶裡，再用襯衣蓋住。接著，他穿好柔軟的絕緣鞋，走向一塵不染的走廊，他的腳步很輕，沒有發出一點聲響。他的工作任務很緊迫，不過路徑對他很有利。他能擠出一兩分鐘的空當。

他首先接近的是理查德3833。那是一個病毒化驗室，在那裡，理查德有一個自己的角落，可以免於他人的侵擾。保羅到達那裡時，他正趴在顯微鏡上入迷地觀看。

保羅輕聲地招呼他：「理查德，恭喜你的配對，你得到了一個好姑娘。」

突如其來的事情會不時地發生。此刻，也許他們正在被話筒竊聽，牆上的監視器也有可能馬上被打開。好在理查德和勞拉一向很本分，從未惹過麻煩，不需要加強監視。另外在工作時間衛兵也很少進行監視。所以，他需要盡快行動。

「哦，謝謝。」理查德回答。但是，看得出來他的心思根本不在他的配對——卡洛兒身上。他興致勃勃地對保羅說：「你來看看這個小東西。」說著，他從凳子上跳下來，讓開位子給保羅。

保羅漫不經心地瞅了一眼，把顯微鏡故意旋轉了一下，說道：「我什麼也看不見。」

理查德很有耐心，他走向前去重新調試顯微鏡。他背對著保羅，全部精力都放在顯微鏡上。保羅乘機抽出刀子，準準地刺了一刀。

理查德很吃驚，他痛苦地哼了一聲，兩手緊緊抓住桌角。見狀，保羅迅速抽出刀子，閃在一旁。理查德龐大的身軀直挺挺地倒在地上，一動不動。在死者的襯衫上擦乾淨刀子後，保羅火速逃離現場。他離開的時候，沒有人注意到。

在理查德3833死亡後的四分鐘，保羅進入了數學計算中心。一台巨大的機器前面，正站立著辛勤工作的勞拉6356。勞拉也是一個人工作，與從事同樣工作的姑娘們分開了。

勞拉眼睛的餘光已經瞥見了這位來訪者，但是，她沒有停下來，而是繼續往機器裡輸入指令。她是一個相當敬業的工人。

她「咯咯」地笑著說：「保羅，你好！難道房子已經分好了，可以入住了？」在配對結果出來以前，勞拉從來沒有留意過保羅，可自從知道了結果，她在他面前顯得很女性化。

她太天真了，以為保羅是要告訴她這個。然而，她的配對人選——保羅，已經繞到她身後，一隻手正準備拔刀。

也許，勞拉以為他是想去撫摸她。雖然工作時間這種親昵行為是嚴禁的，但她還是抽動著胖乎乎的肩頭，滿心期待。誰知，她等來了一把尖刀，刀子從她的身軀裡刺了進去。

這回受害人並沒有倒地，而是向前傾倒，趴在機器的操作盤上。

勞拉壓在盤面上的輸入按鈕上，機器仍然在「嗡嗡」作響，指示燈也依然閃爍。

保羅抽出刀，在勞拉的上衣上把刀擦拭乾淨。他愉快地想著：「這個機器肯定得不出正確的答案了。」

他離開了，又開始做著自己本來的工作。這時，他有些暗自得意——卡洛兒7427和保羅2473，同時失去了伴侶。按照常理，委員會將會決定指派他們兩人共同入住。那樣的話，他們可以一起生活五年。甚至更久。

接下來會發生什麼，他不知道。55區的統治者會做出什麼樣的反應，他也不知道。那本書沒有提及這些，它涉及的只是古老文明裡的謀殺。

不過書上說，人們對於謀殺總是充滿著興趣。倘若受害者是公眾人物，或者和醜聞扯上關係，人們的興趣就會更濃。報紙也會在謀殺案件上大做文章，進行全程的追蹤報導，最後，兇手被緝拿歸案，審判也被詳加報導。一個案件可能會持續上幾週、幾個月，也或許是幾年。

不過，保羅留意了55區的《進步新聞報》下午版的新聞裡，沒有報導此事。當天晚上，他又去了娛樂中心，除了沒有見到理查德3833和勞拉6365，其他的一切正常。

在娛樂中心保羅見到了卡洛兒，他這才意識到，自從配對結果公布後，他們再沒有講過話。他設法把她從同伴那裡帶出來，小心地問道：「你見過理查德嗎？」

卡洛兒聳了聳肩說道：「我也不清楚，我沒有看到他。」

卡洛兒的漠然態度讓他十分欣喜。她一點也不關心理查德，現在她的配對對象不見了，她竟然不緊張。這說明她壓根兒沒把理查德放在心上。那麼，這次配對失敗後，對於新的安排她應該也不會拒絕。

差不多整個晚上他都和她在一起，他覺得自己很幸福。甚至，他開始相信，這樣棘手的事情會讓當局不知所措，因為不知道該怎麼處理，他們寧可迴避不談，當做什麼都沒有發生過，省得其他人知道有謀殺這種事件的存在。

那晚，保羅滿懷著自信進入夢鄉。

他的幻覺被星期六清晨的起床號打破了。當尖利的號聲響起，他甚至有些懷疑那聲音到底是不是起床號。號聲越來越近，他往外望了望，發現外面還是漆黑一片。

迅速穿好衣服，他隨著人群一起奔向走廊。其他人也和他一樣驚訝，剛從睡夢中醒來，走路還有些搖擺。

「全體都有，齊步，向前走！」一個命令響起。

一大群人排著長隊，走出走廊，下了樓梯，站在院子裡。院子裡燈火通明，就連屋頂和高牆上的探照燈都被打開了。迎著耀眼的燈光，各級排對和連隊都整整齊齊地站好隊伍，每個人都站得筆直筆直的。沒有人抱怨突然的早起，院子裡靜悄悄地，靜得可怕，到處彌漫著恐怖和壓抑的氣息。

保羅也被這種氣息所感染。儘管他知道自己沒有必要害怕，但是受其他人的影響，他不由得有些發怯。這樣的情況以前從沒出現過，接下來肯定沒有好事。

但他們準備怎麼做呢？當眾宣布有兩個人被謀殺了？接下來要求罪犯主動自首？要求知情者提供線索？

不過，保羅相當鎮定。他知道，這麼多人一起被帶出來，說明他們還不知道兇手是誰。這個信息對他而言，是個鼓勵。當然，現在當局正在採取措施、進行調查，會詢問許多問題，查證你去過的地方，因此，他必須要小心行事。但是，有一點很重要，他得堅信當局不會知道誰是兇手，假如他不露破綻，他永遠不會被發現。

情況不是他想的那樣，喇叭沒有再響。這一大群人被莫名地丟在這裡，忍受著恐懼的侵襲。也許，這也是當局的一種措施，他們想讓兇手感到恐懼，自己屈服。

天還是很黑，他們已經站立半個小時了。但誰也沒有離開隊伍，甚至也沒有人咳嗽或是倒下，只有寒風在不停地呼嘯。
最讓人難受的還是探照燈，強烈的光線直射人的眼睛。在強光的刺激下，保羅不停地眨眼。但是，他要是閉上眼睛的話，身體就會有些失衡而不停地晃動。在這個時候，他可不想引起別人的注意，所以他咬牙堅持，想著以後的美好生活為自己打氣。
折磨總會過去的。整個55區一共有幾萬人，不可能因為兩人被殺，任由這麼多人無休止地站下去。死亡是不可避免的現象，每天都會發生，就算他們死了，年輕人農場裡還有很多人可以替補他們的位置。也許，他們的死會引起一段時間的緊張和不安，但隨著時間的推移一切都會恢復原樣。
這種正常也包括跟卡洛兒住進一個房間。終於，可以說悄悄話了，可怕的孤獨消失了。甚至，可以沒有話筒和監視器！因為配對後，兩個人，可以保留一些隱私。
「一連！向右轉！齊步走！」命令響起。
一百個人，邁著整齊的腳步，離開院子。
聽著口令傳來的方向，保羅知道，他們去了宿舍旁的娛樂中心。他放心多了，因為不管接下來會發生什麼，要接受怎樣的檢查，那都是在娛樂中心進行的。這看起來沒那麼可怕，走出院子大門，才是他最害怕的事情。
也不知道過去了多久，幾分鐘？十幾分鐘？天還沒有亮，燈光，越來越難忍受。保羅所在的連隊是二連，他站得兩腿生疼、頭腦發昏，燈光還在不停地閃動。他合上眼皮，還是沒能擋住那些強光。

「二連出列！」終於，輪到他們了。

他隨著隊伍，向前走去。他感到很高興，因為可以活動了。他猜的沒錯，去的是娛樂中心。門口站立的兩個衛兵，拉開門，二連的全部人員都進入了娛樂中心。

這裡很空曠，也有很多燈光，不過，已經不像剛才那般令人痛苦了。娛樂中心不時地傳出「嗡嗡」的人聲。他們的連隊排成單列，被人引領著來到最頂頭。此時，他們不必再筆直站立了。但是，太長時間的恐懼，使他們無法放鬆，每個人都少言寡語，不想開口。

後來，單列縱隊變成了橫排，每次從一扇小門裡，走進一個人。保羅站在二十名的位置。他覺得，前面進門的頻率，是每三十秒鐘一個。他耐心地等著，很冷靜。這樣的大動干戈，充分地顯現出當局的無能為力。

終於，越過前面那個人的肩膀，他發現那扇門通向一個房間。房間裡坐著一個護士，桌上堆滿了針頭。他舒了一口氣，有點哭笑不得。

原來，他們只是在打針！也許，是在注射什麼疫苗。那兩起微不足道的謀殺案，跟這次集合沒有關係！

輪到他的時候，對於打針帶來的疼痛，他一點也沒放在心上。跟院子裡的折磨，以及長時間的忐忑不安相比，這點疼痛根本算不上什麼。

打了針後，他的感覺怪怪的。手臂上的針眼，一點都不疼，就是腦袋暈暈乎乎的，他勉強支撐著，勝利迫在眉睫，這個時候可不能倒下。可是，他的大腦已經完全不受自己支配了。他乖乖地依從衛兵的命令，來到另一間屋子。裡面一個身穿白大褂的人，正在等著他，那人目光銳利，兩眼注視著他。

「昨天，你捅死了兩個人？」那個人問。

他的大腦像是被誰牽制住了，只能說真話。也許，是打針的緣故。

「是我。」他順從地回答。

之後，等待他的是公開審判。當然，這不是為了他一人，而是為了教育55區全體成員，以儆效尤。

審判過後，他被關進了一個院子盡頭的玻璃籠子裡。不僅如此，他還被綁著固定在裡面，在他身體的各個部位，密密麻麻地足足插有一百條電線。這些電線都接在外面的一個控制板上，一根上面安裝一個按鈕。整個55區的成員，都有權前來操作控制板上的按鈕。為了懲罰他對文明的踐踏，那些人們一有空，就會走到籠子旁邊，按幾下按鈕。這時候，保羅總會疼痛難忍，大聲喊叫，但是，這種折磨不會一次斃命。

55區的廣播，當然也不會閒著，每天它都會重申一次他被囚於此的原因。

「保羅2473，是國家的一個叛徒。藐視國家財產，將理查德3833和勞拉6356兩個寶貴的財產肆意破壞，判處破壞國家財產罪。」廣播裡抑揚頓挫地宣布。

可是，他的失敗還不止這些。卡洛兒7427的舉動大大出乎他的預料，因為走到籠子前按鈕按得最頻繁的正是她。

看不見的線索

我的朋友莫洛克是個少言寡語的人。他的話實在太少了，不了解的人，準會覺得他特別傲慢無禮。不過，一提起林納德的案子，他總是自鳴得意。

當然，他完全有理由這樣。畢竟，我這位朋友——考林．莫洛克上校，只是一名退伍軍人，一名已經退休的殖民地警察，而不是什麼專業偵探。但是，在林納德一案中，他準確而又快速地把握了案件的核心。而與這個案子有關的兩個男人，他並沒有見過。

取得這樣的成就，著實讓所有從事犯罪調查的專業人員欽佩不已。更難能可貴的是，偵破這個案件時，他利用的居然是一條看不見的線索。關於這條線索，莫洛克用調侃的口吻解釋說：「要是都能看見，那它就成不了線索了。」

「就像柯南．道爾的狗，牠的厲害之處，就是不發出叫聲？」我絞盡腦汁，想出一個說辭，極力讓自己看起來聰明一些。

「那是兩碼事，傻小子。」莫洛克少校嘿嘿一笑，回答我說。

他是一個很嚴肅的人，整個人看起來短小精悍。經常穿著的一身行頭——燙過的衣領以及手工製作、擦得鋥亮的皮鞋，在他身上，有些不太搭調。一見到他，總讓我聯想到藤椅、緬甸雪茄、夕陽以及被熱帶叢林環繞的網球場。接下來，我進一步意識到一個問題：儘管莫洛克在倫敦這樣的現代化都市生活很久了，但是，他仍在竭力追求一種不同的生活方式，就像毛姆書裡所描寫的那樣。

我知道，一旦我把自己的想法告訴他，他一定會矢口否認。不過，在他身上你可以明顯地感受到濃濃的懷舊氣息。正因為這樣，在許多人眼裡他就像一個老古董，他們常常把他當成擺設。但是，在壁球場上他是個出色的主角，很有殺傷力，當我已經累得精疲力竭、滿頭是汗時，他依舊精神百倍，還能堅持做很長時間的伏地挺身。

對於自己的職業，莫洛克個人的稱謂是——私人安全顧問。這個稱謂，聽起來很無趣，不過很體面，當然，也不容易使人陷入遐想。實際上，考林・莫洛克少校是個保鏢，而且是個一等一的優秀保鏢，有人評價他說，在全球為數不多的幾十位傑出保鏢裡，他絕對算得上一個。

他對自己的評價很謙虛：「我現在，充其量就是一個上了年紀的足球運動員，不能再去馳騁賽場，只能準確地把握比賽的要領。這時候，組織和調動起報警肌肉很重要。這樣的話，才能保證及時、快速、準確。」

所謂的報警肌肉，是莫洛克口裡的一個專有名詞，他說，每當他自己或是雇主，處於危險狀態時，他就會覺得後背像懷孕婦女那樣，劇烈疼痛。

得知那條看不見的線索後，我就一直黏著他，央求他把那個故事講給我聽。

「截至目前，那個案子還沒有開庭受審，不過，我敢肯定電視台會報導的。所以，我不便透露案件裡涉及的人物姓名。還有，如果你要是在報紙裡刊登我所說的話，我也只會否認。不過，我敢發誓，我講得句句都是實情，我可以跟你保證，小子。」

故事是從莫洛克少校的辦公室開始的。

這間辦公室坐落在聖保羅大教堂附近。在倫敦上空飛翔的鴿子，有一半是從那裡放飛的；宣告新一天開始的大鐘，有一半也是在那裡敲響的。

莫洛克的那些間辦公室，前身是一個流行音樂唱片公司。這家公司倒閉後，莫洛克就以很低的價位購買了下來。房子裡面的裝修很落伍。保守估計那裡已經十年沒有翻新了。房間裡透露出一派拙劣、瘋狂的迷幻派風格。而且，裡面的門很多，每扇門的顏色都與其他門很不和諧。還有牆壁、文件櫃、辦公桌，沒有一樣符合莫洛克的口味，全都是五花八門的鮮艷色彩，像是橘紅色、黃色、紫色和綠色，看起來混雜極了。但是，有一點很可取，房租相當便宜。

這一星期，他的大半時間都外出了，前往城外辦事。

此刻，他正在辦公室裡聽錄音磁帶。

磁帶裡傳出的是莫洛克的祕書——琳達的聲音：「您好，先生，日常事務我已經處理完畢，只是有件有趣的事情，需要給您稟報。今天下午，空軍中隊長阿里克斯．林納德給您打電話。我從來沒聽說過他，可是，聽他話的意思我應該認識他。」

莫洛克少校苦笑，這話讓他意識到自己老了。

他的思緒一下子回到了很久很久以前。在那場不列顛戰役裡，阿里克斯．林納德是一名優秀的戰鬥機飛行員。進行空戰的時候，琳達的父母都還是小孩子，才十多歲。

「我從來沒有聽說過他。」因為走神了，磁帶被莫洛克倒了回去。「二戰」結束後，林納德去了美國，並在那裡定居。在美國他擁有大規模的農牧場。但是，不幸的事情發生了，對於美國戰後的新興國家政策，中隊長林納德產生了興趣。因此，他得到了黑人的擁戴，同時，也被其他白人視為仇敵。

莫洛克又按了一遍播放鍵。

「他的聲音很親切，但是，我能聽出他的不安，他好像特別害怕。他肯定很富有，他說他住在五月花廣場的梅博里大廈。在那兒，他有一套永久性的套房，一年才回倫敦住上一次。他說希望盡快與您取得聯絡。儘管在飛機上他休息了很長時間，但是，無法堅持二十四小時不眠不休。等您回來的時候，他還得堅持八小時。」

還沒有聽完磁帶，琳達本人急匆匆地闖進了辦公室。

聽到自己的錄音，她有些難為情，說道：「對不起，少校。這盤磁帶我原本應該在昨晚洗掉的，我男朋友找我有事，我就給忘了。」

「洗掉？為什麼？」

琳達喜滋滋地說：「跟您的約定取消了。昨晚我快要鎖門的時候，中隊長林納德親自過來了。他說了很多道歉的話，說是改變了主意。是個相當有禮貌的老傢伙。噢。我不是說他年紀大，實際上他跟您年齡相仿。」她搖了搖頭，臉脹得通紅。

莫洛克帶著極大的耐性說道：「不要顧及那些禮節和外交辭令，這個時候不需要！我需要事實，趕快告訴我事實。」

琳達惱怒地看看他，帶著指責的口吻說：「何必發這麼大火呢？因為臨時爽約，他支付了五十英鎊的賠償金。還一再堅持這麼做，我想可能是向別人求救，讓他覺得很愧疚。他希望這些不快趕緊過去早些被忘掉。」

莫洛克少校眉心一皺，輕輕地用手按摩後背。三十年過去了，也許阿里克斯·林納德有所改變了。但是，他一定是遇到了什麼事，要不然不列顛之戰的英雄們，不會坐立不安，向外發出求助信號，儘管這個求助終止了。

莫洛克是個很有心的人，尤其在蒐集與自己行業相關的信息時，他的心思格外細密。最近，一個內羅畢的商人雇用過他。這個商人拿著鑽石來到倫敦，想換取巨額的現金，這兩樣東西，他一樣也不希望受損。有一回，莫洛克在旅館等候的時候，他聽到了阿里克斯．林納德的名字，這個名字好像是兩起暗殺策劃的目標。

莫洛克找到了中隊長林納德在梅博里大廈的電話號碼，隨即撥打過去。「怎麼沒人接。」他咕噥了一句。梅博里大廈是一座二十世紀風格的摩天大樓，整棟大廈裡有千餘套房子，站在大廈裡可以俯瞰整個海德公園。

琳達的態度緩和了許多。她端來一杯咖啡說道：「別擔心，他已經把約定取消了。興許是外出了。現在找他，他也不會感激您的。」

「或許是這樣。」手裡端著咖啡，莫洛克少校陷入了沈思。突然他抬起頭凝視著琳達，「把他來訪的細節全告訴我，越詳細越好。」

琳達聳聳肩說：「還有什麼好說的？我跟你提過，看起來很不好意思，以至於支付五十英鎊的時候，把錢都弄到地上了。」

「噢，對了，還有一件事，」她忽然來了興致，打了個響指，咯咯地笑著說，「他居然是個色盲，事情辦妥後，他急匆匆地出去，誰知走錯了門，走到洗手間裡去了。後來，我跟他說出口是綠色的門，可他徑直走向了紅門，走進了儲藏室。他看起來有些氣急敗壞，都開始罵人了。我一再跟他強調是綠色的，結果他愣是拉開了紅門，走向了消防樓梯那裡。這樣一來，讓我們兩人都有些尷尬，但我還是離開辦公桌，引領他走出了大門。」

琳達的話說完時，她發現莫洛克少校已經轉過身，一把抓起了電話。不出一分半的時間，他接通了蘇格蘭警官布萊克的電話。

「你好，我是莫洛克。出大事了，小夥子。情況很緊急。中隊長林納德有麻煩了。對，是他，他支持過非洲獨立。有人想謀殺他。他的住所是梅博里大廈的東座524房間，我不確定他現在是否在房間。我們先去那裡碰面吧。」

布萊克警官和他的手下火速趕到梅博里大廈東座524房間。當他們踢開房門時，在臥室裡，發現了已經昏迷不醒的阿里克斯·林納德。

事後，他們得知有人想置他於死地，故意偽造了服用安眠藥自殺的假象。

經過附近一家醫院的及時救治，林納德已無大礙，他承認自己被迫服用了大劑量的藥物。因為他受人要挾要求他在藥品和子彈之間選擇一種死法。藥品意味著還有一線生機，而子彈則會必死無疑，所以他選擇藥品。

那個場景一定極其荒誕和邪惡——行凶者手中持槍，如同護士一般坐在床邊，眼睜睜地看著林納德的臉由紅變白，逐漸沒有血色，等著他呼吸逐漸緩慢、逐漸艱難。

「當我意識到來辦公室的那個林納德是假冒的以後，我立即明白了他的用意。他此番前來，只有一個目的，那就是阻止我前去尋找真正的林納德。」莫洛克少校點撥我說。

「還有一點，如果說謀殺者聽到了林納德打給我的電話，那也就表明他竊聽了林納德的電話。也許，他在隔壁房間安裝了監聽設備。布萊克警官派人查看了房間的電話，發現沒被竊聽。接著，他們檢查了牆壁，在牆上發現了一個洞，那個洞可以通向隔壁的523房間。洞口還糊上了壁紙。兇手有過前科，警方在機場將其抓獲。」

說到這裡，莫洛克認為我已經猜到了是什麼東西引起了他的懷疑。事實上我沒有。他剛開始的判斷，也就是林納德先要雇用保鏢、後來又放棄這一計畫的判斷，我理解了。可是，到後來我確實有些迷糊。我把自己的疑慮如實相告了，莫洛克少校看上去很是吃驚。

他激動地說：「傻小子！我親愛的年輕人！想想看，前去取消預約的那個人，他是個色盲！因此，他絕對不可能是中隊長林納德。英國皇家空軍壓根兒不會招收色盲的！」

馬戲團的謀殺案件

看到晚間電視新聞，布朗才得知費爾丁馬戲團發生了意外事故。

布朗在哥倫比亞的一家保險公司擔任調查主任一職。他所在的保險公司跟這家出事的小馬戲團簽訂了二十五萬元的契約。

意外是在表演空中飛人時出現的。那時候，尼克正將雙膝鈎在搖擺的秋千上，他的雙手正抓著他的小姨子。而他的妻子——漢娜，此時正在繩索的另一端，準備表演一個驚人的絕技。她這次表演的內容是在高空連翻三次跟斗。震耳欲聾的掌聲響過之後，觀眾開始屏息等待。漢娜看上去有些猶豫，但是稍作停頓以後，她還是開始了那個危險的動作。這時候，她的妹妹落回漢娜剛剛離開的秋千上。

漢娜在空中連翻了三個跟斗，準備伸手要去抓她丈夫的手。但她丈夫伸出的雙手，距離她太遠了，她沒有搆著。在空中，她萬般驚恐地亂抓一陣就猛地墜落下來。

舞台下面沒有安全設施，所以，漢娜當場就沒命了。

事故發生的全過程，被隨該團旅行的一位電視台工作人員拍下來了，他在電視台是專門負責拍紀錄片的。報導還顯示，費爾丁馬戲團已經陷入經濟危機，如今又失去了一個最賺錢的項目，前景令人擔憂。

關掉電視，布朗靜靜地坐著等候電話。一個小時後，他接到了老闆的電話，要求他搭乘去聖安東尼奧的早班飛機。

次日上午，布朗找到了費爾丁馬戲團的辦公室。說起來是辦公室，實際上是一輛裝有空調、廁所、配備齊全的拖車，車子在海明斯廣場一角停放著。馬戲團老闆指著坐在他對面的一個黑人，對布朗說：「這位是本市警察局的馬克警官。」

「我和費爾丁是老朋友。小時候，我們還一起在一家馬戲團裡工作。在聖安東尼奧，費爾丁一家很有名氣的。他哥哥是很出名的眼科醫生，他妹妹——」警官說起話來慢吞吞地。

費爾丁打斷這番不著邊際的談話，說：「馬克，先等一下。我相信，在這個時候，布朗先生對我的家史不感興趣。」

「好吧。警方的調查顯示，這次的事故，完全是個意外。」警官說。

「這件事情，我們需要了解全部真相。」布朗回答。

「醫生已經檢查過漢娜的屍體，認為摔斷脊椎是導致死亡的主要原因。」費爾丁說。

「那條繩索我們已經檢查過了，尼克也檢查了一遍，沒有被做過手腳。」警官說。

「有驗屍報告嗎？」

警官把手伸進襯衫口袋，從中掏出一張紙，說：「按照貴公司的要求，我們已經驗屍過了。驗屍報告在一小時前已經出來，認定沒有心臟病，或是什麼別的生理問題。」

「那有沒有發現麻醉品，或者是中毒？」

「也沒有。」

「好了，現在情況你已經明白了。完全是個意外！我想，你們公司應該履行合約，賠償二十五萬元！」費爾丁說。

布朗說：「費爾丁先生，你應該記得，當時，你給每個高手簽訂的是五萬元的保單，而那二十五萬元是保的全團，比如出現火災，或是別的災難，全團被毀。」

「現在，我已經一無所有了！我失去了最叫座的節目！這樣的損失，對於一個小型馬戲團而言，已經是毀滅性的打擊。」費爾丁一臉沮喪，有氣無力地說道。

合上公文包，布朗說：「是這樣的，念起這次事故特殊，在賠償問題上公司已經同意可以重新商談條件。現在，我需要去四周看一下。」

「當然可以。那我們等一會兒見，現在，有一個長途電話要打過來，很重要，我需要在這裡等著。」

警官起身站立，說道：「我也得告辭了，警局裡還有事情等著我去處理。」

布朗走下有冷氣的拖車，準備轉向市民大街。就在這時，他的去路被人攔住了，來人是一個美麗的女子，很年輕。

只見那女子急迫地問道：「你是保險公司的人嗎？」

她是一個身材嬌小的女人，一張臉很瘦，炯炯有神的褐色眼睛閃著銳利的光芒，頭髮烏黑烏黑的，在德克薩斯州明媚陽光的照耀下，顯得很有光澤。

布朗怔了一下，說：「是的，請問你是？」

頓了一下，那名女子才開口說道：「我叫蓓琪。漢娜是我姐姐，關於她的死因，我想跟你談談。」

於是，他們走向展覽會場中心的一座高聳的水塔，接著，他們乘坐電梯來到塔頂，找到一個酒吧，坐了下來。布朗向侍者點了冷飲。

「好了，蓓琪小姐，我們可以開始了。」布朗說道。

「其實，我姐姐的死不是一場意外。」蓓琪小姐開門見山地說。

「嗯？你能證明嗎？」布朗抬起頭，問道。

「能在法庭上站得住腳的證據，我確實沒有。不過，我敢肯定漢娜一定不會失手！絕對不會的！」

「在表演之前，或者是在舞台上，你發現你姐姐有什麼異常了？」

「沒有。哦，等一下，我想起來了。在台上時她說了幾句話。」
「什麼話？」
「我聽不大懂，好像在說什麼魔符？」
「魔符？那你有沒有發現，她看起來不太舒服？」
「沒有。不過，我覺得一定是有人對她做了什麼事情，想分散她的注意力。」
聽了她的話，布朗思考了一下問：「有人想害死你姐姐？」
「是的，有幾個人。」
「他們是誰？」
「有那個黑心的老闆——費爾丁。」她的言語裡充滿了厭惡。
「你姐姐可是他的搖錢樹！他為什麼這麼做？」
「因為季末她就要走了，有人出高價挖走了她。」
「對於她的離開，她丈夫有什麼反應？」
「你是說尼克？姐姐想跟他離婚。」她垂下眼皮，盯著眼前的半空杯子說。
「原因呢？」
「尼克這個人很古怪，雖然他很愛漢娜。但他表達愛的方式讓人很難接受。他很暴躁，還喜歡喝酒，喝了酒之後就更加變本加厲。他的嫉妒心也特別強。」

「那你姐姐一定很漂亮。」

「她很年輕，比尼克小了很多歲。所以尼克一直很沒有自信，特別害怕失去她。之前的兩個月，尼克天天往酒吧裡跑。我姐姐實在受不了他了，就想離開他。她知道尼克是個醋罈子，所以故意假裝跟彼德親熱，以此來刺激他。」

「彼德？他又是誰？」布朗問。

蓓琪微微一笑，說：「他是馬戲團的一個小丑，是馴獸師葛麗亞的男朋友。可是，萬萬沒想到的是彼德居然當了真，他決定跟葛麗亞分手，想離開馬戲團跟我姐姐一起私奔。」

「那葛麗亞什麼態度？」

蓓琪的眼睛瞇成了一條縫，說道：「葛麗亞，她跟她的獅子一樣凶猛。」

「那你姐姐沒有跟她解釋？」

「解釋過了，她說沒想過要去當真，只是故意惹尼克吃醋。」

「葛麗亞相信了？」

「剛開始是有些半信半疑，到後來，漢娜準備離婚和跳槽的事情傳開了，她可就一點也不相信了。」

布朗回想了一遍蓓琪的話，說：「這麼說，至少有四個人，希望漢娜死去。」

「是的，差不多。」

「應該還有第五個吧？還有你，蓓琪。你正面臨著失業。」

蓓琪避而不答，巧妙地引開了話題：「在馬戲團裡，我不是重要角色。等到我未婚夫大學畢業，我們就結婚，我不用再去工作了。」

她說話的時候，布朗留心地觀察著，辨別她言語的可信度。

十五分鐘後，蓓琪帶著布朗來到表演場地。這時的馬戲團陷入一片混亂。地上堆放著被拆卸的頂棚，還有一些活動椅子。地板也被軟樹皮覆蓋著，有人正在清掃。

「那個是尼克。」順著蓓琪手指的方向，布朗看到了一位黑皮膚、健壯的男人。

布朗審視了那人一眼，不準備在他身上佔用太多時間。

蓓琪上前給他們作了個介紹，並把布朗的來意告訴了尼克。

「我想不明白是怎麼回事。她不可能抓不住的，這個動作，我們已經再熟悉不過了，幾乎可以做到完美。之前我們表演過上百遍了，就算閉上眼睛她也能表演。」說著，他哽咽了一下，聲音變得顫抖起來，「我試圖去抓住她，我盡力試過了。可離得太遠了，搆不著。」

剛把話說完，尼克就轉身離開了。

注視著他的背影，蓓琪說了最後一句：「看來他真的很傷心，從沒見他這樣過。」

「也許他是在做戲。」布朗在心裡跟自己說。

他正在想著，突然兩聲吼叫傳了過來。一個聲音是獅子的，另一個聲音是一個女人的。

「她就是我們的馴獸師——葛麗亞。也許是工作的緣故，她總是試圖馴服她見過的每一種動物。尤其熱中於各種兩隻腳的雄性動物。」

布朗笑了，說道：「我得謝謝你的忠告。」

那個女人開始驅趕野獸，她的樣子看起來很迷人。尤其是她那雙眼睛，好像充滿了某種魔力。也難怪她能馴服獅子！布朗禁不住懷疑，她眼睛裡的魔力可以驅趕樹上的小鳥，甚至可以讓一個表演高空特技的人墜落下來。

把獅子驅趕進籠子後，葛麗亞關好籠門走向他們。

「出事的時候，你在哪裡？」布朗問。

「那時候，我就在這裡，正準備驅趕動物上場表演。我得事先跟動物們交流一下，要求牠們在表演之前，先做個準備，這是表演的儀式，這個很受觀眾們的歡迎。」她的聲音很輕，顯得矯揉造作。

「表演之前，你有沒有見過漢娜？」

「她快要進場時，我看了她一眼。」

「你們說話了嗎？」布朗問。

葛麗亞盯著布朗的臉，足足看了五秒鐘，沒好氣地說：「我跟她沒什麼好說的！布朗先生，我得失陪了，還有許多事情在等著我。」她一個轉身就離開了，走向那些晃來晃去、虎視眈眈的野獸。

於是，蓓琪帶著布朗走向前排座位的水泥道。他們途經一道貼著海報的牆壁時，蓓琪停了一下，指著一張海報說：「你瞧，彼德表演的時候就是那身打扮。」

布朗打量了一下那張海報。一個典型的小丑扮相出現在他的視線裡。只見那人頭戴圓頂窄邊帽，臉上戴著假鼻子。最特別的是他的四肢，分別戴著誇張的橡皮手套和橡皮腳蹼。

「穿戴好這身行頭，可得花費一番工夫。」布朗說。

「是的，可麻煩了，就那隻假手，也得找人幫忙給他繫上。」

他們走到了小丑化裝間的門前。門沒鎖，一眼就看見一個穿小丑便服的人，正匍匐在地板上。那身便服和普通的服裝差別不大。

「這是新出的節目嗎？」蓓琪問。

聽到這聲音，彼德有些驚訝，他抬起頭看見了門前站立的布朗。他連忙起身說道：「不是，我在找該死的隱形眼鏡。我弄掉了一片，可是它太小了，沒有眼鏡我根本看不見。」

布朗的目光停留在一個閃閃發光的東西上，說道：「我想，我找到了。」說著，他彎腰撿起一個凹形鏡片。

彼德接過鏡片，放回小盒子裡說：「謝謝你。戴這種眼鏡我很不習慣。」

接下來，蓓琪給他們作了一番介紹，同時說明了布朗的來意。

彼德回答布朗的詢問：「我也沒看仔細。我正在觀眾席上忙活的時候，聽見他們尖叫了起來，我就趕緊轉身，誰知剛好看見了那可怕的一幕！」他咽了一下口水，接著喃喃說道，「實在是太可怕了！」

他竭力地掩飾自己的哀傷，但他的一舉一動還是出賣了自己。

從彼德那裡了解過情況，他們回到了那條狹窄的走道，最後在一扇打開的門口停下了腳步。「這裡就是漢娜和尼克的化妝間，隔壁是我的。」蓓琪說。

這是一間很小的化妝室，裡面擺放了兩個梳妝台。每一個梳妝台前，各有一面很大的鏡子。其中，挨著門的一個是漢娜的。台面上凌亂地擺放著冷霜瓶、粉餅、捲髮器、眼線筆和化妝紙。其中的一個帶標簽小玻璃瓶，引起了布朗的興趣。

拿起瓶子，布朗端詳起來。他發現那是一瓶名牌眼藥水，瓶蓋上還連著一根滴管。他隨口問道：「這個，你姐姐常用嗎？」

「是的，她有結膜炎，她覺得那是化妝品過敏引起的。」

布朗又陷入了沈思。過了一會兒，他問：「在表演之前，她也會使用這個？」

「是的，這種眼藥水她一天要點好幾回。每一次都在表演之前點。她說，點完之後很舒服，能看得清楚一些。」

聽到這話，布朗的腦海裡蹦出一個想法，他知道，如果假想屬實的話事情將出現轉機。

對於公司他也可以交上一份滿意的答案。

離開的時候，他順手拿起那個小瓶子，裝進了外套口袋裡。

接著，他們返回了表演現場。這時候，布朗看見了一群忙碌的攝影人員。他們正在拍攝拆卸的情形。頓時，布朗又有主意了。

他靜靜地站在一旁，等待他們完成拍攝工作。他們終於開始收工了，布朗立刻上前作了自我介紹。

布朗找到一位製作人幫忙，要求觀看事發當天的拍攝影片。那人欣然同意，留下了公司的地址後，說道：「如果方便的話，你六點鐘左右過來。」

布朗連連致謝之後就離開了表演場。接著，他著手尋找化驗所的地址和電話。很快，從一個電話簿上找了一家。於是，他將眼藥瓶送進了化驗所，並留下了旅館電話，臨走時，一再囑託檢驗師盡快通知他檢驗結果。

五點五十五分，他乘坐計程車來到世紀影片公司，這個公司位於城郊。放映室裡，一切準備就緒。放映之前製片人說：「晚間新聞上播放的那一段，因為要的太急，我們只是匆匆編輯了一下，現在，我們給你看一下完整影片。我這裡有兩個版本，是用不同的兩部攝影機拍攝的。一個是大角度鏡頭的全景場面，另一個是專門的特寫鏡頭。」

放映室關上了照明燈，漢娜臨死前的一剎那在銀幕重現。

短暫的空白在銀幕上出現後，另一部攝影機拍攝的影片開始了。首先，幾個觀眾的特寫鏡頭出現了。接著，鏡頭切換到兩姐妹站腳的地方。蓓琪還沒有進入鏡頭時，漢娜的嘴動了一下，好像在說著什麼。當漢娜獨自站立時，臉上露出驚恐之色。

「請重放一遍這個鏡頭。」布朗說。

布朗的假想是對的！一些細微的細節在寬大的銀幕上暴露無疑。他注意到，漢娜在驚慌地眨眼睛。當秋千搖盪到她面前時，她是摸索著抓住的，與此同時她攀上了更高的一級。就在她準備起跳時，她有些猶豫，不停地在眨眼睛。毋庸置疑，一定是那短暫的遲疑，影響了她的估算。結果，她準備下落的時候，距離尼克太遠了。

放映間恢復了明亮。布朗站起身，說道：「太感謝了，這支片子對我的幫助很大。」

回到旅館，化驗所的電話剛好打來了。接過電話，布朗和那人攀談了一段時間。

談話結束後，他立即又接通了警察局，請求馬克警官做了一件事情。

接著，他在房間裡來回踱著步，等候馬克警官的答案。謎團一個個被解開，他長吁了一口氣，感嘆幸好發現的及時。

沒過多久，電話打來了。

「你說的沒錯，漢娜雙眼的瞳孔有些擴張。」馬克警官證實說。

在電話裡，布朗跟警官約定去馬戲團碰面。去之前，他乘電梯跑了一趟旅館的藥店，找到藥劑師詢問了一些問題。接著，他急匆匆地攔了一輛計程車，趕往馬戲團。

拖車辦公室裡站著已經到達的馬克警官。當他們一同來到馬戲團老闆的辦公桌前，他正在通電話。一看到兩人的嚴肅神情，費爾丁匆忙地把電話掛斷了。

「我們有個壞消息要告訴你，費爾丁先生。」布朗說。

聽到這話，費爾丁一下子緊張起來。

布朗用緩緩的語調，繼續說道：「這次的事情，我們公司決定不予賠償。」

費爾丁急了，大叫道：「為什麼？那是一個意外，幾千人都看見了！」

「不，那是人為策劃的！絕非意外！」布朗斬釘截鐵地說。

「這是怎麼回事？」警官一臉迷惑。

「今天下午，我又看了一遍工作人員拍攝的紀實影片。我發現了漢娜表演時的一個細節，那是一個特寫鏡頭，她在不停地眨眼。」布朗解釋說。

「這又能說明什麼？」費爾丁問。

「她妹妹——蓓琪曾告訴我，在舞台上漢娜跟她說過話。蓓琪說好像在說『魔符』，其實應該是『模糊』。那時候漢娜的眼睛生病了。然後，就發生了後面的慘劇。」

費爾丁說：「這段時間，她的眼睛一直不太好，說是因為化妝品過敏。」

布朗點了點頭說：「因為這個原因，她一直在滴眼藥。下午我拿眼藥水去化驗了。」

費爾丁一言不發。

「化驗結果表明，瓶裡的藥水仍然是漢娜常用的眼藥，但是瓶口殘留的一些藥水卻出了問題。那種藥水一般用於眼科醫生給病人檢查，點上之後有散膜的作用。是有人暗地裡換了她的眼藥水，才致使她視力模糊出現差池的。」

費爾丁大怒，他一下子從椅子上跳起來，並將椅子砸向牆壁，大聲叫嚷：「是彼德！這個混蛋！最近，他也檢查過眼睛，還配了一副隱形眼鏡！」

「一開始，我也是這麼懷疑的。可我作了一些調查後，發現不是這樣。散瞳藥是一種特殊的藥品，是屬於醫師處方箋的管制藥品。在普通藥店不會出售。製藥廠會把這種藥品直接賣給眼科醫生。它的藥性很強，只要眼睛裡點上一滴，不出二十分鐘，瞳孔就會擴大。所以不是彼德，他拿不到那種藥。」

「看起來，你已經知道是誰幹的了？」馬克警官說。

「是的，警官。這個人很狡猾，他把藥水悄悄地調了包，讓漢娜誤用，然後再神不知鬼不覺地把原來的藥水換回來。只是，有一點他忽略了。因為空氣的壓力，一些散瞳藥水還殘留在吸管裡。」

「馬戲團這麼多人，誰都可能調換！也許是馬克，他們同在一個化妝室裡很方便。」費爾丁激動地大聲說道。

「可是，他沒法弄到藥水。下面我們說說葛麗亞和彼德。出事的時候，葛麗亞正跟動物們在一起。而彼德正在人群中戲耍。是的，他可能有時間走開一會兒。可是，他身上正戴著笨重的道具服裝，根本來不及那麼快換回藥水。那時候，整個馬戲團裡只有一個人最方便。他不用參加演出，可以隨意在後台走動。即便他出現在後台，也是再正常不過的事情。那個人就是你，費爾丁先生——馬戲團的老闆。」

費爾丁啞口無言。

布朗接著說：「在這裡面，也只有你能夠拿到這種藥水，因為你哥哥是個眼科專家，而且就住在聖安東尼奧。」

沈默了一會兒，費爾丁終於承認了：「我只能那麼做！她要離開了。她一走，馬戲團幾乎就垮了。得到一筆賠償金，馬戲團才能減少一點損失。那是最好的辦法！」

事情總算告一段落。布朗輕鬆地走出辦公室，在拖車的台階上停留了一會兒。已經是黃昏了，天氣很涼爽，清風徐徐。他看了一下手錶，時間還早，來得及乘坐回紐約的晚班飛機。

可是，著什麼急呢？他可以先去找一下蓓琪，有許多事情她有權知道。

椰子糖

從一開始，對於這個案子，邁克警探就有著濃厚的興趣。不過，從醫院護送芭芭拉小姐回家時，他的身分不再是一個粗獷硬朗的警探。芭芭拉小姐的妹妹不幸去世了，醫院的緊急手術也是回天乏力。

一路上，邁克警探緩緩地開著車。他的旁邊正端正地坐著芭芭拉小姐。他不由得想起了那段已經被人們遺忘的日子。在那段日子裡，每個禮拜天的清晨，兩個小女孩就會去教堂做禮拜。她們兩個的裝束總是相同的：戴著白手套，穿著發硬的、有襯裡的裙子，梳著兩條繫有緞帶的辮子。可現在，其中的一個不幸去世了。她是被人掐死的！兇手已經逃竄了，他可能就躲在街上的某一棟房子裡，弄得街坊鄰裡個個人心惶惶的。

在庭院車道的陰暗處，警探停下車，他邁著充滿力度的步子，替芭芭拉小姐拉開車門。芭芭拉小姐伸出纖細的手，搭在他伸過來的胳膊上，一副弱不禁風的樣子。他攙扶著她一路走到法式落地門前，開了門，他尾隨在她的身後來到屋裡。

電燈打開了，一間乾淨整齊的屋子映入邁克警探的眼簾。

芭芭拉小姐已經七十五歲，一張輪廓美好長滿皺紋的臉上，鑲嵌著兩隻藍色的眼睛，眼睛裡充滿了憂鬱與哀傷。

「邁克先生，請隨便坐，來杯茶吧？」她壓抑著自己的情緒，語氣和善地說道。

「好的。」

「邁克先生，我知道，你有問題想問我。你儘管問吧，我已經準備好了。」她一邊擺放著茶壺和杯子，一邊說。

接著，她用緩緩的語調敘述她的故事——

這裡是孿生姐妹二人的住所，兩人單獨居住此地，平時少有娛樂。朋友也不多，僅有兩三個。偶爾，也會跟朋友們一起喝喝茶、玩一會兒橋牌。

「那麼，說說今晚發生的事。」他清清嗓子，示意她切入正題。

「晚上的事情，事先並沒有徵兆。下午的時候，我新軋碎了一些椰子，做了椰子糖。我也就這點嗜好，偶爾會做點兒糖果。這也是我們家的習慣。」她的聲音在不停地顫抖。深吸了一口氣，她接著說：「距離這裡不遠的一條街道，住著一戶窮人。一家五口只有一個大人，還是個年輕女人，四個孩子裡有一對雙胞胎姐妹，跟我和我妹妹的情形一樣。」

邁克警探點點頭，他知道這一老一小兩對孿生姐妹，肯定會培養出親密的關係。

「在雜貨店裡，我們經常碰到她們，有時候，也會在街上跟她們相遇。我和妹妹就時不時地幫孩子們做些小事情。」

「你們很有善心。」邁克警探說。

她抬起藍色眼睛對警官說：「其實，受益最多的還是我們。我們喜歡孩子，跟她們在一起，我們覺得特別快樂。今天，我得知其中有一個小姑娘得病了。於是，我趕緊去找了醫生。吃了藥，孩子的病好轉了許多。她跟我說，她想吃糖。我向她保證，下次一定帶椰子糖給她。」

「所以，今天晚上，你妹妹出去送椰子糖？」

她點了點頭，淚水在眼眶裡打轉，用哽咽的聲音說：「她跟我說，送去之後馬上就回來。可是，她再也沒有回來。我打電話給那邊公寓的管理員，請她幫忙叫一下妹妹。卻得知她根本不在那裡。」

她陷入了沈默，若有所思，痛苦地抿著柔軟的嘴唇。

終於，她又開口了。「我趕緊出去找她，在雜貨店旁邊——我發現了她。那個小巷很黑……」她說著，聲音時斷時續。

她緊握雙手放在膝蓋上，繼續說：「走到那裡時，我聽見一陣輕聲的呻吟。接著，我看見地上有個黑影，我立刻認出了她。有個人在擊打她的頭部，還搶走了她的皮包。搶包的時候，還吃了一些糖。人都被他打成那樣了，他還吃糖！」她渾身上下都在顫抖。

「那人應該是個吸毒者，吸毒的人都嗜糖。」邁克警探說。

「我妹妹說那個人很年輕，是個高個子，臉上有一道疤痕，形狀像『W』。」她哽咽著，一張臉已經沒了血色。

邁克警探，伸出手，輕輕地拍著她瘦削的肩膀。這時候，這個肩膀讓他聯想到了鳥兒那柔軟的翅膀。他柔聲說道：「走吧，芭芭拉小姐，我安排你去別的地方休息。」

「謝謝你！不用麻煩了，我想待在自己的房子裡，不想離開。」

「那好吧！隨你的意思。不過，你自己可得小心一點。連同這一次，已經是六週以來發生的第四次搶劫了。也許還更多，只是我們還沒有了解到。目前，你妹妹一人喪了命。」邁克警探說。

「都是那個年輕人幹的？」芭芭拉小姐的臉上泛了一陣紅。

「我們還不能完全肯定。不過，另一個女當事人的描述，跟你說的情況差不多，她說她在失去知覺之前，看了他一眼，看見他面頰上的『W』型疤痕。」邁克警探，站起身說道。

「也就是說，你們一直都在抓捕這個殺人不眨眼的惡魔，只是每次都不太走運？」

「是的。不過，我們會竭盡全力的。你要相信警方。」邁克警探有些灰頭土臉。

在回總局的路上，邁克警探滿腦子想的全是這件事。

走進無線電通訊室，邁克警探發布了一個命令——現在，開始全力逮捕一位高個子、二十多歲、臉上有「W」字型傷疤的嫌疑犯，他在搶劫時殺人。

通緝令發出以後，每天晚上邁克警探都會驅車前往芭芭拉家附近，在那裡巡邏守候。

而芭芭拉小姐，每天都會重複一個行為。這個行為，博得了邁克警探的一些好感。每晚天一黑，她就會從自己的那座老房子走出去，走向西邊的雜貨店，穿過十字路口，走完下一條街。然後，再原路返回。她的身影看起來，非常脆弱、無助。到家的時候，她總會在家門前停留一下，回頭打量一遍，自己走過的那條黑暗的石子路，然後，再走進房間。接著，她就上樓打開燈，拉好窗簾，休息了。

妹妹的葬禮舉行以後，她就開始了這樣的夜間巡禮。無論颳風下雨，從不間斷。好像是無限的悲傷，在後面驅使著她，讓她一次次的重新踏上那些道路，去親身體會妹妹的痛苦。

邁克警探開始為她擔心。因為說不定兇手就藏匿在哪個樹影裡，或者是黑暗的門邊。他在心裡祈禱，芭芭拉小姐新近出現的怪癖只是暫時的。如果，她一直持續如此的話，恐怕就得去看精神醫生了。

三個星期後的一天，一切一如往常。

邁克警探守在一個廣告牌後面，開始留意對面的道路。這個黑夜有些陰沈，他抬起胳膊看看手錶上的夜光指針。已經遲到十分鐘了，她怎麼還沒有出現？
突然，一個熟悉的人影優雅地從黑暗裡走出來。
她馬上就走到雜貨店那邊的陰暗角落了，還在四下張望，看樣子是想過街。
不能再讓她成為歹徒攻擊的目標，悲劇不能再重演了。邁克警探心想。
於是，他決定斜跨街道上前阻攔。誰知，就在這時，他看見了一個高高的人影。這個人影正弓著腰溜出黑暗的胡同，只見人影猛地從後面抱住了芭芭拉，一隻手勒住她的脖子，另一隻手去奪她的皮包。
「站住！」邁克警探大喊。
聞聲，那人迅速將芭芭拉小姐摔在路旁，躲在雜貨店的後面。
芭芭拉小姐急忙站起身來，上前阻攔邁克警探。
「邁克先生！」說著，她抓住他的手臂，倒在他的身上，他一下子失去了平衡，打了個趔趄，肩膀也險些撞上了屋角。她乘勢抱住了他，說道，「邁克先生，你怎麼在這裡？」接著，她用消瘦的手指緊緊抓住他的衣服。
「芭芭拉小姐，看在上帝的面上，快鬆開！那傢伙要逃走了！」他試圖甩開。
「邁克先生，我不想你去為我冒險，他身上也許有武器。」
「芭芭拉小姐！」他氣急敗壞地大叫，雙手用力往外掙脫。而她卻一下子向後傾倒在地上，同時，叫喊了一聲。

邁克警探連忙雙膝跪地，他的眼睛匆匆瞥了一下已經空無一人的胡同。

芭芭拉的臉煞白煞白的。

「對不起，芭芭拉小姐，我不是有意的。」說著，他伸手扶她起來。

不等他攙扶，她自己站起身來，說：「不關你的事，是我不小心絆了自己一跤。」

「那你看見強盜的臉了嗎？」

「看得不太清楚。不過，我肯定是同一個人。他很年輕，臉上掛著『W』字型的傷疤。」她說著，一雙藍色的眼睛彷彿在發光，那亮光看上去像是黑暗裡的一點燭火。

他快快不快地離開了。回到警局，他沖了一下冷水澡，但是，心裡依舊堵得厲害。

他用力地關上自己的櫃子。就在這時，他聽到聯絡中心的警察在門口叫他。

「什麼事？」

「剛有電話打來。說是找到了一個人，很像專從身後掐人的兇手。他是年輕人、個子很高、臉上有疤。」

聽到這個，邁克警探一下子來了精神，心裡暢快多了，「人呢？在哪兒？」

「在弗利公寓。沿河街一一四號。他女朋友下班後，去他房間找他，誰知，一進門發現他已經死了，尖叫著跑了出去。」

趕到弗利公寓，邁克警探走進了一間令人窒息的房間，他看見了伏在床邊的屍體。

「他就是我們要抓的那個人嗎？」邁克警探仔細地打量著死者的臉，目光在傷疤上停留了一下，問道。

「看樣子是錯不了。他的傷疤很特殊。」一個警察回答。

邁克警探來到了一個衣櫥跟前。他看見衣櫥堆滿了各式各樣的女式手提包。應該全是從被害者那搶來的。芭芭拉的在哪兒呢？他突然記起芭芭拉被搶時，他看見閃出了一道白光，像是一個小手提袋，深色鑲白邊。

他掃視了一下，在自己的腳邊，發現了一個鑲著白條的、樣式很久的藍皮包。

邁克警探撿起包，發現包上的開關已經壞了。打開皮包，他覺得呼吸一陣緊張。因為，在皮包的角落裡，他發現了一塊用糖紙包裹的糖。

緩緩地剝開糖紙，裡面是一塊看著非常可口的椰子糖。

「醫生，兇手的死因是什麼？我現在就想知道。」邁克警探大聲問道，看得出來他有些激動。

「你們這些人永遠都是這麼著急。我已經看過了，確信他死於砒霜中毒。到時候，驗屍官會證明我的結論。」醫生的語氣很篤定。

「化驗室的人在地板上找到了一小張薄紙。這是老式糖果店的糖紙。」另一個警察說。

「他們發現的事情，我從來不覺得驚訝！」邁克警探說。

芭芭拉小姐的家中，她身披法蘭絨睡袍、腳穿拖鞋，領著邁克警探進了客廳。

「很抱歉，打擾你休息了。不過，我必須得這麼做。」邁克警探說。

「要喝茶嗎？」

「這次不喝了，請坐。我有話要說。」邁克警探凝視著她，嘆了口氣說道。

她優雅地在沙發邊上坐下來，雙手放在膝蓋上。

「你的皮包是不是暗藍色、帶白邊的？」邁克警探直截了當地問道。

「是的，我想，你已經見到它了。」

「你的皮包出現在一個死者的房間。死者是個年輕人，臉上有『W』字型疤痕。」

聽著這樣的敘述，芭芭拉小姐的嘴角出現了一絲笑意。

「芭芭拉小姐，你騙了我！」他大吼。

「哦，邁克先生！別這樣，我沒騙你！」

「行了，別撒謊了！你拿自己做誘餌，天天晚上出去散步。目的就是等他出來，讓他攻擊你。終於，如你所願，他出現了搶走了你事先準備好的皮包。你就故意攔住我，讓他拿著你給他準備的東西逃走。那裡面應該有一點鈔票，還裝著摻有砒霜的糖！」邁克警探踢了一下桌腿，憤怒地說。

「砒霜？我上哪兒去找這東西？」芭芭拉小姐一臉無辜地問。

「別再打馬虎眼了。你有玫瑰花園，去藥房弄點砒霜還不容易？那些帶著砒霜的糖，差不多全被他吃完了！」說著，邁克警探額頭上青筋爆裂。

「他全吃了？」

他把手伸進衣兜，掏出從現場帶回來的糖。

「這一塊糖，塞在皮包角上，估計他沒有看見。現在，你還想抵賴嗎？」他假裝小心翼翼的樣子，剝開了糖紙說。

「邁克先生，你看這塊糖，看起來多可愛。雖然，它被那麼多人扭來扭去，但是，還是很誘人。」她緩緩地起身站立說道。

趁他不留神，芭芭拉小姐一把抓住那塊糖，迅速塞進了嘴裡，囫圇個吞咽了下去。

邁克警探還沒有反應過來，那塊糖已經被她吃進肚子裡了。

對著瞠目結舌的邁克警探，她投去了一個柔和的微笑。

「邁克先生，你看，我吃的糖有毒嗎？」

他無奈地搖搖頭說：「芭芭拉小姐，你的勇氣我已經見識過了，你敢做任何事情。你的確吃下去了一塊有毒的糖，不過，一塊糖的毒性應該不大，肯定不足以致命。」

「我銷毀了證據，你會逮捕我嗎？」她問道。

「哦，不會，我不會那麼做。即便是我們能證明有毒的糖是你做的，因為，你並沒有請任何人來品嚐。可是，你的那個皮包，卻能充分地說明你受了罪犯的攻擊。」邁克如實地回答說。

芭芭拉小姐送他到門口，「邁克先生，如果你願意的話，可以隨時再過來喝茶。」

他用眼睛打量了她一番，「不了，謝謝你的好意。我想，我們以後不會再見面了。」

她拍了拍他的手，動作很溫柔，接著，又點了點頭。然後，她站在門前，目送著他遠去，直到他的身影徹底消失在夜幕裡。

移花接木

時間是星期五，下午四點，我開車進入家用的車道，就在這時，我看見前門站著一個肥胖的男人，他正準備關門。

我一陣驚愕，因為我根本不認識他。

顯然，他也注意到了我。他站在原地，臉上擠出一絲笑意，那笑看起來很假。雖然，我們之間相距有三十米，但是我也看得真切。

我走下車。頓時，他臉上笑意全無。我想他一定看到了我滿是憤怒的臉。而且，他肯定也正為我的身材發忧。我身高六呎三吋、體重二百三十磅，看上去很彪悍。

是的，他很肥胖。可那算不了什麼！一個矮小的胖子，在我面前根本不值得一提，絕對不堪一擊。「你是什麼人？為什麼出現在我家？」我不客氣地問道。

「你家？這麼說，你就是懷特先生？」

「你怎麼知道我的名字？」

「我在外面的信箱上看到的。」

「那你進我家做什麼？」

「我沒有進去啊！」他一臉迷惑地回答。

「少給我裝糊塗！我明明看見你在關門！」

「我沒有！我想，你一定是搞錯了，懷特先生。我是從門前離開。我敲敲門沒人應聲，就準備離開。」

「別說這些沒用的廢話！我的視力很好，看得很清楚！你最好早點實話實說！」

「我沒有撒謊。我是便利吸塵器公司的，我來你家就是想詢問一下——」他說。

「能拿出證據嗎？」

他把手伸進西服暗袋，摸索了半天，從裡面掏出一張很小的名片。接過白色的名片，我看見上面的名字是富曼，身分是便利吸塵器公司的推銷員。「給我看看你的駕照。」我說。

他不安地說：「說起來真讓人尷尬，懷特先生，我——我今早把皮夾子弄丟了。」

我上前一把揪住他，將他押到門口。

留意了一下防盜鈴，我發現紅燈沒亮。看來，防盜鈴沒被碰過。

打開門我推搡著他進屋。一股霉味迎面撲來。屋子關閉了幾天，總會有這種味道。這趟紐約生意旅行，今天已經是第八天了，原打算是十天。我不在家的這段日子，管家一星期只會過來一回。

我打量了一下屋子，屋裡的擺設都沒有動——電視、音響，還有我蒐集的一些東方藝術品，還在原先的位置。這都是小問題。最讓我掛懷的是一些祕密記錄和帳冊。這些寶貝被我鎖在書房的保險櫃裡。

於是，我要求他脫下外套，開始逐一搜查所有的口袋。接著，我檢查了他的褲子，還是毫無所獲。我急了，乾脆命令他轉過身，學著電影裡警察的樣子，用手在他身上拍了拍。折騰了一番，依然沒個結果。

「懷特先生，真的是個誤會。我不是小偷，我只是一個推銷員。我的全身上下你也搜查過了，我沒有拿你的東西。」他又開始解釋。

或許是吧。可是我分明看見他在關房門準備離開。這裡面一定有蹊蹺，我總感覺這個小矮人行為可疑，他一定偷拿了什麼。不過，他究竟偷走了什麼？東西又藏在哪兒了呢？

想到這裡，我扭住他的手臂，將他帶進浴室。

「懷特先生，你打算怎麼對付我？你這是人身迫害。」他穩住身體，別過頭說。

「那得看看你的表現，也不排除帶你去警局。」

「去警局？可你無權囚禁我。」

我不理他那一套。徑直走到門前，取下鑰匙把他關在裡面。

接著，我趕緊來到樓下的書房。那幅法國著名畫家馬蒂斯的畫還安安穩穩地掛在那裡。畫後面的保險箱也完好無損。打開保險箱，我發現記錄、帳冊還一樣不少地擺在裡面。

這些都是要命的東西。如果不幸被心術不正的人拿去，我的麻煩可就大了。我將會陷入異常的尷尬之中，或許會遭到接連不斷的敲詐勒索，甚至還會性命不保。當然，這些並不是什麼非法的勾當。而是我所負責的一些帳目涉及的一些暗帳。

我又檢查了保險櫃的其他東西。發現裡面的兩千元現金、一些珠寶和一些私人文件，也都安然無恙。於是，我掃視了一下寫字檯還是沒有異常。

我有些迷惑，一一排查了屋子裡剩餘的房間。我發現，廚房的後門曾經被撬開過。門外面的防盜鈴電線被裹上了膠布，看樣子是為了接通電源。

我禁不住開始懷疑自己，也許是我看錯了？也許我確實冤枉了他？可是，這個該死的胖子確實是進屋了，而且他還沒有身分證，看起來鬼頭鬼腦的。

看來，他確實不是來偷東西的，也不像在尋找什麼。

那麼，他可能是個私家偵探，故意來這裡放置什麼東西？比如說，栽贓。可是，我也沒發現屋子裡多出什麼東西，經過這樣仔細的搜查，就算真有的話也早該發現了。

此外，要是他想拿到證據起訴我的話，保險箱裡的證據足夠了。不過，我能勝任自己的工作，跟顧客相處得也很不錯，沒有樹立什麼仇敵。

還有，他是來偷東西的，卻幫我修好了防盜鈴。

想著想著，我頭有些暈，實在想不出個所以然來。於是，我帶著生氣和沮喪的心情，返回了浴室，打開房門。胖子滿臉是汗，他正在用我的毛巾擦拭。

一見我進來，他就問道：「懷特先生，我可以走了嗎？」語氣聽起來有些僵硬。

我別無他法，只能放走他。

他毫不猶豫地穿過屋子，大步向門口走去，看樣子他對這個屋子已經相當熟悉。

目送他走遠後，我返回屋子，拿起酒杯自斟自飲。我沮喪極了，這一輩子都沒有這樣沮喪過。那個該死的胖子，一定把我什麼東西帶走了，我發誓！

可他到底拿走了什麼呢？我的老天！他又是怎麼從我的眼皮子底下拿走的？

次日上午，我的疑團解開了。

時間是十點三刻，我正在書房處理一個帳目，門鈴聲大作。打開門，我看見門口出現了一對老年夫妻，他們穿戴整齊地站著，笑容可掬，可我壓根兒沒見過他們。

「哦，你肯定是懷特先生吧，我是羅查。我們恰好經過這裡，想進來看看。我看見門口停著汽車，料想你可能在家，所以就想著進來跟你見個面。」老先生愉快地說道。

我一臉茫然，丈二和尚摸不著頭腦。

「這地方的環境看起來不錯。我們住在這裡一定很快樂。」羅查太太充滿期待地說。

「是的，懷特先生。之前，你的代理人已經領我們看過這個地方了。我們一來，馬上就決定買下這裡。這樣的環境只賣十萬元，對我們來說，再合適不過了，以後肯定碰不上這樣的價錢了。」羅查先生附和太太，說道。

聽完這話，一股憤怒、絕望之情，頓時在我心裡升騰起來。

終於，我明白了事情的真相——昨天下午，羅查夫婦本和我的「代理人」約好了來這裡見面，屆時他們交給他十萬元的銀行支票。可是，羅查夫婦臨時有事，沒有前來赴約。所以，昨天晚上，也就是我放走那個胖子以後，他們在家裡交了房款。於是，這個「代理人」，把有我簽字的各項文件給了他們，完成了整個程序。文件的簽名無疑是假的！可是，在法庭上，我無法證明！而且，羅查夫婦拿著寫有我簽名的文件，就算我怎麼矢口否認，到最後難免還會落得一個跟房地產經紀人，共謀欺詐十萬元的罪名！

我已經知道那個胖子的真正用意了！他很聰明，也很大膽，而且非常無恥！

是的，他沒有偷走屋裡的任何東西！

可是，他竟盜取了我的整棟屋子！

藍寶石戒子

墨西哥酒店的早餐桌旁，圍坐著三位中年女士，她們很隨意地披著外套，從穿著上可以看出，她們幾個應該住在費城郊區上流社會住宅區。

其中一位叫愛倫．亞內爾的小姐用西班牙語喊服務生：「請給我來杯咖啡。」她知道如何與外國服務生打交道，因為她曾在國外旅行過一段時間。

三人中年紀最長的維拉．朱麗特夫人說：「嗯，咖啡要半熱的。」因為她感到墨西哥的早點很涼。這時最後一位女士路茜小姐看了看錶，卻沒有說話，心想馬瑞歐該到了。不一會兒，服務生便端來一壺半熱的咖啡，放到了她們面前的餐桌上。

「聽我說，路茜。」愛倫說，「如果能讓馬瑞歐早點來的話，我們就能到外面找個更好的地方，吃上一頓熱點的早飯了。」

「他已經為我們做了很多事了。」路茜說。昨天，馬瑞歐導遊還划船送她們去雪契米科水上花園！就在那裡，她看到了那雙腿，那是一雙強壯的腿，標準的墨西哥人粗野的雙腳，想到這些她的臉就會激動地微微發紅。

路茜．布朗小姐已經過了五十二年的獨身生活，但這種寧靜被那雙男人的腿給打破了，這個令人心煩意亂的變化，是她到達墨西哥一個月以來才發生的。這個變化許多年前就發生了，那時候她父親剛剛去世，令她意外的是留給她一筆遺產。路茜小姐和馬瑞歐在墨西哥相遇，使她發現了這種變化。

那天注定會是特別的一天。當她醒來時，陽光灑進酒店的臥室裡。路茜有一種渴望自由的感覺，這種感覺一直存在並隱隱地撼動著她的靈魂。吃早飯時，她的兩個女伴喋喋不休地談論著清晨空氣的寒冷，抱怨著塔西克城人的勢利……但這一切都不能中斷這種感覺。

路茜小姐一直生活在費城，塔西克城褪色的粉紅色屋頂，閣樓呈羽毛形狀的教堂，讓她覺得這是一個不可能實現的夢。這是個有著玫瑰紅的古老城市。讓她感到在旅途中最快樂的是她看到了那枚戒指。在樹葉廣場的一個銀器店裡，維拉和埃倫正在為一個銀壺和店主討價還價時，路茜看到了那枚戒指。在她的眼裡，它並不高貴好看，甚至可以說得上粗俗。戒面上是一顆碩大的藍寶石，但並不值錢，戒托是銀質的。吸引路茜的是戒指中似乎閃爍著一種神祕的光芒。她伸手戴上了這枚戒指，對著光線，戒指反射出了上午的陽光。她覺得它比她母親的訂婚戒指還要好很多，儘管母親那枚訂婚戒指的價格比這枚寶石戒指貴很多。路茜小姐感到很高興。她看了一眼仍在和店主爭論的艾拉和愛倫，想把戒指從手指上取下來，但戒指在手指上紋絲不動。

這時艾拉和愛倫恰巧轉過身來也看到了它，立刻叫了起來：「路茜，它真漂亮。簡直像一枚訂婚戒指。」

路茜小姐臉紅著道：「我只是想試試，它對我來說太年輕了，不適合我戴。」她繼續想把戒指弄下來，墨西哥店主在旁邊低聲恭維說這枚戒指非常適合她。

「要不就買下它吧！」愛倫勸她。

實在拔不下來，路茜小姐只好用遠超過那枚藍寶石戒指的價錢把它買了下來。那筆錢相對於她繼承的遺產只是九牛一毛。這次旅行，經濟方面的事由在這方面很「在行」的愛倫負責。因此看到戒指卡在路茜小姐的手指上，她本想和店主還還價，但路茜小姐說：「回酒店我會在熱水中放點肥皂，然後泡一下手指，就能把它弄下來了。」不過回去後她並沒有想起把戒指弄下來了。

路茜小姐在塔西克城感到精力特別充沛。晚上吃飯前，維拉和愛倫都在房間裡休息，想減輕一下腳的酸痛感，而她決定再去一趟廣場上的聖塔．普里斯卡教堂。因為白天參觀這個教堂是和她的女伴在一起的，她總覺得不太自在，她想獨自在灰暗、簡陋、冷清的教堂裡體會與自己家鄉教堂不同的氣氛。

路茜小姐穿過橡木門，慢慢走進教堂大廳。聖女像在她面前隱約顯現，聖壇上修飾著黃金葉花朵和天使像。一位身著黑衣的老年婦人，手裡拿著蠟燭，燭光照在聖女像上。這時，有一條狗跑進教堂，溜達了一圈，又跑了出去。這樣的場景，使路茜小姐產生一種感受，這是一種奇特的感受。她自己也說不清這種感覺，看著眼前帶著天主教和異國情調的畫面，似乎這些畫面在召喚她。她在這種召喚下，開始模仿著那個年老的農婦，屈膝跪下祈禱。在灰暗的燭光下，她的藍寶石戒指閃動著奇異的光芒，和教堂裡發出的光芒一樣。

路茜小姐剛剛祈禱不久，她的右側來了一個男人。她站起來，轉過頭就看到一個墨西哥小夥子。他穿著一塵不染的白衣跪在聖女像前面，有一頭濃密的黑髮。他虔誠地跪著，額頭被聖女像前的蠟燭反射出一些光亮。路茜小姐站起身時，他們的目光正好相遇。那只是驚鴻一瞥，但他的樣子給她留下了非常深刻的印象。他的皮膚是褐色的，雙眼很奇特，看得出來，他應該有一顆深沈、溫和的心。

總之，簡短的相遇，讓她感覺到了這個陌生城市的人，看到了他們的內心。這次的相遇，使她記住了那個墨西哥小夥子。當然，她是不會把這個告訴她的兩個女伴的。

路茜小姐離開教堂，在她向酒店走回去的時候，街上已經沒幾個人了。黃昏剛剛過去，現在已經是晚上了。她孤獨的腳步聲回響在寂寞的石板路上，這時一個男人的影子歪歪斜斜地向她走來。現在街上除了他們倆，沒有第三個行人，路茜小姐提醒自己，前面是個醉鬼，要離他遠點。雖然如此，但她並不害怕。那個喝醉的人，東倒西歪地走著，離她越來越近。

路茜小姐很想返回去，但想到自己是美國人就取消了這個念頭，美國人應該不會被傷害的。她就繼續往前走。

她開始有些害怕了，當她走到那男人面前時。他斜眼看著她，向她招手要錢。路茜看清了，這是個滿臉鬍子的流浪漢，說著她聽不懂的西班牙醉話。她是從他的表情和手勢猜出他在乞討的。她搖搖頭，準備繼續往前走。流浪漢突然伸出骯髒的手，拉住了她的衣袖，她使勁甩開了那隻手。流浪漢眼裡閃現出憤怒的神情，他氣憤地舉起手臂。路茜小姐不由自主地向後退了一步，路面上的石板縫隙卡住了她的鞋跟兒，她摔倒了，還扭傷了腳踝，躺在那兒不能動了。

其實那個醉漢也許並不想傷害她，這時，路茜小姐真正害怕了。一種突如其來的恐懼感壓在她的胸口，何況那個流浪漢這時還站在她旁邊。

這時在街邊的陰影中，忽然出現了第二個男人的身影，一個整齊而乾淨的男人。她知道這是教堂裡的那個小夥子，雖然路茜小姐看不清他的臉。他趕走了流浪漢，向自己走來。

這個人離自己越來越近，然後他覺得有一隻大手扶住她的背，把她拉了起來。他的語調很溫和，充滿關心。雖然她聽不懂他說的墨西哥話。

他看了看流浪漢離開的方向說道：「女士，他已經走了。」這個墨西哥年輕人的牙齒很白，像他的衣服一樣潔白。他繼續說道，「我剛從教堂那邊過來，我叫馬瑞歐，就是這個城市的人。你住哪裡，我送你回去吧？」

馬瑞歐一直把路茜小姐送到酒店，看到路茜小姐的腳踝很痛，幾乎不能走路，又把她扶到房間。維拉和愛倫看到她這個樣子，都很吃驚。愛倫看到馬瑞歐仍然站在一邊一直看著路茜小姐，便拿起她的錢袋說：「路茜，他把你送了回來，該給他多少錢表示感謝呢？」

路茜小姐心想，給錢對這個年輕人來說是一種侮辱，便說：「不用了。」

馬瑞歐好像聽懂了她的心思，他說了幾句路茜小姐不怎麼能聽懂的話。最後馬瑞歐吻了吻那戴藍寶石戒指的手，鞠了個躬，很有禮貌地告別離開了。

就這樣，馬瑞歐進入了這三位女士的生活。這件事情過後的第二天早上，他到酒店找到了路茜小姐。

路茜小姐這一次才真正看清他的臉。他的睫毛很長且離眼睛很近，嘴唇很厚，上面有兩撇八字鬍，鬍鬚卻很稀疏，長得並不好看。但他的手指修長有力。熱情又可信，是她對這個小夥子的整體印象。

他想給幾位女士當導遊，並解釋說，自己現在還是個大學生，想在假期掙點生活費。昨晚他看到路茜小姐的腳扭傷了，便送她回酒店。他還說，自己可以做她們的司機，並幫她們雇輛車。但他要的報酬比她們想像得還低。

馬瑞歐第二天便租了一輛車，便宜的租金，讓一向精於算計的愛倫小姐也十分滿意。這樣馬瑞歐開始了熱情而認真的導遊工作，帶著幾位女士在幾個風景區遊覽。

三位女士都很高興，路茜小姐尤其高興，因為有禮貌有加的馬瑞歐陪伴。一天，他帶她們爬玻普卡貝特山，這是他為她們建議的旅遊計畫之一，經過幾個小時的努力，美麗而神祕的峰頂出現在他們面前，幾位女士高興而又激動。在只有馬瑞歐和路茜小姐兩個人的時候，馬瑞歐會輕輕地握著她的手，不斷地撫摸著。被他那雙大手握住，路茜小姐感到手上的那個寶石戒指又收緊了一些。但她並沒有感到疼痛，卻有一種完全相反的感覺。覺得馬瑞歐撫摸她的手，是想繞過語言的障礙告訴她，能和她一起享受這次美妙的旅行，他覺得很愉快。

這次登山之行後，路茜小姐決定離開這裡，去墨西哥城。

她讓愛倫帶去了額外的幾百比索酬勞，還讓愛倫告訴馬瑞歐，他不用做她們的導遊了，她們準備離開這裡了。馬瑞歐沒有要那些錢，卻來到了路茜小姐的住處。告訴她墨西哥城的一些人很不友好，並伸出他強壯的胳膊說，我可以保護你們，我還能為你們介紹墨西哥城裡的景色。他揮動著強壯的胳膊，好像要擁抱天空和太陽，還有墨西哥的群山。路茜小姐看著他黑色的眼睛和長長的睫毛，覺得它們像他張開的雙臂一樣在擁抱著自己。

路茜小姐覺得有一種情感，促使她同意了馬瑞歐的請求。就這樣，馬瑞歐和她們一起來到了墨西哥城。住下之後，他們做好了的遊覽計畫，決定兩個星期後去墨西哥金字塔。

這天，在去墨西哥金字塔的路上，路茜小姐和馬瑞歐依然坐在前面。馬瑞歐的駕駛技術很棒，路茜小姐喜歡看他全神貫注開車時的樣子，也喜歡聽他不時地低聲自語。但不想讓他有時注視自己的臉，然後目光向下，滑到她的胸前。

馬瑞歐的目光，讓她有些不自然，便用英語對他說道：「馬瑞歐，你是他們說的那種花花公子嗎？你肯定認識很多女孩吧！」

他好像沒聽懂似的沈默了一會兒，說：「漂亮女人，花花公子，你在說我嗎？不。」他把手伸進口袋，拿出一張照片，「路茜小姐這就是我的女孩……」

路茜小姐拿過照片，發現是一位比她還老的婦人。她頭髮灰白、眼神憂傷，歲月和病痛在她的臉上留下滄桑印跡。路茜小姐感慨道：「是你媽媽，給我講講她的故事，行嗎？」

馬瑞歐用有限的英語詞彙，告訴她關於他媽媽的故事。他家非常窮，她媽媽一輩子都住在一個叫古德羅斯的小村子，艱難地撫養著一群沒有父親的孩子，像是人間的聖女。路茜小姐從他的話裡聽出他對她母親的熱愛。

聽完馬瑞歐關於他媽媽的話。路茜小姐打算，在她的旅行快結束時，向馬瑞歐打聽他母親的地址，然後寄一筆錢給她母親，讓她能幫助馬瑞歐讀完大學。馬瑞歐或許會因為過分的自尊而不會接受，但他媽媽，應該會接受的。

「那是金字塔吧？」正在思索的路茜小姐被愛倫的聲音打斷了，「嗯，它們還是不如埃及的金字塔。」愛倫說道。

前面有兩座金子塔，一座是太陽金字塔，另一座是月亮金字塔。路茜小姐被這兩座金子塔打動了，她凝視著古老、幽暗的金字塔，一種奇異的興奮感躍上心頭。在塔西克城的教堂裡，她也同樣碰到過這種感覺。

「我是爬不上去這些石階了，」愛倫喪氣地說，「天氣太熱，我也太老了。」

維拉也老了，儘管她沒覺得熱。她衣服披在肩上，站在金字塔底，點起了她經常抽的香煙，對路茜說：「你去吧，你比我們年輕，而且也喜歡運動。」

就這樣路茜和馬瑞歐開始攀登太陽金子塔。

路茜在馬瑞歐的幫助下，爬到了太陽金字塔的頂上。雖然攀爬這些石階令她感覺到很累，但登上塔頂的感覺讓她異常興奮。

這裡就他們兩個人，他們緊挨著坐在一起。一個是費城來的富家小姐，一個是偏僻小村裡的窮小子。他們看著眼前的大平原、古老的村莊和附近錯落有致的廟宇。從塔頂俯視可以看到從廟宇通向月亮金字塔的路，這條路被稱為死亡之路。馬瑞歐開始給她講，關於祭祀儀式的事。過去，這種儀式每年都有一次。

路茜小姐手托著下巴，出神地想著他說的景象：人群湧向他們腳下的平原；巫師站在中間的石階上；塔頂就是馬瑞歐，一個一塵不染的年輕人。

馬瑞歐被村民們當做祭祀的祭品，會被奉獻給神靈。她突然對他很憐憫，便伸出了她的手——那隻左手，上面戴著無法摘下的戒指。她把左手伸向他的手，被他溫暖有力的手指輕輕地握住……

路茜小姐幾乎不知道，馬瑞歐是在什麼時候摟住了自己，他的頭貼在她的胸前。直到她聞到，他皮膚和頭髮間的氣味，她才猛然醒悟過來。她掙開他的雙手，似乎從夢裡回到了眼前。她想起兩個女伴還在塔下等著，並且現在天色不早了，還要回去。

返回的路上，路茜小姐決定自己和維拉坐在後面，換愛倫到前面和馬瑞歐坐在一起。

回到酒店後，路茜小姐對馬瑞歐說：「明天是星期天，你還是休息一下吧，不用來陪我們了。」他並不同意路茜的話。當路茜反覆說道：「明天不行，馬瑞歐。」他失望極了，滿臉痛苦的神色。但很快，他的表情變了，他的眼神不停地逼視著路茜的雙眼。

回到房間後，路茜小姐捂著胸口，感到心突突地跳個不停。那眼神所代表的感情，是她以前從不敢妄想的東西。她知道，那眼神在渴望著什麼。

馬瑞歐在追求她，由於一些原因，她不能明白，而她的心裡也從未去想過。現在她有點確定了，他在積極地追求她。

晚上在睡覺之前，路茜做了幾件以前她從不敢做的事。

她穿著睡衣站在臥室裡，長時間面對著長鏡。她感嘆道，自己也是一個女人啊！

路茜沒有在鏡子裡看到，自己有什麼特別的地方。但她的內心，將要發生驚人的變化。她年輕的時候就不漂亮，何況現在已經人到中年了。一些頭髮也開始變白了，在她眼睛周圍，都能看到歲月留下的陰影與皺紋。但她的眼神依然清澈，現在她覺得自己很快樂。睡衣下面的胸脯依然挺實，但她的身材……實際上，不管是她的面孔還是她的身材，都沒有能夠吸引人的地方，而她卻被馬瑞歐追求。她想，這個墨西哥的英俊年輕人，一定是從她身上發現了某種吸引人的東西。

路茜小姐知道，不少年輕人追求年老的女人，最後只是希望繼承她們的財產。但馬瑞歐並不知道，路茜小姐是她們三人中最富有的一個，只有費城的一個律師和她家族的一些人，才知道她真正擁有多少財產。如果馬瑞歐是為了錢，他就該去追求愛倫，愛倫負責她們的錢袋。而且她們約定，在任何時候都不讓任何人知道，她手裡的錢實際上是屬於路茜的。

路茜小姐面貌普通、衣著簡單，沒有任何地方顯示出她是個有錢人。她母親的訂婚戒指上有一顆價格昂貴的鑽石，然而只有精於此道的珠寶商才能看得出來。而她剛買的藍寶石戒指，也不值得任何人為它花費太多的時間與精力。假如誰能把它從手指上取下來，作為感謝，她會很情願把這枚戒指送給他。

不，墨西哥城裡有很多女人比她更富有。還有更多的女人比她年輕、漂亮、美麗，更值得馬瑞歐去追求，還有……突然，路茜小姐為這個驀然想到的想法感到一絲恐懼。

她的神經，被她未婚女性的本能觸動了。這使她感覺到一種將要來臨的危險。路茜小姐下定了決心，必須了結這件事。

路茜小姐和維拉在長途車站等候，路茜小姐靜靜地坐在車站的座位上。她們都拉緊了自己的外衣，外面好像很冷。維拉有點感冒了，總是好不了。春日的陽光照耀著大地，但今天路茜小姐卻感覺到了陣陣的冷意，她的雙眼和鼻子都是紅紅的。

她們在等另一個夥伴——愛倫。她沒和路茜她們兩個一起去車站，是為了把錢付給馬瑞歐。現在愛倫還沒來，去帕茲考羅的汽車20分鐘後就要起程了。終於她們看到了愛倫，她的鼻子也是紅紅的。

「你不該那麼做，那樣太狠心了，路茜。」她抱怨道，把兩張一百比索的鈔票交給路茜，「我感覺給他錢時，他就像要發瘋了一樣。」她接著說，「而且他讀了你的信後，就像孩子一樣哭了起來。」

路茜小姐聽後默默不語。她一言不發地坐著，在去帕茲考羅的整個路上都是這樣。

寧靜的帕茲考羅湖旁邊有一家旅店，在旅店的走廊上，三位女士坐在桌旁，開始吃晚飯。愛倫邊吃邊說著第二天的計畫。路茜小姐心不在焉地吃著，四處張望著什麼。這時她看到了墨綠色的湖面，湖面上一串串的小島，還有在湖面飛過的禿鷹，牠們發出尖利的叫聲，貪婪地搜尋著動物的遺體。過了一會兒，她站起來說：「好像有點冷，我先回房間去了，晚安。」路茜小姐的房間裡有個不大的陽台，在這裡也可以看到湖面。

從陽台往下看，就是沈入黑暗裡的湖面，打魚歸來的漁夫們，用歡快的聲音交談著一天的收獲，有時還會唱一段當地的民歌。

路茜小姐安靜地坐在陽台裡，看著這些漁夫們，心中卻想著馬瑞歐。自從離開墨西哥城，她一直在想念馬瑞歐。現在她很後悔，後悔當時不該趕走馬瑞歐，她應該自己去和他談。現在他在想什麼呢？會不會在恨我呢？這個想法讓她心裡隱隱作痛，她傷害了他……

她忽然睜大了雙眼，因為她看到了一個雪白修長的身影，就在下面的漁夫中。路茜的眼睛眨也不眨地盯著他，心亂如麻。她扶著欄杆，極力向前張望，向黑暗中的白影望去。路茜確實看到一個熟悉的影子，優雅的身影在敏捷地閃動著。

馬瑞歐被留在數百英里外的墨西哥城了，這個絕不會是他。離開墨西哥城的時候，路茜還特別交代愛倫，一定不要告訴他，她們去了那裡。

她立在陽台上仔細地看著，白衣人影從遠處的湖面飄然而來。這時湖岸上射出了一片燈光，照在他的白衣上，這下路茜看清楚了，那就是馬瑞歐。

她的心就像一頭小鹿跳個不停，不知所措地探下身去。馬瑞歐就在她下面，在她陽台下面的湖面，越來越近。

馬瑞歐用西班牙語說：「路茜小姐，我終於找到你了。我知道，我一定能找到你的。」

「你是怎麼知道我們來到這裡的？」

「我去了長途汽車公司，裡面的人告訴我，你們三人到這裡來了。我就買了一張票，跟過來了。」馬瑞歐非常高興，雪白的牙齒隨著說話聲隱約閃現。「路茜小姐，你為什麼不打招呼就走了呢？甚至連再見也沒有說。」

路茜沒有回答。

「我現在找到你了，依然願意為你服務。明天和我到湖上去好嗎？最好避開那兩位女士，就我和你。湖上有月亮，天亮後我們還能看見日出。」

「好吧……」

「明早我會弄條船，在這裡等你，大概五點我來接你。」

「嗯……」

「晚安，我的小姐。」

路茜小姐從陽台回到房間，換好睡衣躺在床上，她覺得自己渾身顫抖。她一直到凌晨都還沒有平靜下來，過了一會兒，窗戶下傳來低低的口哨聲，這表示馬瑞歐已經到了，她感到自己仍在顫抖。

她急急忙忙地穿上衣服，理好頭髮，披了件外套，便跑出去了。這時候很安靜，沒人看見她穿過走廊，更沒有人看見她順著小路來到馬瑞歐的船上。他輕輕地把她扶上船，然後溫柔地吻了她的手。

她一點也不反對他這樣做，她像被神父引導到每個人都要經歷的那個神聖之地。

天上掛著檸檬色的滿月，馬瑞歐說得對。平靜的湖面上反射出銀色的月光。

路茜小姐坐在船上，完全沒有注意到陰涼的月光。她凝視著馬瑞歐，他站在船尾唱著歌，划著船探向湖心深處。他把褲子挽到膝蓋上，月光下她又看到那兩條強壯、粗野的腿。

路茜小姐以前沒聽他唱過歌，沒想到他的嗓音如此優美。歌聲初聽上去很甜美，仔細聽卻帶著一種說不出的憂傷。馬瑞歐一邊划船一邊注視著她，目光從上到下，最後停在她放在膝上的雙手。手指上那枚便宜的藍寶石戒指，在月光的照射下發出幽幽的光澤。

小船一直划向島嶼的湖心深處，路茜小姐已經忘記了時間、忘記了地點、忘記了一切。她看不到明亮的星辰和半彎的月亮。她能感受到的只有一種深沈的寧靜，這種寧靜的感覺好像要持續到天荒地老。

這時她聽到了馬瑞歐的說話聲：「聽，那是鳥兒們在歌唱。」

她回過神來聽到了這一座座島嶼中的鳥鳴聲，她想看看這些唱歌的鳥兒，但只能看到在天空中盤旋的禿鷹。

馬瑞歐把船停下來，對路茜小姐說：「我們現在吃早飯吧。」早飯有麵包、牛肉、黃油，還有奶酪，除此之外，他還帶了一瓶紅酒。

他把黃油用一把大折疊刀抹在一塊麵包上，拿給路茜小姐。她接過麵包，這才感覺真的是很餓。她邊吃麵包，邊喝著紅酒。酒精讓她感到特別高興，她覺得自己又回到了少女時代。無論馬瑞歐現在說什麼她都會笑，馬瑞歐也在笑，但他的目光有時會停留在她的手上。

他們像蜜月中的夫婦一樣吃著早飯。這時太陽已經出來了，金紅色的初升的太陽光芒灑向湖面。在這周圍，她只能看到禿鷹，還有就是遠處傳來的陣陣歌聲。

他們吃完了最後一片麵包，酒也喝完了，馬瑞歐又拿起槳，划向湖心更深處。他急急地划著，一句話也不說了。

很快他們到了一個人跡罕至的小島。當他們一到這個島上，路茜小姐就知道這個島是馬瑞歐所選的那一個。它遠離其他島嶼，岸邊雜草長得高而稠密，就像島的流蘇。

他把船靠到岸邊，小島邊上的草立刻將他們圍了起來，他們的世界好像一下子小了很多。他握住她的手輕輕地說：「跟我來。」

她像孩子一樣跟著他。他找到一塊乾淨的地方，然後鋪上一件衣服，讓她坐下。然後馬瑞歐緊挨著她也坐下來，輕輕將她摟在懷中。她能看到他的臉，看見他黑色的眼睛，還能感到他溫暖的胸膛，還有帶著酒味的呼吸。

自從遇到馬瑞歐那天起就注定會有的結果就要到來。從教堂相遇的那一刻起，幾乎每一件事都在暗示著這個結局終會到來。閉上眼，她能感到他的手輕輕撫摸著她的秀髮、她的臉，還感到他的另一隻手握到了那枚藍寶石戒指上。

他的手摩挲著那枚戒指，路茜小姐感到他的心跳越來越快。整個過程看上去很複雜，其實也很簡單。

他的手開始向上移動，移動到她的喉嚨，輕輕地停下來。這時的她沒有叫，還沒有感到恐懼。突然，他的雙手開始用力地掐住了她的喉嚨，並吻向她的嘴唇，他們熱烈地吻著，這是第一次也是最後一次。

馬瑞歐扔掉沾血的折疊刀。他不希望看到血，但為了拿到那枚戒指，他必須砍下路茜小姐的一根手指，這讓他覺得噁心。

路茜小姐手上的那枚她母親訂婚戒指他看也沒看。這枚便宜的藍寶石戒指，幾個星期以來吸引了他所有的注意力，他想盡辦法要得到它。現在終於得到了！

本來他想把她的屍體放到水草下面，覺得如果漂浮出去會讓漁夫發現。他把鋪在地上的衣服蓋在路茜小姐的屍體上。

他抬頭看了看盤旋在上空的禿鷹。這個島幾年內都不會有人來，就算真的有人來她的屍體也早被禿鷹吃完了。

馬瑞歐向小船走去，駕船划向來時的地方，再也沒有回頭看一眼小島。上岸之後，他把小船翻轉過來，這樣它就會順水而下，一直漂到湖的中心地帶。

一個經驗不足的船夫，駕船帶著一個準備遊玩的美國婦人，進入湖中。他們中途落水，被淹死了。在這樣巨大的湖中，警察們絕不會搜尋他們的屍體。

馬瑞歐搭上一輛回程的運貨車。如果明天能搭上另一輛回程車，他就能回到古德羅斯村了。他的母親肯定會喜歡這枚戒指的。

最佳舞伴

在一個小鎮上發生過一個故事。

那裡住著一個名字叫尼可拉斯·吉貝的老人，他非常神奇。他是靠做些形式各異的機械小玩具來維持生計。

在歐洲，說起老吉貝的這項手藝，是婦孺皆知。他曾做過的小玩具：小兔子忽然從包心菜的菜心裡蹦出來，理理鬍鬚，搖搖耳朵，突然一下又鑽回包心菜裡；小貓自己會洗臉，叫著做各種不同的姿態，狗看到都會迫不及待地撲過去，以為那是真貓；留聲機藏在木偶的肚子裡，這木偶一邊向你脫帽致意，一邊還可以向你問候「你好」、「早安」之類的話，有一些還能為你唱歌呢！

老吉貝不但是個巧手工匠，還可以說是個藝術家，他的業餘愛好就是繼續工作。那不是一般人所說的閒情逸致，老吉貝投入了自己的全部精力和感情。各式各樣的稀奇古怪、精妙絕倫的東西堆積在他的店鋪裡，其中的大部分東西就像古董一樣陳列在那裡無人問津。出於自己對手工製作的癡迷和熱愛，他製作了這些東西，並非單純為了賣掉它們來賺錢才做的，他追求的是做的過程。

他有一次製作了一個機械小木猴，那小猴可以慢跑兩個多小時，當然他在它體內裝了充電裝置。如果換上一個功率稍大的充電器，真猴都沒它跑得快。他還製作過一種飛鳥，那隻鳥能揮舞雙翅在半空中飛翔，在半空中飛舞盤旋一會兒後，它還能落回到起飛的地方。他還做了一副骨架，是以鐵棒為支柱做成，那骨架竟然能跳狐步舞。他還曾做過一個紳士，肚子裡藏著管子，能夠喝酒，還能夠抽煙，三個學生都沒它喝得多。他還曾做過一個真人大小會拉小提琴的木偶小姐。他還曾做過……他做過的有很多，多得不勝枚舉。

鎮上的人都相信，如果你真的需要的話，老吉貝能做出一個可以做任何事情的木頭人。有一次，他真的做了一個木頭人，最後，這個木頭人因為會做的事實在太多了，以致發生了下面的事——

有個叫做弗倫的青年在鎮上當醫生，他有個剛出生的寶寶，當嬰兒過一週歲生日的時候，他邀請了家裡的親戚小聚了一下。很快一年過去了，在他的寶寶過兩歲生日的時候，弗倫夫人為了給寶寶留下紀念，便堅持要舉行一次舞會。於是，鎮上的很多人都受到弗倫的邀請，來參加這次的舞會，弗倫夫婦當然不會忘了老吉貝和他的女兒奧爾格，他們兩個也被邀請參加。

舞會過後的第二天下午，奧爾格和三、四個女友聚在一起聊天。話題很快轉到昨天舞會上的男士來，她們唧唧喳喳地談論著那些男士的舞技。老吉貝今天沒出去，正好也在屋裡，他在專注地看著報紙。這群女孩因聊天聊的很起勁，也就沒有去留意他。

其中一個女孩說：「好像你去的每次舞會，參加舞會的男士都很少有會跳舞的。」

「我同意，他們好像都在故作矜持，」另一個說道，「他們的舞跳得不怎麼樣，倒是很喜歡和你搭訕。」

「和他們談話可以看出他們的愚蠢，」第三位補充道，「一般他們所說的話，幾乎是一模一樣。像──『你經常去維也納嗎？』『你今晚看起來真漂亮。』『你今晚穿的衣服，真是太美了！』『哦，你心情看起來很不錯！』『華格納你喜歡嗎？』『天氣多熱啊，今天！』我倒是希望他們能問出點別的來。」

第四個則說：「我倒不介意他們說什麼，只要他舞跳得好，就算是個傻子，我也不會介意的。」

「他們通常都──」一個清瘦的女孩憤怒地說。

「我去跳舞，」先前的女孩說，沒注意打斷了別人的話，「我要求我的舞伴要把我抱得緊點兒，還要不知疲倦地帶我一直跳下去，等我累了再停。」

「你的要求聽起來就像個上了發條的機器人！」被打斷的女孩道。

「太好了！」其中一個驚喜地叫了起來，情不自禁地鼓起掌來，「瞧！這個主意是多麼美妙啊！」

「什麼主意美妙？」她們問。

「上了發條的舞伴啊！如果是電動的就更好了，這樣跳再多的舞也不會感到勞累了。」女孩們開始天真地描繪著她們極富熱情的構想。

「如果真的有，那他將是個多麼可愛的舞伴啊！」一個說，「他不會踩了你的腳，更不會踢到你的腿。」

「他也不會不小心撕破你的衣服！」另一個又說。

「他不會把舞步跳錯！」

「他也不會轉暈了頭，撞在你身上，令你難堪！」

「每次舞會我最討厭男人用手帕擦臉，我們的機器人也不會用手帕擦他的臉。」

「如果有他在，我們在舞會上就不會把整個晚上都浪費在餐廳裡。」

「最好先錄製下一些話，然後放一個留聲機在他體內，外人就很難分辨出真假。」一個女孩道。

「做這個不是很困難，」那個清瘦的女孩又說，「而且可以做的很完美。」

老吉貝這時豎起兩隻耳朵，放下他的報紙，仔細聽著女孩們的談話。這時恰好一個女孩的眼光朝這邊看過來，老吉貝忙又低頭裝出看報紙的樣子，似乎什麼都沒聽到。

幾個女孩離去以後，他一頭紮進他的工作間忙乎起來。她的女兒奧爾格，經常在門外聽見老吉貝來回踱步的聲音，他好像在思考著什麼，偶爾還會發出幾聲輕微的偷笑聲。那天晚上，他和他的女兒聊了很多，但大多是關於跳舞和她們舞伴的事，比如什麼舞蹈最流行，跳舞時雙方一般交談什麼，以及中間會穿插什麼步伐等許多這樣的問題。

以後的幾個星期裡，老吉貝把自己關在他的工作間，不停地思考著，忙來忙去。這期間偶爾還能聽見他的輕笑聲，那笑聲好像是只有自己知道的一個笑話一樣，讓人莫名其妙。

小鎮在一個月以後又舉行了一次舞會，這次舞會是由老溫塞舉辦的，這位富有的木材商為了慶祝他姪女的訂婚儀式，舉辦了這次舞會。當然，老吉貝和他的女兒又受邀參加。

到了要去舞會的時候，奧爾格去屋裡找他的父親，卻發現他並不在。她到父親的工作間，敲了敲門。進去後發現他正挽起袖子，滿頭大汗地不知在忙著什麼。

他說：「你先去，別等我了，我等一會兒就去，有個東西馬上就要完成了。」

當奧爾格轉身準備去參加舞會的時候，老吉貝道：「告訴參加舞會的人，我會帶一個年輕人同去，是一個英俊的小夥子，他的舞跳得帥極了，他會受到所有女孩的歡迎。」說著，老吉貝大笑著關上了門。

老吉貝一直在祕密地做著現在這項工作，連他的女兒都沒有說。奧爾格猜測到了她父親正計畫些什麼，但具體是什麼就不知道了，也許他在準備一件禮物，為了舞會。她把這種猜測告訴了舞會上的人，因此大家都在期盼地等待著，等待著這個有名的老工匠的到來。

一陣車輪的「吱吱」聲忽然在外面響起了，接著便是一陣喧囂聲出現在走廊。隨後，老溫塞笑容可掬地走進舞廳，滿面紅光地大聲宣布：「歡迎吉貝，和他的朋友！」

吉貝和他的朋友在話音中步入屋子的中央，周圍響起一陣熱烈的掌聲，大家紛紛鼓掌對他們表示敬意。

「女士們，先生們，在這裡請允許我，」吉貝說，「向大家介紹一下，我的朋友，弗瑞茨中尉。我可愛的傢伙，弗瑞茨，請向女士們和先生們致敬！」

吉貝的手輕輕地在弗瑞茨的肩膀上按了一下，中尉深深地向人群鞠了一躬，同時似乎有幾聲輕微的「咔嚓」一聲從他的腰間發出，但幾乎沒有人聽到這十分微弱的聲響。

老吉貝拉著他的手臂一同向前走了幾步，中尉走起路來略顯僵硬。要知道走路並不是他的特長，所以走得很僵硬。

「他是一個舞蹈家，雖然他只會華爾茲，但跳得很棒。現在，不知哪位女士願意，願意做他的舞伴？他可以一刻不停地跳舞，他可以把你抱得更緊一點兒，他能滿足你們在跳舞時的一切要求，由你選擇他的節奏快慢，他更不會跳昏了頭，他說話非常禮貌。哦！我的中尉，你自己來說。」

老工匠按了一個按鈕，那按鈕在他上衣後背上，弗瑞茨的嘴巴立刻張開了，還伴有幾絲機械的摩擦聲，接著弗瑞茨極其溫文爾雅地說道：「能和大家認識，我很榮幸！」隨後他嘴巴又機械地閉上了。

毋庸置疑，大家對弗瑞茨中尉的第一印象非常深刻，但因為陌生，仍沒有一個女孩願意和他跳舞。半信半疑的她們只是在仔細打量著他，寬闊的臉龐、明亮的眼睛、迷人的微笑。最後，老吉貝來到一個女孩面前，那個最先想出這主意的女孩。

吉貝對她說：「你的主意，現在終於實現了。他是個電動舞伴，你和他跳，給大家展示一下，對他也是一個考驗，行嗎？」

「你真是個漂亮聰明的小女孩，為什麼不嘗試一下，嘗試一下新的跳舞方式呢？」熱情的老溫塞也上前勸道，女孩終於同意了。

吉貝調整了一下木頭人，讓它胳臂的位置正好挽住她的腰，還能把她抱緊，她的右手被它細膩光滑的左手緊握著。接著又和她告知，它的速度怎樣調節，怎樣讓它停下來……

「你將被它帶著轉一整圈，」吉貝解釋說，「不過，你放心，你不會碰到任何人，但你不能改變它的旋鈕。」

伴隨著響起的優美音樂，老吉把電機的旋鈕擰開了，於是，那個叫安妮的女孩和這個陌生的舞伴在舞池裡開始旋轉起來。

所有的人都站在那裡，望著這幸福的一對，那木頭人有著優美的舞姿、準確的踩點、嫻熟的步法，一圈又一圈，來回旋轉著，不時還用那體貼柔和的語調和它身邊的舞伴親密地交談著。這個絕妙的舞伴和安妮漸漸熟悉起來，她一改最初的緊張，慢慢變得興奮起來。她高興地喊道：「他真是可愛極了！哦，我願和他一輩子跳下去！」

隨後，一對又一對的搭擋，陸續步入舞池。很快他們兩個就被前前後後地包圍了，這快樂的一對夾在屋裡跳舞的人們中。吉貝望著自己的傑作，站在人群中開心地笑著，臉上孩童般地流露出稚氣的喜悅。

老溫塞向他這邊走過來，在他耳邊不知說些什麼，吉貝含笑點著頭。隨後這兩個老夥計悄悄地朝門口走去。「這兒今晚是年輕人的天下，」老溫塞邊走邊說，「我們還是到我房裡喝杯酒，抽支煙吧！」

當舞會淋漓至酣，高潮迭起的時候，安妮一直在陶醉。不知什麼時候，她鬆開了調節電動人步伐頻率的旋鈕。於是木頭人抱著安妮，跳得越來越快、越來越敏捷。很多跳舞的人都已經累了，可是安妮他們，卻跳得更加帶勁了。最後整個舞池只剩下他們兩個，他們仍在翩翩起舞。

音樂都有點跟不上節奏了，他們跳得越來越快。他們的步點樂師也跟不上了，樂師只好放下樂器，停了下來，瞪大眼睛望著這兩個人。年輕人一起為他們歡呼，但是一些老年人卻有點焦慮不安了。

「你難道還不停下來嗎，安妮？」一位中年婦女開始喊道，「你這樣會太累的！」但是安妮好像沒聽到一樣，並沒答話。

「她不會已經暈過去了吧！」一個女孩大聲說，她忽然看見安妮臉色蒼白。

一個反應快的男人立即衝上去，緊緊抓住那個仍在旋轉的木頭人，不想卻被它的動力帶起，一下摔倒在地。不幸的是，木頭人包著鐵皮的腳剛好又踩到那個男人的臉上……木頭人好像在捍衛自己的榮譽一樣，教訓了一下打擾他的那個男子。

一個人可以用多種辦法，很容易就能使那傢伙躺倒在地，兩三個人就能把那木頭人舉起來，把它摔成碎片扔到角落裡了，但當時沒有人能保持冷靜。

所有的人都在激動著，沒人能知道該怎麼辦，呆呆地看著。

當然那些不在場的人會這樣說。那些在場的人當時是多麼愚蠢啊！後來回想起來，就連那些在場的人都說這事其實很簡單。所以，當時只要他們稍微想一下，問題就解決了。

在場的男人們開始變得焦躁不安，女人們就要崩潰了，這時有兩個人衝上去，撕扯那個木頭人。但因為用力不對，使木頭人脫離了舞池中央的軌道，滑倒在角落裡，牆和家具被撞到了。安妮和木頭人一起被重重地摔在地板上，她的臉上有一股鮮血淌下來。驚叫著的女人們從屋裡跑出來，緊張的男人們也緊跟在後面跑了出來。

「找到吉貝，趕快去找吉貝。」

吉貝那時已離開了舞廳，現在沒人知道他現在何處，所以整個晚會的人都開始找他。由於害怕，沒人敢再回到舞廳去，緊張不安的人們只是在門外聚集著，仔細聆聽著裡面的動靜。轉輪摩擦地板的「吱吱」聲仍不斷地從屋裡發出，木頭人仍在來回轉著圈，倒地的木頭人不斷碰倒周圍的一些器物，這時就會發出沈悶的撞擊聲，然後它就靈活地掉轉方向，向另一邊滑動它的舞步。

還能聽見木頭人一遍又一遍地重複著它那溫柔的話：「今天天氣真不錯！你今晚真迷人！別這麼無情，我可以一直跳下去——只和你，你今晚的衣服真漂亮！……」當人們四處尋找吉貝，吉貝卻不知去了什麼地方。他們找過這裡的每一個房間，隨後一起到了吉貝家中，七嘴八舌地詢問那又聾又啞的看門人，最後一無所獲，還浪費了不少寶貴的時間。

最後，不知是誰在人群中說了一句，「老溫塞也不見了！」他們才去了老溫塞的後院，在帳房裡發現了他們兩個人。

聽他們說完，吉貝臉色蒼白地站起來，隨著他們走進了舞廳。吉貝進去後，順手關上了房門。屋裡傳來一陣凌亂的腳步聲和模糊不清的低語聲，接著聽見一陣木頭的碎裂聲，最後便安靜下來。

過一會兒，門開了。老溫塞用寬厚的肩膀擋住了站在門口想擁進去的人。他用平靜又充滿威嚴的聲音叫兩個中年人跟他一起進去，但大家都看到他臉上死灰一般的蒼白。他對著滿臉焦急的眾人道：「女人們先離開，其他人也散了吧！」

隨後還沒有走遠的人回頭看到了這樣一幕，剛進去的兩個中年人從舞廳裡陸續抬出了幾具屍體。

從此以後，老尼可拉斯．吉貝只做蹦跳的兔子、洗臉的小貓之類的小玩意兒了。

〈全書終〉

國家圖書館出版品預行編目資料

職業殺手／希區考克（Alfred Hitchcock）著 -- 初版 --
新北市：新潮社文化事業有限公司，2021.12
面；　公分
譯自：HIT MAN
ISBN 978-986-316-807-2（平裝）

874.57　　110016175

職業殺手

希區考克／著

【策　劃】林郁
【製　作】天蠍座文創製作
【出　版】新潮社文化事業有限公司
電話 02-8666-5711
傳真 02-8666-5833
E-mail：service@xcsbook.com.tw

【總經銷】創智文化有限公司
新北市土城區忠承路 89 號 6F（永寧科技園區）
電話 02-2268-3489
傳真 02-2269-6560

印刷作業　東豪印刷事業有限公司

初　　版　2021 年 12 月